LES BONS VOISINS

NINA ALLAN
AUX ÉDITIONS TRISTRAM

TRADUCTIONS PAR BERNARD SIGAUD

Complications, 2013
collection Souple, n° 25, 2015
Grand Prix de l'Imaginaire 2014

Stardust, 2015
collection Souple, n° 42, 2020

Spin, 2015
collection Souple, n° 30

La Course, 2017
collection Souple, n° 43, 2020

La Fracture, 2019
10-18, 2021

Le Créateur de poupées, 2021
10-18, 2022

Conquest, 2023
10-18, 2025

Les Bons Voisins, 2025

Nina Allan

LES BONS VOISINS

roman

Traduction de l'anglais
par Bernard Sigaud

TRISTRAM

Titre original :
The Good Neighbours

1re édition en langue originale :
riverrun / Quercus Editions Ltd, Londres, Royaume-Uni, 2021

Ouvrage publié avec le concours
de la Région Occitanie Pyrénées-Méditerranée

Correspondance et catalogue :
Tristram – BP 90110 – 32002 Auch cedex
tristram@tristram.fr
www.tristram.fr

Pour Naomi Elliot

Venez sur ces sables jaunes,
Et puis prenez-vous les mains.
Quand vous vous serez salués et embrassés
Dans le silence des vagues sauvages,
Gambadez lestement çà et là ;
Et vous, doux esprits, entonnez le refrain.
Chut, chut !
Ouh, ouh !
Les chiens de garde aboient.
Ouh, ouh !
Chut, chut ! J'entends
La voix du coq qui se rengorge
En criant : Cocorico !

Sous cinq brassées ton père gît ;
Ses os se sont en corail changés ;
Les perles que voici furent ses yeux :
Tout ce qui de lui peut s'évanouir
A pris la forme marine
D'une riche et étrange chose.
Les naïades sonnent son glas d'heure en heure :
Ding-dong.
Chut ! Maintenant je les entends : Ding-dong, tinte la cloche.

– extrait de *La Tempête* de William Shakespeare

Et son œuvre rapetissa infiniment, comme si les fées qui avaient envahi les toiles les plus remarquables de ses toutes premières années de solitude commandaient désormais l'infinie petitesse des arabesques à la pointe de son pinceau – comme si, en fait, ce n'étaient pas des fantasmes qu'il peignait, mais plutôt des modèles réels, à partir du domaine parfaitement matériel du rêve concret.

– extrait de *Come Unto These Yellow Sands* d'Angela Carter
(pièce radiophonique, 1985)

« Tu es sûre que tu veux toujours y aller ? dit Cath. Ton père va piquer sa crise.

– Il est sur le continent toute la journée, dit Shirley, alors il n'en saura rien, pas vrai ? »

Elle pinça les lèvres et se pencha vers la glace. Son image jumelle flotta à sa rencontre et leurs bouches se touchèrent presque. Shirley s'était mis du rouge à lèvres, une teinte quasi violacée appelée Victoria. À cause de la prune Victoria, supposa Cath, ou peut-être de la reine Victoria. Mettez ça et vous aurez des lèvres de reine.

« Tu veux essayer ? » Shirley offrit à Cath le bâton de rouge dans son cylindre doré. Cath secoua la tête. Elle appréciait l'attirail des cosmétiques, les contours lisses des étuis en plastique brillant, l'éclat satiné du produit dans un poudrier vintage. Par contre elle détestait l'odeur, surtout celle du rouge à lèvres, et la tête que ça lui faisait, comme si sa bouche n'était plus la sienne mais une bouche sur une affiche.

« Je vais plutôt me faire les ongles. » Se peindre les ongles permettait à Cath d'être audacieuse sans être mal à l'aise. Shirley avait des dizaines de nuances, identifiées par leur nom : Heartsease, rose vif, la couleur du chewing-gum Bubble Yum. Sea Witch, Aerogramme, Shangri-La, Majestic. Cath choisit Fairy Dust, un rose plus pâle que

Heartsease, avec un éclat pailleté. L'effet de paillettes n'apparaissait pleinement que lorsque le vernis avait pris. Cath adorait l'odeur du vernis à ongles, qui lui rappelait le Tipp-Ex. Elle agita les mains d'avant en arrière pour les sécher tout en regardant Shirley mettre ses boucles d'oreilles. Le dessus de sa coiffeuse était jonché de fournitures pour maquillage et de menus bijoux : fond de teint Boots n° 7, nettoyant pour la peau 10-0-6, un paquet ouvert d'épingles à cheveux en forme de papillon qu'on trouvait chez le marchand de journaux sur High Street.

Cath entortilla un bandeau gris argent entre ses doigts. « On devrait y aller, sinon on va rater le ferry. » Elle entendait le petit frère de Shirley, Eamon, qui massacrait « Une souris verte » sur son xylophone en métal, et leur mère Susan qui chantait en même temps, comme la marionnette Lizzie dans *Playdays,* l'émission pour les tout-petits sur la BBC. Susan chantait juste, mais pas aussi bien que Shirley. Lorsque Shirley avait chanté à la soirée folk du Golfers en avril dernier, il y avait eu ensuite un tel silence dans le bar qu'on entendait parler les gens à la télé dans l'appartement au-dessus. Shirley avait brusquement éclaté de rire et Norman Bannicroft, qui officiait derrière le comptoir, lui avait tendu une bière.

« Pas pour ma fille. Elle a que quinze ans, au cas où tu l'aurais oublié. »

Fallait voir la tête que faisait John Craigie, comme s'il avait l'intention d'étendre Norman Bannicroft, ce vieux Norman qui était aussi maigre qu'une tranche de bacon et n'aurait pas fait de mal à une mouche. Craigie avait arraché la bière de la main de Shirley, l'avait claquée sur le comptoir assez fort pour faire trembler les vitres. Une mince langue de mousse sortit du goulot de la bouteille et coula en pétillant sur le côté. Petit à petit, les gens s'étaient remis à parler, les conversations prenant de l'ampleur jusqu'à ce que l'incident soit occulté puis tranquillement oublié.

« Ça va ? » avait demandé Cath à sa copine, plus tard.

Shirley lui jeta un regard noir. « De quoi tu parles ?

– Tu sais bien. Ton père.

– Il peut aller se faire foutre », dit Shirley. Elle était visiblement énervée, moins à cause de son père qu'à cause de Cath, qui faisait tout un plat de ce qui s'était passé. Un instant après, elle se jetait dans les bras de Tallis Carruthers, qui venait d'entrer. Tallis ignora carrément Cath bien sûr, la poussant hors de l'existence d'un coup de coude et en détournant la tête. Cath emprunta la vodka que quelqu'un avait laissée sur un rebord de fenêtre et l'ajouta au Coca qu'elle avait acheté au bar. Elle observa Shirley et Tallis : leurs silhouettes étroites dans leurs tee-shirts étriqués, les ombres qu'elles projetaient sur le mur en se dirigeant vers la porte. Pour aller en griller une, vraisemblablement. Cath se sentait chaude et lourde à l'intérieur. Mais grâce à la vodka, la colère qui lui tendait les membres était réduite à un simple bourdonnement en bruit de fond.

Le père de Shirley ne la regardait jamais dans les yeux. « Et si tu faisais une tasse de thé pour ta copine ? » Son regard passait par-dessus Cath comme si elle était invisible, et pourtant elle percevait son énergie refoulée, une sorte de bombe non explosée.

Son propre père, Colin, lui apportait toujours une tasse de thé quand elle faisait ses devoirs, précédé par le choc mat de ses pantoufles écossaises sur la moquette de l'escalier.

John Craigie était menuisier-ébéniste. Il avait fait la coiffeuse de Shirley : les tiroirs coulissaient en chuintant comme sur des rails, les pièces étaient assemblées avec précision comme si on avait découpé les angles avec une paire de ciseaux.

« Des queues-d'aronde, lui avait dit Shirley. Ces espèces de crampons s'appellent des queues-d'aronde. »

Il avait également fait la maison de poupée de Shirley, projet sur lequel il avait travaillé le soir pendant plus d'un an. Quand Cath était chez Shirley, elle aimait jouer avec la maison de poupée ; elle ouvrait la façade, qui pivotait sans bruit sur des charnières en laiton, et examinait les meubles parfaitement miniaturisés à l'intérieur, fabriqués eux aussi par John Craigie ; elle actionnait l'interrupteur à côté de la porte d'entrée qui allumait les lumières. Shirley ne voyait apparemment pas d'inconvénient à ce qu'elle s'amuse avec, alors que Shirley, quant à elle, mettait un point d'honneur à l'ignorer.

« J'aimerais la brûler, comme dans un film, avait-elle avoué un jour. Comme lorsque Twelve Oaks flambe dans *Autant en emporte le vent.* »

Cath reposa l'élastique argenté et se leva souplement d'une torsion du buste. Le dessus de lit était une couverture matelassée, un patchwork d'hexagones en satin et velours cousu par la grand-mère maternelle de Shirley, qui habitait à Ayr.

« Ma grand-mère ne vient jamais ici, à cause de mon père, elle était à fond contre ce mariage », lui avait dit Shirley plus d'un an auparavant, quand Cath était encore nouvelle sur l'île et qu'on pouvait lui parler en toute sécurité. Maintenant Shirley parlait surtout de films, de séries policières, des groupes qui passaient à *Top of the Pops* et de toutes les choses qu'elle avait l'intention de faire une fois qu'elle aurait dix-huit ans.

« À ce moment-là, je pourrai partir, quitter l'île. Et on ne pourra pas me ramener de force, ça serait un kidnapping.

– Ils se sont rencontrés comment, ton père et ta mère ?

– Mon grand-père avait embauché papa pour faire des rayonnages. Dans son bureau, pour les livres de droit et le reste. Mes grands-parents avaient entendu dire par un voisin que papa faisait du boulot de première classe, alors ils l'ont payé pour rester sur le continent tant qu'il travaillait sur ce contrat. Il n'était pas causant, disait maman. Il connaissait les oiseaux, les insectes et le bois, les trucs que maman adorait. Tu ne vas pas le croire, mais maman avait déjà un petit ami, appelé Wallace. Ça voulait dire qu'il allait droit vers la castagne, si tu veux mon avis. Papa s'est battu avec lui au pub la veille de Noël. Il a mis à Wallace un œil au beurre noir et lui a cassé le poignet. Maman et papa se sont mariés l'année suivante. »

Les parents de Shirley dormaient dans la chambre de l'autre côté du palier. Eamon, que tout le monde appelait Sonny, y dormait encore avec eux. Quand il serait plus grand, il récupérerait ce qu'on appelait le vestiaire, la pièce en forme de L à laquelle on accédait par le garde-manger de la cuisine. Il y avait une troisième porte, au bout du palier, qui était toujours fermée. Un simple placard pour sécher le linge, disait Shirley. Ils étaient obligés de le fermer à clé, sinon la porte s'ouvrait toute seule pendant la nuit. « Maman se cognait toujours dedans quand elle allait aux W.-C. »

Ces W.-C. se trouvaient au rez-de-chaussée, dans le couloir de la cuisine. Froids et humides, infestés d'araignées et de faucheux. Cath n'y allait que lorsqu'elle ne pouvait pas faire autrement.

Elles descendirent l'escalier bruyamment, tac-tac-tac. Susan était encore dans le séjour, elle jouait avec Sonny ; il y avait des jouets un peu partout, un bus en plastique avec des animaux souriants peints sur les vitres, les remparts écroulés d'un château en mini-briques emboîtables.

À genoux sur le parquet, Susan ramassait des cubes alphabet. Elle leva la tête brièvement lorsqu'elles passèrent dans le couloir puis se pencha à nouveau sur les cubes. Sonny grogna comme un tigre de dessin animé et hurla de joie.

Moira, la mère de Cath, leur aurait demandé où elles allaient. Le fait que Susan ne réagisse pas donna à Cath une impression de manque, l'impression que quelque chose ne tournait pas rond sans qu'elle puisse l'identifier.

« Elle est sympa », dit Shirley, comme si Cath lui avait posé une question. Elles commencèrent à descendre la rue en pente qui menait au centre-ville. Des nuages gris, une brume qui s'accrochait au sol, une légère bruine. Cath portait sa parka doublée de fourrure – celle dont Shirley disait qu'elle la faisait ressembler à une îlienne et pas dans le bon sens du terme –, un ample cardigan vert d'eau, et des Doc Martens.

Shirley, elle, ressemblait à Shirley, et Cath savait que même après le ferry, le trajet en train et l'interminable tunnel venteux de Sauchiehall Street, elle brillerait encore de tout son éclat, elle aurait encore un look extraordinaire. Pas comme un mannequin sur un catalogue de mode ou une stupide pop star, mais comme une créature qui viendrait d'ailleurs, qui allait montrer au monde qui elle était.

Le plan typique de la golden girl, sauf qu'avec Shirley vous alliez y croire, parce que vous n'auriez pas l'impression que c'était du chiqué.

Le bateau était à quai. Elles prirent leurs billets, montèrent à bord et firent la queue pour le café. John Craigie avait interdit à sa fille d'aller à Glasgow sans sa permission. Qu'elle n'aurait jamais, évidemment. Je veux pas que tu traînes dans les rues pour faire des bêtises. Quoi, par exemple ? Ça ne dérangeait pas les parents de Cath qu'elle aille en ville, à condition qu'elle rentre avant la tombée de la nuit. Cath avait une carte de lectrice pour les bibliothèques de Glasgow et un abonnement pour le métro, ce qui lui permettait d'aller au musée Kelvingrove et au People's Palace, le musée historique. Les musées, Shirley s'en fichait. Elle voulait écumer Buchanan Street, entrer au baratin dans les caves des pubs de Great Western Road pour écouter des concerts. Elle disait aux videurs qu'elle était étudiante en mode. En général, ils la croyaient, ou alors, s'ils ne la viraient pas, c'est qu'ils n'en avaient vraiment rien à cirer.

« C'est ça que tu veux faire ? lui avait demandé Cath. Devenir créatrice de mode ?

– Mais non ! Je veux m'inscrire à ce cours de gestion hôtelière à Greenock, et puis aller travailler à Ibiza. Maman a dit qu'elle m'aidera. Elle a un peu d'argent de côté. »

Cath imagina Shirley derrière un bar quelque part, sur une plage quelconque, en train de rire la tête rejetée en arrière comme elle avait ri dans les bras maigrichons de Tallis Carruthers. Cette image était si lumineuse et si nette qu'elle appartenait déjà au passé, en quelque sorte, un marché conclu, un instantané Polaroid qui verdissait sur les bords. Shirley n'était pas emballée par l'école, mais elle savait travailler dur quand elle voulait quelque chose et évidemment elle était intelligente. Le père de Shirley était futé, seulement il n'était pas intelligent. La mère de Shirley avait probablement été intelligente, mais ça, c'était fini. Parce que Susan avait peur, réalisa Cath, sachant que cette pensée était juste dès l'instant où elle la formula. Cette révélation la fit frissonner en profondeur, comme si quelqu'un lui avait planté une aiguille dans la chair et l'avait ressortie rapidement.

Descente du ferry et montée dans le train : Inverkip, puis IBM, où travaillait le père de Cath, les rangées de préfabriqués comme un village extraterrestre, le béton tentaculaire qui envahissait les creux de la colline embrumée. Shirley posa crânement les deux pieds sur la peluche fatiguée du siège opposé.

« Les pieds par terre ! dit le préposé lorsqu'il vint contrôler leurs billets juste après Drumfrochar.

–Y a personne en face de moi, dit Shirley.

– Ça suffit, dit le contrôleur en poinçonnant son billet. Les pieds par terre ! »

Assez vieux pour être leur grand-père, les mains rougies par le froid.

Une demi-heure plus tard, elles étaient arrivées à destination. Une fois sorties de Glasgow Central, elles prirent Argyle Street : la foule des gens venus faire leurs courses le samedi, le Noir qui jouait de la cornemuse devant la station de métro St Enoch. La ville ronronnait et ronchonnait comme si elles n'étaient même pas là – une très vieille mémé en pull mangé aux mites, son sac à main sans fond bourré de vieux reçus et de caramels Cadbury. Glasgow était grossière mais fondamentalement saine, si vous restiez dans les endroits que vous connaissiez et ne vous faisiez pas stupidement remarquer.

« Bouge-toi, dit Shirley en attrapant Cath par le bras. On a pas toute la journée devant nous. »

Dans la grande succursale d'Oasis sur Buchanan Street, Shirley essaya trois robes et une paire de chaussures. Les chaussures étaient en cuir verni rouge avec des talons de douze centimètres.

« Elles sont superbes », dit Shirley. Elle se pavanait devant la glace. Elle n'avait pas les moyens de se les offrir, mais là n'était pas la question. La question était de savoir que de telles chaussures existaient et quel effet ça faisait de les avoir aux pieds.

Sur Sauchiehall Street, elles furent suivies par deux boutonneux arborant des maillots des Glasgow Rangers.

« Super cul.

– Mais pas de nichons. Dommage.

– Dégagez, vous autres », dit Shirley en se retournant brusquement. L'un des jeunes recula d'un pas. L'autre se mit à rire. Shirley et lui se regardèrent en chiens de faïence, leurs expressions figées entre l'énervement et l'excitation ;

ils étaient si semblables qu'ils auraient pu être frère et sœur. L'autre était maigre comme de la viande de cheval et portait une veste en similicuir. Il feignait de regarder ailleurs, peu désireux d'attirer l'attention de Cath au cas où elle croirait qu'il s'intéressait à elle.

« Deux mochetés. » Cath pouvait presque l'entendre ricaner devant ses amis. Enfin, s'il en avait, et il devait forcément en avoir quelque part.

Un bar avec une marquise multicolore, mi-pub, mi-café. La salle du bas bourrée jusqu'au plafond, et personne ne vous demandait votre âge.

« Deux vodkas cranberry ! » hurla Shirley, essayant de se faire entendre par-dessus le tsunami sonore. La barmaid posa les verres sur le comptoir sans commentaire, s'empara du billet de dix livres que lui proposait Shirley et lui rendit la monnaie. Shirley et Cath se frayèrent un chemin dans la foule pour retraverser la salle et s'arrêtèrent dans l'espace triangulaire sous l'escalier.

« C'est drôlement cool, ici », dit Shirley, mais Cath ne put s'empêcher de remarquer à quel point elle détonnait, à quel point elle ressemblait à une îlienne avec son maquillage flashy et sa robe trop chic. Les mômes dans la salle ressemblaient pour la plupart à la fille qui les avait servies : mêmes jeans usés et Doc Martens éraflées. Le type sur scène avait de longues tresses rasta blondes, sa steel guitar était couverte de décalcomanies et d'autocollants contestataires en lambeaux. Ses chansons évoquaient les métallos de la Clyde, une fusillade policière pendant le conflit nord-irlandais. Des gens qui semblaient déjà connaître les textes par cœur le rejoignaient au refrain.

« Ça pourrait être toi sur la scène », dit Cath entre deux chansons. Shirley l'ignora, ou alors elle ne l'avait pas entendue. Elle avait l'air égarée, ses yeux clignotaient sous ses cils tandis qu'elle scrutait la salle. Comme si elle cherchait quelqu'un, ou comme si la personne qu'elle s'attendait à voir là n'était pas venue.

« On prend un autre verre ! cria-t-elle finalement pardessus la musique.

– Pas possible ! lui cria Cath. On a pas le temps. » Il était quatre heures moins dix. Elles ne seraient pas à bord du ferry avant cinq heures quinze, ce qui signifiait qu'elles ne seraient pas de retour sur l'île avant six heures, ou presque.

« Merde », dit Shirley. Elle se leva d'un bond et elles se précipitèrent, fendant la foule malaisément pour retrouver la sortie. Une fois dans la rue, elles se mirent à courir.

« Un jour, dit Shirley quand elles furent sur le bateau, je quitterai cette île de merde pour de bon. Je boirai de la vodka toute la nuit jusqu'à ce que je dégobille, merde ! » Elle se pencha en arrière, les mains sur la rambarde. « Regarde les lumières », dit-elle. Elle poussa un cri de triomphe puis commença à fouiller dans son sac. Elle en tira ce qui ressemblait à une bande de polyéthylène mais qui était en réalité un caraco en satin à fines bretelles blanches, bordé de dentelle. Pâle comme un papillon de nuit dans la clarté diffuse du port, il se tordait et claquait sous la brise tel un drapeau de capitulation.

« Où c'est que tu as eu ça ?

– Je l'ai piqué chez Miss Selfridge, hein ! Facile comme bonjour. »

Cath imagina la main qui se pose sur l'épaule, le petit bureau au fond du magasin, le policier en uniforme qui prend leurs noms et adresses. Rien de tout cela n'était arrivé.

« Pourquoi t'as fait ça ? Et si on s'était fait prendre ?

– C'est pas comme si c'était des fringues de marque. » Shirley remit le caraco dans son sac. « Tu diras rien, hein ?

– Bien sûr que non », dit Cath. Que cette crainte ait seulement effleuré l'esprit de Shirley lui disait tout de la manière dont les choses avaient changé ces dernières semaines. Shirley n'aurait pas posé une question comme celle-là à Tallis Carruthers. Tallis, dont le père détenait pourtant des actions en banque et la moitié d'un cheval de course, n'aurait rien dit parce que Tallis descendait à Glasgow pour piquer des trucs un week-end sur deux. Elle achetait bien plus de choses qu'elle n'en volait – et c'est ce qui la rendait si efficace – mais l'essentiel c'était qu'elle volait, pour le frisson, simplement parce que c'était une chose qu'elle faisait avec plaisir.

« Je ne le dirai jamais », réitéra Cath. Elle sentait comme un poids sur sa poitrine. Quelle bizarre journée ç'avait été. Elle aurait pu aller seule à la bibliothèque, mais alors elle n'aurait jamais vu Shirley essayer les chaussures à talons aiguille rouges.

« Je sais bien que tu ne le ferais pas. C'est juste que... bref, tu me comprends. » Shirley se rapprocha d'elle, épaule contre épaule. Le ferry accosta. Il faisait presque nuit. Le père de Cath était en train de préparer le souper. C'était samedi, donc ils mangeraient devant la télé en regardant *Inspecteur Barnaby*. Cath avait ses parents et elle avait l'île. Elle était heureuse.

Elle frissonna sous sa parka.

« À lundi, alors », dit Shirley. À la lumière des réverbères, elle avait l'air plus âgée, fantôme anticipé de la femme qu'elle ne deviendrait jamais.

« Ouais, dit Cath. À plus. »

Elle regarda Shirley entamer le retour vers la maison familiale ; elle tourna à droite en direction de Gallowgate puis devint une silhouette filiforme. Ses cheveux blonds brillaient sous les lumières, mais elle était trop loin pour qu'on la reconnaisse, à moins de déjà savoir que c'était elle.

Shirley serait chez elle dans quinze minutes, dix si elle se dépêchait. Avec un peu de chance, John Craigie ne serait pas encore rentré. Quand Shirley entendrait claquer la porte de derrière, elle serait déjà assise en haut dans sa chambre, en train de lire un magazine.

Cath ressentit un brusque élan de joie à l'idée que Shirley ait volé le caraco. De toute façon, il ne valait que quelques livres et puis c'était quelque chose. Un souvenir inoubliable de cette journée. Histoire de prouver qu'elles avaient été là, qu'elles avaient été ensemble.

1

Cath avait eu connaissance du meurtre en lisant le *Glasgow Herald.* Une fois que les rubalises furent enlevées, elle prit le bus pour Maryhill afin de photographier la maison.

Mary Chant habitait dans une impasse sur Rothes Drive ; son pavillon accolé doté de trois chambres était bien entretenu et sans particularités, identique à tous les autres. À deux minutes à pied de Maryhill Park, cinq de l'hypermarché Asda. Il n'y avait pas de voiture dans l'allée, les rideaux étaient fermés à l'étage comme au rez-de-chaussée. La pelouse de devant, d'un brun jaunâtre, était dégarnie par endroits. Une journée sèche et bizarrement calme ; les os de Glasgow grinçaient sous le froid à mesure que l'hiver s'installait. Un homme avec un bonnet de laine et des baskets orange émergea d'une des maisons d'en face, tenant en laisse un Jack Russell. Il jeta un bref coup d'œil à Cath puis se dirigea vers le parc. Cath fut tentée d'aller jusqu'à la porte de chez Mary Chant et de regarder par la fente de la boîte aux lettres. Y aurait-il des pubs sur le paillasson, une facture d'électricité orpheline ? Est-ce que les gens envoyaient encore du courrier à cette adresse comme si de rien n'était ?

Mary Chant, une cinquantaine d'années, domiciliée à Maryhill, professeure à l'université, assassinée à coups de marteau dans son séjour. Un jour, elle ne s'était pas présentée à son travail. Elle avait manqué une importante réunion des enseignants de son département, ce qui ne lui ressemblait pas. Un collègue l'appela sur son portable : pas de réponse. Elle ne vint pas le lendemain non plus, ce qui commençait à être très inquiétant. La police fut prévenue, et le corps de Mary Chant fut retrouvé gisant face contre terre sur le tapis du séjour, la partie postérieure de la boîte crânienne enfoncée par ce que les investigateurs des romans policiers appellent un objet contondant. Les gens de la médecine légale conclurent plus tard qu'il s'agissait probablement d'une masse. Il y avait de la poussière de béton dans les cheveux de Mary et incrustée dans la blessure.

Le séjour de Mary Chant, bourré de livres; une horloge soleil au-dessus de la cheminée – un classique des années 1950. Une grande tasse de café renversée sur le tapis, les clés de la maison et le sac à main de Mary en ordre sur la table de la cuisine. La petite maison décrite au *Daily Record* par un voisin immédiat, le genre de détails qui persistent longtemps après que l'attention médiatique est retombée. La police recherchait toujours le petit ami de Mary, Ronnie Mackintosh. Ronnie, dix ans de moins qu'elle, était le gérant d'un bureau de PMU local. Il était introuvable depuis la découverte du corps.

Les collègues de Mary à l'université la décrivaient comme une personne agréable, mais sérieuse, un peu bas-bleu. Elle avait été mariée à un autre universitaire, mais ils étaient séparés. Le fait qu'elle soit avec un individu comme ce Ronnie ne collait pas du tout.

Cath prit une bonne douzaine de photos de la façade de la maison, aplatissant par un effet de perspective le bâtiment et ses environs immédiats, réduits à une succession de plans. Encore d'autres photos : les poubelles à roulettes, la pelouse en piteux état, un contour flou sur le béton de l'allée qui aurait pu être une empreinte de pas à moitié effacée mais n'en était probablement pas une. La police et tout le monde semblaient persuadés que Ronnie Mackintosh était l'assassin, mais personne n'émettait la moindre idée sur le mobile du crime. Et si, tout simplement, Ronnie, rentrant à la maison après son travail, avait découvert Mary assassinée, s'était affolé, avait pris le large et s'était planqué quelque part ? Un peu mince comme explication, peut-être, trop commode, mais si c'était vrai ?

Cath tourna le dos à la maison et commença à remonter la rue qui menait au parc. Mary Chant avait dû faire le même parcours des centaines de fois, sous le chiche soleil de Glasgow, pâle comme du lait écrémé sur le dos de ses mains. Des congères détrempées de feuilles mortes, une balançoire inconsolable suspendue au-dessus de l'asphalte fissuré. Au loin, l'homme aux baskets orange promenait son Jack Russell.

Cheveux courts, blond foncé tacheté de gris, lunettes, pull à col roulé rouge cerise. La légende sous la photo de Mary Chant dans le *Herald* la décrivait comme « Mary Chant, 55 ans, professeure de littérature ». Elle avait l'air sympa. Elle aurait pu être n'importe qui. Il n'y avait aucune photo de Ronnie Mackintosh, juste une de la devanture du Ladbrokes où il travaillait. Le PMU avait été interdit d'accès le temps que la police procède à ses investigations, mais il avait rouvert. Cath résista à l'envie d'y entrer. Elle n'avait jamais été dans un PMU et ne voulait pas attirer l'attention sur sa personne. Au lieu de quoi elle prit une photo de l'extérieur, depuis l'autre côté de la rue, en essayant de retrouver le cadrage du cliché du *Herald* le plus fidèlement possible. Elle était sur le point de retourner à l'arrêt du bus lorsqu'une femme sortit du PMU. Manteau à ceinture gris, talons hauts, écharpe vert vif. Cheveux blonds, beaucoup plus clairs que ceux de Mary, probablement teints.

Cath attendit que la femme soit presque au coin de la rue, puis braqua à nouveau le Canon et prit la photo – *clic*. Dos étroit, posture droite. Disparue. Lorsque Cath visionna les images plus tard, chez elle, sur son ordinateur, elle s'aperçut que la plupart étaient décevantes, sauf un cliché – un seul – de la maison et aussi celui de la femme à l'écharpe verte sortant du PMU, qui avait les lignes épurées et la forte composition d'une photo de plateau de cinéma.

Le lendemain matin, Ronnie Mackintosh était à la une des médias. Cath vit la séquence vidéo juste avant de partir au travail : Ronnie embarqué dans une voiture de police par deux agents en uniforme. On l'avait rattrapé à Dumbarton, chez un ami. Ronnie était grand, famélique, et légèrement voûté; il avait baissé la capuche de son anorak pour dissimuler son visage.

« Tu crois qu'il a fait le coup? dit Norah peu après l'arrivée de Cath au magasin. Et le mari, alors? Il a l'air vraiment louche. » Norah était étudiante en mode. Elle travaillait chez Sounds of the Suburbs trois jours par semaine. Elle aimait Laurie Anderson et Laura Nyro, portait des jeans skinny, des ballerines et des lunettes de lecture demi-lune. Norah était réfléchie et sérieuse, mais ses amis étaient des modeux acharnés qui venaient en masse inventorier les vinyles d'occasion. Hormis les rares fois où l'un d'entre eux voulait acheter quelque chose, ils semblaient tous déterminés à faire comme si Cath n'était pas là. Cath en était tout agitée chaque fois qu'elle les voyait.

« Ils vont te faire tourner en bourrique si tu ne fais pas gaffe », avait-elle averti Norah un jour. Elles étaient au pub, après le travail.

« Ne sois pas ridicule, dit Norah en riant. Ils manquent de confiance en eux, c'est tout. De toute façon, la plupart d'entre eux auront déjà décroché avant la fin de la deuxième année. »

Norah aimait lire les tabloïds; elle disait qu'ils révélaient le visage de l'anarchie, et puis ils lui donnaient des idées intéressantes pour son dossier de fin d'année. Elle collectionnait les boutons trouvés. Elle parlait de résonance, de psychogéographie et de ressenti du lieu. Elle avait promis de présenter Cath à Margo Kasabian, maître de conférences associée en photographie à l'université de Glasgow. Cela ne s'était pas encore produit, mais Cath n'insistait pas. Elle craignait que Margo Kasabian ne connaisse Adam. Norah n'était pas au courant de sa liaison avec Adam Fairlie, qui avait été un des formateurs du stage de photographie résidentiel que Cath avait suivi cinq ans plus tôt. Elle connaissait en revanche l'intérêt de Cath pour le meurtre de Mary Chant, et lui mettait de côté des coupures de tous les tabloïds et des suppléments en couleur.

« Tu pourrais faire un brillant collage avec tous ces articles.

– J'ai besoin de les conserver intacts, dit Cath. N'empêche qu'ils sont super. Encore merci. »

Ronnie Mackintosh était forcément l'assassin, supposait-elle. On disait bien que quatre-vingts pour cent des assassins sont connus de la victime, non? Ou quelque chose dans ce goût-là, en tout cas. Sinon, pourquoi Ronnie se serait-il enfui à Dumbarton? Il lorgnait sur l'argent de Mary depuis le début. Ou alors, il avait découvert qu'elle le trompait. L'un ou l'autre. La courte séquence vidéo où Ronnie montait dans la voiture de police présentait un homme désespéré, avec l'air effondré et abattu de quelqu'un qui ne dort plus depuis des jours. Pas vraiment le tueur machiavélique. Et s'il n'avait pas eu l'intention de tuer Mary ? Alors, le Ronnie sur la vidéo n'était-il pas ce à quoi il ressemblerait quand il aurait finalement réalisé ce qu'il avait fait ?

Quarante-huit heures plus tard, Ronnie Mackintosh fut officiellement inculpé du meurtre de Mary Chant. Norah ne travaillait pas ce jour-là. Steve avait téléphoné pour dire qu'il était retenu par un rendez-vous avec le directeur de sa banque et ne viendrait pas au magasin avant le début de l'après-midi. Cath mit le *Concerto italien* de Bach et pensa à Mary ; elle se demanda comment ses étudiants prenaient la nouvelle de son assassinat. Elle songea à la femme à l'écharpe verte qui sortait du PMU. Elle se rappela ce que Norah avait dit à propos du conjoint de Mary – qu'il avait l'air louche – et se demanda pourquoi tout le monde tenait tant à l'ignorer en faveur de Ronnie. Ronnie était partout dans les journaux, or il n'y avait qu'une seule photo du mari de la victime, un portrait flou qui lui donnait les yeux cagoulés et la calvitie naissante d'un musicien de rock lessivé.

Et si l'ex avait voulu qu'elle revienne et qu'elle avait dit non ? Et s'il était venu chez elle à Maryhill pour s'expliquer avec elle ? Elle l'aurait laissé entrer sans problème : comme quatre-vingts pour cent des meurtriers, il était connu de la victime.

Elle supposait que Ronnie était dans le collimateur parce qu'il avait la tête de l'emploi. L'ex avait peut-être l'air d'un truand de seconde zone, mais il n'était pas gérant d'un bureau de PMU, n'avait pas de fréquentations douteuses, ne baisait pas à droite à gauche et ne dealait pas de la cocaïne. L'ex était un professeur d'université qui habitait du côté de Hyndland Road, exactement le genre d'homme avec qui on s'attendrait à voir Mary, ce qui était probablement la raison pour laquelle la police ne l'avait pas inquiété.

« Qu'est-ce qui t'a décidé à les photographier, ces maisons du crime ? avait demandé Norah quand Cath avait démarré ce projet.

– Ce qui me plaît, c'est qu'elles n'ont rien de particulier. Des maisons tout ce qu'il y a de plus ordinaire. Il pourrait y en avoir une dans ta rue, ou dans une rue voisine. Elles nous rappellent que des crimes comme celui-ci peuvent se produire n'importe où.

– Je pige », dit Norah, et Cath la croyait. Norah parlait sans arrêt d'atmosphère. Norah ne connaissait pas l'histoire de Shirley. Cath était avare de confidences sur Shirley. Elle n'avait jamais parlé d'elle à Adam, par exemple, parce qu'elle avait horreur de l'idée que la mort de Shirley puisse être utilisée comme arrière-plan, comme l'explication de quelque chose. Ce qu'Adam, ce branleur, appellerait le contexte. Foutaises. Pourquoi faudrait-il que les maisons du crime aient plus à voir avec Shirley que les photos de ses autres projets – les restaurants de fish-and-chips et les hôtels du bord de mer, la coutellerie qu'on trouve dans les magasins de bric-à-brac ou le cliché des boutons trouvés de Norah qui avait été accepté par *The Big Issue*, le top des journaux de rue ?

Une image devrait se suffire à elle-même. Elle ne devrait pas avoir besoin de contexte. Tout ce baratin sur l'iconographie intrinsèque était un tas de conneries.

« Je ne fais pas confiance aux mots, avait dit Cath à Adam le premier jour de la master class. Je crains qu'être obligée d'expliciter une image la rende moins réelle. »

Trois heures plus tard, ils étaient au lit ensemble. Cath s'était demandé maintes fois si c'était cette attitude contestataire qui l'avait excité : la manière dont elle – une étudiante de rien du tout – avait osé afficher son désaccord avec Adam Fairlie, photographe primé qui avait eu droit à un dossier en solo dans le *Sunday Times*.

C'était probablement une idée à la con, encore une. Adam Fairlie s'ennuyait et appréciait qu'on s'intéresse à lui. Fin de l'histoire.

Déclencher l'obturateur et fixer l'instant décisif, arrêter le temps. Si on l'avait pressée d'expliquer pourquoi elle prenait des photos, Cath aurait dit que saisir une image lui donnait l'illusion d'un contrôle sur la réalité, mais qui prêtait attention à ces masturbations intello à part des branleurs comme Adam ?

La femme qui sortait du PMU lui avait rappelé Shirley. L'espace d'une seconde, pas plus. Quelque chose dans sa manière de marcher avec ses talons hauts, et ses cheveux aussi, sauf que ceux de Shirley étaient naturellement blonds, de la même couleur que les cheveux de la fille dans les vieilles pubs pour le shampooing Timotei, mais plus bouclés.

Le représentant de chez Warner Atlantic entra. Il s'enthousiasmait pour la réédition d'un album des années 1970, un enregistrement de l'auteur-compositeur-interprète gallois Meic Stevens.

« Il n'était plus disponible après sa première sortie. Un problème de droits. Vous saviez que Meic Stevens avait été découvert à l'origine par Jimmy Savile ?

– Pas exactement le meilleur argumentaire de vente », dit Cath. Le représentant rigola et Cath commanda trois exemplaires. Quand il fut parti, elle mit l'album sur la sono. Du folk sur une musique percutante et crue : chênes foudroyés, renégats hantés par le remord, guerriers celtes, fées voleuses d'enfants, bien-aimées qu'on enlève à minuit, et Chris Taylor acharné sur sa flûte tel un ménestrel médiéval dopé aux amphés. Des gens pouvaient qualifier de ringard ce style de folk moyenâgeux, mais Cath aimait bien ces vieilles histoires et les trouvait fascinantes. Chargées de résonance, comme pourrait dire Adam. Lorsque Steve se pointa, elle en était à la troisième audition intégrale du CD promotionnel.

« C'est quoi cette merde ? s'enquit Steve.

– Meic Stevens, le Bob Dylan gallois.

– Tout s'explique. » Il se dirigea vers la pièce du fond pour accrocher son manteau. Cath travaillait chez Sounds of the Suburbs depuis dix ans. Le magasin avait survécu au boom de l'Internet, d'abord grâce au pragmatisme de Steve qui tenait à ce que les choses conservent une taille raisonnable, et aussi parce que, dans une large mesure, ce qu'ils vendaient était du savoir plutôt que du produit. Ils avaient des habitués qui venaient depuis des années, et la proximité du magasin avec l'université garantissait l'approvisionnement régulier en nouveaux clients. Le travail était mal payé, mais c'était plus intéressant que de bosser pour Scottish Power, l'électricité verte, et Cath bénéficiait d'une remise en tant qu'employée. Si Steve se comportait parfois comme un connard, il était en général correct. Plus important encore, ils se comprenaient. Steve lui avait laissé la responsabilité des achats dans ce qu'il appelait les niches – pas seulement le classique, mais aussi le folk et le jazz. Toute la musique à laquelle lui-même ne s'intéressait pas.

Cath s'était initialement mise au folk à cause de Shirley. Shirley écoutait de la pop, de la house et du R&B comme tout le monde, mais elle possédait aussi une pile de vinyles des sixties et des seventies : The Incredible String Band, Fairport Convention, Anne Briggs. Elle les écoutait parfois en haut, dans sa chambre, sur un vieil électrophone Dansette avec haut-parleur incorporé.

« C'était celui de maman, disait Shirley. C'est un miracle qu'il marche encore. »

Quand Cath lui demanda d'où venaient ces disques, Shirley secoua la tête et dit qu'elle ne le savait pas, qu'ils avaient toujours été là. « Anne Briggs est passée une fois à Glasgow, ajouta-t-elle. C'est papa qui me l'a dit.

– Comment il le saurait ? »

Shirley la regarda de travers. « Papa sait chanter, tu sais. Mais il ne le fait que lorsqu'il est dans la camionnette et que personne ne peut l'entendre.

– À quoi ça rime ? »

Shirley haussa les épaules. « Tu sais comment il est. »

Cath le savait, et pourtant elle ne savait rien. Quand on est môme, les choses arrivent comme ça, c'est tout. Les amitiés, par exemple ; en général elles ne survivent pas et, en général, c'est bien comme ça. Si elle rencontrait Shirley par hasard aujourd'hui – disons dans la rue ou en descendant le Chequers – elles n'auraient rien à se dire.

Le jour qui suivit l'inculpation de Ronnie, Cath informa Steve qu'elle avait l'intention de prendre un congé.

« Pour trois mois. Une fois que la période de Noël sera passée. C'est pour ce projet sur lequel je suis en train de travailler. »

Elle savait qu'il flipperait au début mais qu'il finirait par accepter : ils se connaissaient depuis trop longtemps pour qu'il refuse, et de toute façon il aurait du mal à la remplacer. La pensée d'avoir à former un nouvel employé le rendrait dingue. Les gens qui avaient travaillé chez Sounds of the Suburbs avant elle étaient pour la plupart des étudiants, comme Norah. Ils restaient un an ou deux, et puis ils passaient à autre chose. Steve aurait répugné à l'admettre, mais il était soulagé d'avoir quelqu'un de permanent. Quelqu'un qui était toujours là, quelqu'un qui connaissait le bizness et qui tolérait ses sautes d'humeur.

Les gens croyaient parfois qu'elle et Steve étaient un couple, mais ça n'avait jamais été le cas.

« Tu rigoles ? dit Steve.

– Tu peux demander à Norah de faire quelques heures sup. Je lui ai déjà posé la question et elle n'est pas contre. Tu ne t'apercevras même pas que je ne suis pas là.

– Et qu'est-ce que je suis censé faire avec toute ta merde classique ?

– Tu peux me signaler par mail les nouvelles parutions. Et je téléphonerai aux représentants à ta place si tu le veux. »

C'est à peine s'il lui adressa la parole pendant le reste de la matinée, mais cela n'avait rien d'inhabituel. Puis il lui annonça qu'il allait déjeuner juste au moment où elle s'apprêtait à partir ; quand il revint, il puait la bière.

« Tu peux me donner les dates exactes ? Parce que je veux que tu sois revenue avant que Norah se barre à Milan ou je ne sais trop où.

– Ça, ce n'est pas avant septembre.

– Exactement. »

Pas tout à fait la réponse encourageante qu'elle aurait pu espérer, mais Cath avait l'habitude. Elle et Steve finiraient par s'arranger. Comme toujours.

2

Cath avait quitté l'île à l'âge de dix-huit ans. Pour de bon, croyait-elle. Ses parents y demeurèrent jusqu'en 2007, lorsque son père fut licencié par IBM et qu'ils retournèrent dans le sud de l'Angleterre. Cath trouva plus facile de rester en contact avec eux ensuite, comme si c'était l'île elle-même qui avait été responsable de leur brouille. Elle se rendit compte qu'ils lui avaient manqué et appréciait désormais le simple fait qu'ils existent. L'idée qu'ils puissent disparaître de sa vie lui retournait l'estomac, comme lorsqu'on tombe accidentellement dans un nid-de-poule. Cath leur reprochait toujours certaines choses qu'ils avaient dites, surtout des choses que Moira avait dites, mais elle avait appris à garder le silence. Remettre tout cela sur le tapis, c'était trop perturbant.

Moira avait détesté l'île depuis le début. La maison pleine de courants d'air surplombant la baie aurait dû être grandiose, mais Moira affirmait qu'elle la faisait toujours penser à une vieille femme recroquevillée sous un châle. Le manque de magasins décents, la météo épouvantable, l'impression d'être nulle part, en exil. Eux trois – la famille Naylor – incrustés dans les graviers du substrat insulaire comme un paquet de clous rouillés.

Moira : courageuse, égoïste, jamais contente, agressivement directe dans ses mille et une campagnes contre les menues injustices de l'existence. Les grosses, elle les ignorait, du moins quand ça l'arrangeait. C'est pourquoi Cath ne lui avait presque plus parlé depuis qu'elle avait quitté l'île jusqu'au moment où Moira et Colin étaient retournés dans le Sussex cinq ans plus tard.

Si ses parents étaient demeurés sur l'île, Cath n'y serait probablement jamais revenue. À présent, parce qu'ils étaient partis, elle pouvait y retourner. Lorsque le ferry entra dans le port, elle ne put s'empêcher de penser au jour de leur arrivée. Ce qu'ils avaient eu froid, tous les trois ! Les voisins s'étaient empressés de les rassurer : c'froid-là, c'est inhabituel… normalement, c'est pas comme ça, etc. La dentelle de glace sur les fenêtres du haut, la chaudière en panne, la mère de Cath en pleurs.

« Nous ne pouvons pas vivre comme ça, Colin. Cette maison est à l'abandon. »

Un plombier fut convoqué, le chauffage central se remit en marche bruyamment. Dehors, par la grande baie vitrée du séjour, on voyait les ferries tracer sans cesse leurs sillons sur l'estuaire de la Clyde. Cath se souvint des deux cartes postales qu'elle avait achetées le lendemain matin au bureau de poste, destinées à sa meilleure amie, Carmen Ramirez, à Horsham, Sussex. Brrrr, ce qu'il fait frrroid, avait-elle écrit pour essayer de rendre ça drôle. La maison est antédiluvienne, et il y a de la moisissure dans la salle de bains. Pas encore de fantômes (hou ! hou !) mais je te tiendrai au courant. Cath n'avait jamais revu Carmen, bien qu'elles se soient écrit régulièrement pendant presque un an. La pensée de Carmen vivant quelque part dans le monde était bizarrement réconfortante. Peut-être que Carmen était médecin, peut-être qu'elle s'était engagée dans l'armée, peut-être qu'elle avait trois mômes. Peut-être que des fois elle leur racontait des histoires sur Catherine, sa meilleure camarade de classe, qui était allée vivre sur une île en Écosse et n'était jamais revenue.

Cath avait trouvé un appartement meublé convenable via Internet. La durée minimale de location était de six mois, mais le loyer était bon marché, la moitié de ce qu'un logement similaire lui aurait coûté à Glasgow. L'adresse était Argyle Terrace.

« Je peux vous emmener là-bas si vous attendez cinq minutes. Kevin est en rendez-vous, mais il va revenir d'un moment à l'autre. » L'agent immobilier, Jeannie Morris : mince, vive, la soixantaine, foulard en soie à motifs de plumes de paon. Elle semblait impatiente de savoir ce qui avait amené Cath sur l'île.

« Je suis photographe », dit Cath. Les gens avaient tendance à être moins curieux si vous étiez honnête avec eux. Elle estimait que la probabilité qu'on la reconnaisse après tout ce temps était faible, voire nulle : elle n'était qu'une enfant à l'époque. « Je photographie tous les endroits où ma famille a vécu. Ma grand-mère avait une maison ici. Elle était d'Édimbourg.

– C'est vrai ?

– Elle s'appelait Margaret Logan. » Lointains souvenirs de carreaux à motifs au-dessus d'une antique cuisinière suédoise AGA et d'une horloge murale au tic-tac sonore. Une horloge soleil – comme celle de Mary Chant, justement. Elle prit les clés que lui présentait Jeannie Morris, lui dit que ce n'était pas la peine qu'on l'accompagne, elle trouverait bien le chemin toute seule. Elle espérait que ce ne serait pas interprété comme un signe d'hostilité. Elle ne voulait pas s'aliéner Jeannie Morris, ni personne d'ailleurs, mais elle trouvait toujours ce type d'interactions sociales mineures difficiles à gérer, voire embarrassantes. Elle enviait Steve, qui se fichait complètement de ce que les gens pouvaient penser de lui en bien ou en mal.

Argyle Terrace était une longue voie sans issue, à quinze minutes à pied du terminal des ferries. L'annonce vantait peut-être de splendides vues sur la baie, mais l'appartement lui-même s'avéra être comme la plupart des meublés : vaguement délabré, et avec une odeur de moisi qui suggérait qu'il était inoccupé depuis plusieurs mois. Depuis la fin de la dernière saison. N'empêche qu'il était propre, et le séjour avec sa table des années 1960 ferait un bon espace de travail. Cath cala son sac de voyage contre le sofa recouvert de Dralon et regarda autour d'elle. Elle mourait d'envie de boire une tasse de thé. Elle décida d'aller à la Coop acheter quelques provisions ; elle déballerait ses affaires plus tard.

Autant qu'elle s'en souvienne, la Coop était autrefois un Somerfield, même si la configuration des rayons semblait plus ou moins inchangée. Un homme âgé qui poussait son sac de courses à roulettes vit que Cath essayait de lire le prix d'un paquet de salami.

« Tu vas te fatiguer les yeux, ma poule, à regarder de si près.

– Non, ça va, dit Cath. C'est juste que je ne peux pas porter de lunettes. » Le vieil homme était bien intentionné, comme la plupart des gens de son âge, mais ç'aurait été trop barbant et trop fatigant de lui expliquer.

« Qu'est-ce qu'ils ont, tes yeux ? » avait demandé Shirley cinq minutes après leur première rencontre. Comme ça, franco. On avait dit à Cath de s'asseoir à côté de Shirley parce qu'il y avait une table de libre.

« Ils ont été endommagés à ma naissance. Les docteurs ont dit que mon cerveau avait été privé d'oxygène. Mes yeux sont obligés de bouger tout le temps pour stabiliser ma vision. Ça s'appelle le nystagmus.

– Ça te fait mal quand tu essaies de regarder des trucs ? L'image tremblote ?

– Bien sûr que non. Je ne m'aperçois de rien. Il y a des fois où je suis obligée de regarder de très près, c'est tout. »

Elle tenta d'expliquer à Shirley que sa vision n'était pas floue, que c'était comme qui dirait des messages qui ne passaient pas, que plus l'objet était éloigné, moins son nerf optique transmettait de détails au cerveau. Par exemple, quand elle essayait de lire ce qu'un prof avait écrit au tableau.

« Je vois bien que c'est de l'écriture, mais je n'arrive pas à voir ce que ça veut dire. C'est comme si ça se tortillait pour m'échapper. » Elle ajouta qu'en général ça n'avait pas d'importance, parce qu'elle était capable de mémoriser ce que le prof avait écrit à partir de la forme des paragraphes.

Shirley lui posa quelques-unes des questions habituelles – tu vois ceci ? tu vois cela ? combien de doigts je te montre ? – mais l'effet de nouveauté s'estompa vite et dès la fin du deuxième jour au lycée, Cath était Cath tout simplement. Dans son ancienne école dans le Sussex, les jolies filles dures du type Shirley l'avaient en général snobée, quand elles ne passaient pas directement au stade des insultes. Ce qu'on appellerait aujourd'hui du harcèlement, même si Cath ne l'aurait pas défini ainsi à l'époque. Elle se disait que les crétins étaient des crétins, tant pis pour eux ou plutôt elles ; c'était leur problème, pas le sien. Si elles la considéraient comme un phénomène, ça lui convenait très bien.

Cath se demandait parfois si elle n'avait pas été attirée par la photographie avant tout en tant que moyen de prouver à autrui qu'elle pouvait voir. Enfant, on l'emmenait à l'hôpital pour des contrôles annuels, où une succession aléatoire d'ophtalmologistes – un nouveau à chaque fois – commentaient à loisir ses limitations. Ces spécialistes n'avaient pas idée de la manière dont elle voyait le monde, pas vraiment, tout en continuant à s'émerveiller de la manière dont elle « se débrouillait ». Leur insistance sur des généralités – leurs conclusions dérivaient pour la plupart de sa capacité à déchiffrer ou non des lettres sur l'échelle optométrique – décrédibilisait leurs assertions, qu'au fil des années Cath trouvait de plus en plus frustrantes. Avec leur vision standard parfaite, les médecins étaient incapables d'imaginer comment l'œil, le cerveau et la mémoire pouvaient travailler ensemble – bref, que la vision était un art qu'on pouvait apprendre.

Cath ne leur en tenait pas rigueur, surtout depuis qu'elle avait découvert que sa pathologie était quasiment impossible à décrire ou à expliquer en termes concrets. Exemptes de commentaires, ses photographies fonctionnaient à la fois comme une explication et une réfutation. Un relevé des espaces qu'elle traversait réellement, dans lequel chaque détail contenait des potentialités, même des choses que certains trouvaient banales ou ne remarquaient carrément pas.

Un lambeau de papier d'aluminium violet qui traîne dans le caniveau, une boîte de sardines abandonnée sur le rebord d'une fenêtre, des publicités pour des produits qui n'existent plus, des hôtels délabrés, des prisunics Woolworth aux fenêtres condamnées – toutes choses qui agissaient comme marqueurs de l'acte mémoriel.

De retour à l'appartement, Cath se fit une tasse de thé et un sandwich à la Marmite, puis déballa le contenu de son sac de voyage à roulettes. Après avoir rangé ses vêtements, elle photographia l'armoire : les pieds arqués, la glace ovale, la patine assombrie du vernis, vieux d'un siècle. À l'intérieur, le parfum de la naphtaline, une enveloppe vide et le tintement caractéristique et inimitable d'une dizaine de cintres métalliques. L'acte consistant à photographier l'armoire avait en quelque sorte stabilisé la situation : elle était de retour sur l'île. Cath était à la fois mal à l'aise et pleine d'énergie. Elle était ici pour photographier une maison, la maison dans laquelle sa meilleure amie Shirley Craigie avait été assassinée. Pour créer une carte visuelle des événements tels qu'ils s'étaient déroulés, comme aurait pu le formuler Adam. Ce que les psys des plateaux télé appelleraient la clôture cognitive. Toute la matière qu'elle aurait dû traiter il y a un million d'années.

Aye, mais peut-être que t'étais pas prête.

Peut-être que tu as raison.

Elle réalisa qu'Adam n'avait aucune idée de l'endroit où elle se trouvait et fut surprise du plaisir que ça lui procurait de s'en apercevoir.

Les réverbères s'étaient allumés. Au-dessus d'Argyle Terrace flottaient des effluves iodés et les cris des goélands. Cath longea le front de mer jusqu'aux Jardins d'hiver. Elle remarqua un bus jouet couché sur le côté sur l'un des bancs près de la pelouse du pitch-and-putt. Cath toucha sa carapace de plastique et regretta de ne pas avoir emporté son appareil photo ; elle espéra que l'enfant qui l'avait oublié reviendrait le chercher. Le jouet lui manquait déjà, probablement, et il serait contrarié. Elle traversa l'A844, s'approcha du Black Bull et regarda par la fenêtre. Le bar du pub était plus ou moins vide, rien que deux mecs à capuche qui buvaient des Tennent's et consultaient leurs smartphones.

Cath entra. Elle demanda un whisky à la femme derrière le comptoir. « Un Highland Park, s'il vous plaît, sans glace.

– Alors on est en vacances, ma choute ?

– Plus ou moins.

– Fait froid ce soir, pas vrai ?

– Pas aussi froid qu'à Glasgow. »

La femme rit, ouvrit le tiroir-caisse et lui rendit sa monnaie. Cath prit son whisky et alla s'asseoir à l'une des tables près de la fenêtre. Les deux buveurs de bière l'ignorèrent. L'un avait posé son téléphone et faisait les mots croisés dans l'exemplaire du *TV Times* que quelqu'un avait laissé sur une table voisine. Cath sirota son whisky et regarda par la fenêtre. C'était presque la tombée de la nuit, voitures et camions faisaient la queue pour embarquer sur le ferry. C'était comme si elle n'était jamais partie. De retour à l'appartement, elle trouva un mail d'Adam suggérant qu'ils prennent un café quelque part pour « faire le point ». Cath songea à ne pas répondre puis lui décocha un message d'une ligne : en déplacement pour un bout de temps, peut-être quand je reviendrai.

Peut-être, ou plutôt peut-être pas.

Elle se félicita de ne pas lui avoir dit où elle était.

3

Dans cette affaire, les faits étaient clairs, ou du moins le semblaient-ils. Vers 15 h 35 dans l'après-midi du jeudi 30 août 2001, John Eamon Craigie roulait au volant de son pick-up sur l'A844 en direction de Straad, hameau de quelque deux cents habitants sur la côte ouest de l'île. À environ un kilomètre et demi de cette localité, il fit une embardée pour éviter une Ford Granada roulant en sens inverse et perdit le contrôle de son véhicule. L'utilitaire plongea dans le fossé qui longeait la route et termina sa course en percutant violemment un muret en pierre. L'impact propulsa John Craigie à travers le pare-brise. Le conducteur de la Ford Granada, Angus Livingstone, courut jusqu'à un cottage proche pour téléphoner aux secours avant de retourner rapidement sur les lieux de l'accident.

« Je ne savais pas trop quoi faire, expliqua-t-il lorsque les ambulanciers arrivèrent. On dit qu'il ne faut pas déplacer les accidentés, c'est ça ? Il a l'air drôlement amoché. »

Les secours avaient été sur place en moins de dix minutes. John Craigie, identifié par le contenu de son portefeuille et son permis de conduire, fut déclaré mort sur les lieux. Deux agents de police furent dépêchés au domicile de Craigie sur Westland Road avec l'intention d'informer sa famille. Ils trouvèrent la porte de la cuisine grande ouverte et les cadavres de l'épouse de John Craigie, Susan, et de leurs deux enfants, Eamon, trois ans, surnommé Sonny, et Shirley, qui avait quinze ans. Tous les trois avaient été tués par balles. Susan et Sonny étaient à l'intérieur de la maison. Le corps de Shirley Craigie avait été découvert dans le vaste jardin derrière le pavillon. Des égratignures sur ses bras et jambes suggéraient qu'elle avait tenté de s'enfuir à travers les buissons qui servaient de limite entre la propriété Craigie et la ferme voisine.

D'abord ce fut la panique, le bruit courut qu'un tueur était en cavale. On conseilla aux habitants d'être vigilants, de ne pas laisser sortir leurs enfants. Cette rumeur s'avéra non fondée. Moins de quarante-huit heures plus tard, la police publia une déclaration confirmant qu'aucune autre personne n'était recherchée en liaison avec ce triple assassinat, que des investigations approfondies de la police scientifique suggéraient fortement que le tueur était John Craigie. Un certain nombre de témoins locaux s'étaient manifestés, qui décrivaient dans leurs dépositions le tempérament violent de Craigie, son comportement autoritaire, son manque d'amis proches.

L'arme du crime – une arme à feu – ne fut pas retrouvée. La police finit par conclure que l'assassin avait dû la jeter dans le loch Greenan en sortant de la ville.

« Ils ont été assassinés tous les trois, disait Moira qui venait de rentrer du Somerfield. Tués par balles. Toute la famille. »

Elle laissa choir ses cabas sur la table de la cuisine et commença à les vider.

Colin posa son journal. « Assassinés ? Qu'est-ce que tu veux dire ?

– Susan, Shirley, le petit aussi. Les gens disent que ça pourrait être le père. » Elle sembla vouloir ajouter quelque chose, mais elle se ravisa. « Où est Catherine ? » dit-elle à la place. Cath apparut sur le seuil de la cuisine. Elle était descendue pour se chercher un 7Up. Elle voulait toujours un 7Up. Elle songeait au livre qu'elle était en train de lire, *Le Choix de Sophie*. L'idée que c'était Shirley dont maman parlait lui semblait déconnectée de la réalité, comme un fait divers aux infos, une histoire qu'on écoute ou qu'on entend tout en étant occupé à faire autre chose.

C'est comme ça que ça se passe dans un téléfilm, avait-elle pensé alors. C'est le moment où la caméra zoome de plus près, où la personne à qui on apprend la nouvelle prend un air ébahi, puis choqué, puis horrifié. Le moment où elle met la main devant sa bouche, peut-être. Si la série est vraiment craignos, il se peut même qu'elle pousse un cri.

Un poids lui pesait sur l'estomac, ce qu'on appelait le poids du savoir, elle le comprit plus tard, alors qu'elle ne voulait toujours pas y croire, parce que si on y croyait, ça changeait tout. Ce qu'elle voulait, c'était appeler Shirley, qui, très vraisemblablement, n'était pas morte ou quelque chose comme ça, mais vautrée sur son lit, le casque sur les oreilles, à moins qu'elle soit au yacht-club en train de mendier des clopes. Si seulement elle pouvait parler à Shirley, le temps repartirait en arrière.

J'ai entendu dire que tu as été assassinée.

C'est vrai, ça ?

Shirley en hurlerait de rire. Elle trouverait ça désopilant.

« Je ne peux pas dire que je suis surprise, dit Moira. Je ne pouvais pas supporter cet homme. Elle aurait dû le quitter depuis des années. Aisling Carruthers dit que l'endroit est comme un abattoir.

« Moira », dit Colin. Il se leva de sa chaise. Cath le revoyait en train de lui tapoter l'épaule, d'essayer de la faire s'asseoir.

« Je monte dans ma chambre », dit Cath. Elle avait besoin de sortir de cette pièce avant qu'elle ne vomisse, commence à tourner de l'œil ou se mette à pleurer. Si elle se mettait à pleurer, Moira essaierait de la serrer dans ses bras, ce qui, vu l'opinion que maman avait de Shirley, lui ferait complètement péter les plombs. Ses oreilles bourdonnaient, elle avait les mains moites. Parce qu'on rôtissait, même à l'intérieur, et parce que Shirley ne lui donnait pas l'impression d'être morte, pas du tout, pas encore. Cath s'imagina en train de composer son numéro, d'entendre la sonnerie, d'attendre, d'espérer.

Et si c'était la police qui répondait, qui lui demandait pourquoi elle appelait ? Qu'est-ce qu'elle dirait ?

Elle pourrait demander à parler à Susan, mais sa mère ne venait-elle pas de dire qu'elle était morte elle aussi ?

Il y avait une photo de Susan dans un cadre argenté sur la coiffeuse de Shirley. La Susan sur la photo était plus jeune que la Susan de maintenant. Elle avait les cheveux attachés dans un foulard et un ventre rond de la taille du mont Everest.

« C'est moi là-dedans, lui avait dit Shirley. Un mois avant ma naissance. C'est papa qui a pris la photo. »

Susan souriait et elle était maquillée. Elle avait l'air heureuse et, plus important encore, elle avait l'air en vie.

Une journée torride, un été dont les gens de la ville parleraient encore des années plus tard. Dans les heures et les jours qui suivirent le triple meurtre, l'île fut empreinte d'un calme étrange. Sous le regard impitoyable du ciel, cet œil bleu qui ne cillait pas. Les gens bavardaient sans hausser la voix au coin des rues ; chez le boucher, le boulanger, le quincaillier, il n'y avait qu'un seul sujet de conversation – tout autre était apparemment proscrit. Cath ne put s'empêcher de remarquer que les noms des Craigie étaient à peine mentionnés. Le consensus semblait dicter qu'ils étaient innommables, que les Craigie avaient été, d'une manière ou d'une autre, complices de leur propre destruction. En tout cas, comme on peut s'y attendre sur une île, tout le monde savait de qui il était question.

La chaleur n'arrangeait pas les choses. Par un temps pareil, les mômes auraient dû se jeter de l'herbe coupée à la figure, se faire bouffer par les taons, plonger du haut de la jetée, ce qui était strictement interdit, regarder les touristes avec leurs chapeaux de soleil en carton débarquer du pittoresque *Waverley*. Au lieu de quoi il y avait une veillée sur la place centrale de la ville. Les bougies étaient de rigueur.

« Tu crois qu'on devrait y aller ? dit Colin. Faire preuve de bonne volonté ? » Cette suggestion s'adressait principalement à elle, Cath, elle le voyait bien. Elle savait déjà que Colin et Moira étaient pour une fois d'accord, que de pareilles manifestations publiques de ce que Moira appelait le sentiment n'étaient pas leur genre.

« Vas-y si tu veux », dit Moira. Ses lèvres se raidirent. « Je ne peux pas supporter ce genre de déballage. Je ne vois pas l'intérêt. »

Cath s'éclipsa après le souper, sous prétexte d'aller se promener. Quand elle arriva sur la place, elle resta en marge de la foule, vaguement mal à l'aise, comme une intruse, comme si elle s'était accidentellement invitée dans une soirée privée. Puis quelqu'un sortit une guitare et se mit à chanter. Quelques personnes pleuraient. Cath se demanda combien d'entre elles avaient connu Shirley, et combien de ceux et celles qui l'avaient connue avaient eu une bonne opinion d'elle. L'homme à la guitare avait les yeux fermés. La chanson qu'il chantait semblait familière. Cath se dit qu'il se pouvait même que ce soit chez Shirley qu'elle l'avait entendue, mais le titre lui échappait.

Blackwaterside, idiote. Anne Briggs.

Cath sentit une boule dans sa gorge.

Comment il l'a su ?

Et merde, il le savait pas. C'est un standard folk. Tous les connards le chantent.

La foule écoutait en silence. La chanson se dissipait dans l'air mauve et chaud. Comme un fantôme, songea Cath. Comme la dernière, l'ultime chanson.

Déconne pas. Franchement, tu me vois me pointer ici ? Plutôt crever.

Tais-toi.

Cath s'éloigna rapidement, les yeux rivés sur le sol. Le dernier ferry entrait dans le port. Personne ne vit Cath quitter la place, ni ne semblait avoir remarqué sa présence, d'ailleurs.

Les filles de la classe de Shirley se mirent à porter des brassards noirs. Lorsque l'école reprit en septembre, elles les avaient déjà abandonnés, mais ce qui les avait rapprochées persistait comme un secret coupable, une mentalité de groupe particulière qui les distinguait des autres. Cath n'avait pas participé à l'engouement pour les brassards, ni à quoi que ce soit. Elle se sentait comme un papillon de nuit piégé sous un verre. Elle pouvait voir, entendre et penser, mais elle ne pouvait pas s'échapper. L'idée que l'une ou l'autre de ces attitudes puisse avoir le moindre rapport avec Shirley était comme une insulte.

La colère monta en elle pour couvrir son raisonnement, comme un manteau. Elle n'était pas habituée à la colère, ni à une colère comme celle-ci. La colère à laquelle elle cédait habituellement était un degré en dessous, le type de colère qui lui permettait d'exceller dans les joutes oratoires à l'école, même si beaucoup d'autres élèves lui en voulaient de leur faire la leçon. De pérorer sur le désarmement nucléaire sans la moindre pensée pour les milliers d'emplois qu'on allait perdre. Y vont pas lâcher la bombe maintenant, de toute façon, alors ferme ta gueule.

Cette nouvelle colère était sans paroles : de la fureur pure, surtout envers Moira pour ce qu'elle pensait des Craigie. Sa mère avait pratiquement dit que Shirley l'avait cherché. Si c'était vrai, alors pourquoi personne n'avait essayé de l'avertir, et qu'est-ce que Shirley devenait dans tout ça ? Une fureur dirigée contre l'impuissance crasse de Dieu, enfin, si Dieu existait, ce qui n'était probablement pas le cas. À quoi ça servait d'avoir un dieu coincé aux entournures ?

Avant la mort de Shirley, Cath avait eu l'intention d'aller à l'université, d'étudier le droit, le russe ou la politique – elle n'arrivait pas à se décider. Elle s'enthousiasmait pour une nouvelle spécialité chaque semaine sans pouvoir envisager son avenir autrement qu'avec la certitude que cela mettrait fin à la vie qu'elle menait. Cette révélation la terrifiait, mais elle continuait de faire des projets. Cath s'était toujours attachée aux lieux plutôt qu'aux gens : le pub en face de leur ancienne maison à Horsham, le terrain vague derrière le lycée et, bien sûr, le terminal des ferries, qui résumait l'insularité de l'île. En son for intérieur, elle chérissait tout ce qui avait trait à l'île.

Après les meurtres, il n'y avait plus que sa colère, la satisfaction de rejeter tout ce à quoi on s'était attendu de sa part. Ce que Moira avait appelé le sacrifice délibéré de ses perspectives, et tout ça pour quoi ? je vous le demande.

« On ne peut pas ressusciter les morts, pestait Moira. À quoi ça va lui servir que tu bousilles ton avenir ? »

Cath avait eu l'idée ridicule qu'elle allait quitter l'île pour de bon et devenir flic. Elle pourrait passer ses examens pendant sa formation, ça, elle le savait déjà, et Cath voulait plus que tout devenir inspecteur de police. Croyait-elle vraiment que ce serait là un moyen de donner un sens à ce qui était arrivé à Shirley ? Peut-être, même si elle ne s'était pas attardée sur ses motivations. Entrer dans la police, c'était ce qu'elle avait l'intention de faire.

Elle n'alla même pas jusqu'au stade de l'entretien préliminaire. Elle ne répondait pas aux exigences médicales. Cath aurait dû s'en rendre compte plus tôt. Ce que tu peux être bête, quand même! Moira fulminait au téléphone, comme quoi elle n'aurait pas dû se défiler comme ça, qu'elle aurait dû s'inscrire à l'université et devenir avocate. Aucun examen de l'acuité visuelle n'est exigé pour devenir avocat, et qu'est-ce qu'elle allait faire maintenant? Elle finirait par essuyer les tables chez MacDo, elle aurait dû écouter ce qu'on lui disait.

Cath travailla dans des cafés pendant quelque temps puis à l'accueil du Glasgow Film Theatre. Le boulot était bien, mais le salaire était une misère et le seul endroit où elle pouvait se permettre d'habiter était une maison en colocation du mauvais côté de Sauchiehall Street. Elle avait horreur de cette maison, non parce que sa chambre était minuscule, mais parce que ses colocataires étaient tous des branleurs qui ne sortaient jamais les poubelles. Elle postula pour un emploi chez Scottish Power afin de pouvoir prétendre à un prêt hypothécaire et s'acheter un appart.

Elle resta chez SP trois ans puis partit pour travailler chez Steve. Pendant tout ce temps, elle prenait des photos, et il y avait des moments où elle regrettait de ne pas avoir tenté d'entrer à l'École des beaux-arts aussitôt après avoir quitté l'île. Au lieu de quoi elle se tourna vers les livres, les magazines de photographie, les expositions à la Mitchell Library et à la Gallery of Modern Art. Au fil du temps, elle finit par reconnaître ses héros : Vivian Maier, Daido Moriyama et Stephen Shore.

Dans son for intérieur, Cath se voyait encore travailler dans la police. Elle l'avait dit à Steve une fois, alors qu'ils étaient tous les deux bourrés. Il avait grogné, lui avait dit que le travail de la police était en général barbant – des cambriolages et des vols de voitures, peut-être parfois une plantation de cannabis. Le genre d'affaires qu'on voyait dans les séries policières se présentait une fois dans votre vie, et encore si vous aviez de la chance.

« Tu n'es pas flic, tu es une détective privée, dit-il. Qui arpente les rues louches de Glasgow-sur-défonce. »

Ils éclatèrent de rire tous les deux, en se balançant sur leurs sièges comme des ados. Elle savait que Steve admirait son travail, même s'ils en parlaient rarement.

Steve avait-il une petite amie ou un petit ami ? Cath le connaissait depuis dix ans, et elle n'en avait toujours aucune idée.

La maison des Craigie avait toujours eu cet aspect délabré, principalement à cause du pick-up hors d'âge de John Craigie garé dans l'allée, de l'abri voiture branlant et de la véranda boueuse en façade, débordant de bottes en caoutchouc, d'outils de jardin rouillés et de bûches pour le poêle à bois. Mais, plus encore, l'impression de ruine émanait de John Craigie lui-même. Malgré tous les efforts de Susan pour égayer l'endroit – les géraniums et les giroflées en pot, les parterres de capucines et de mufliers sous les fenêtres de devant – la présence de son mari planait au-dessus comme un nuage d'orage, même quand il n'était pas là.

« Ce type, il lui manque une case, si vous voulez mon avis », soulignait Moira. Elle n'aimait pas aller chez les Craigie, et d'ordinaire c'était Colin qui venait récupérer Cath quand elle était là-bas. Il restait même parfois pour une tasse de thé. Tout le monde aimait bien Colin, y compris John Craigie, même s'il ne le disait pas ; il se contentait de grogner et d'incliner la tête, et de mettre les mains dans les poches. Pour cacher la saleté, très probablement, la crasse sous ses ongles, les écorchures mal cicatrisées. Non que papa lui en ait tenu rigueur. Papa semblait à peine remarquer l'apparence physique des gens. C'était leurs manières qui comptaient pour lui, leur personnalité.

« C'est une fille sympa, cette Shirley, avait-il dit un jour. Drôle et gentille. »

Moira lui lança un regard noir. Elle pensait que Shirley avait une mauvaise influence sur Cath – une de ces filles qui arrivaient maquillées en classe alors que le règlement l'interdisait, qui piquait des canettes de lager au club de bowling, qui manifestement n'arriverait à rien. « Ça ne me plaît pas que Catherine aille là-bas. Surtout quand elle a cours le lendemain matin. »

Jamais, c'était ce qu'elle voulait dire. C'était affreux la manière dont ces choses vous revenaient quand vous croyiez les avoir oubliées.

L'abri voiture avait disparu. Le pick-up aussi, évidemment. À sa place se trouvait une petite trois-portes Toyota verte, une Yaris, garée sur l'emplacement fissuré à côté d'une benne de chantier remplie à ras bord de détritus variés : rouleaux de moquette arrachée, morceaux de placoplatre et un lot de vieilles chaises de salle à manger. Les grilles en fer forgé, avec leurs lièvres bondissants, étaient encore intactes.

Cath passa devant la maison sans s'arrêter. Arrivée au sommet de la colline, elle changea de trottoir et redescendit la rue. Son estomac était malmené par la nausée, ou la peur, ou quelque chose entre les deux. Mais par-dessus tout, elle était soulagée de voir que la maison était encore là, et encore reconnaissable – soulagement peut-être déplacé mais si intense qu'elle pouvait presque en sentir les effluves. Comme si quelqu'un lui avait dit que Shirley était en vie après tout, que cette histoire de triple meurtre avait été une fausse nouvelle.

« Ouais, c'est ça, cette salope s'est barrée en Australie. Y paraît qu'elle a épousé un mataf de la marine de là-bas. Elle habite à Brisbane, maintenant, la veinarde. »

Une odeur de terre humide, de feuilles écrasées. Cath s'imagina en train de sonner à la porte, d'entendre des pas dans le couloir. Que dirait-elle ? Elle avait lu un jour dans l'*Observer* un article sur les gens qui habitaient des maisons où un crime avait été commis, et la manière dont ils géraient ce que l'interviewer avait appelé l'héritage de la violence. Certains choisissaient d'approfondir l'enquête, de se plonger dans les détails de l'affaire. D'autres ne semblaient aucunement dérangés. « Je laisse tout ça aux chasseurs de fantômes, avait commenté l'un d'eux. Je parie que chaque maison en Grande-Bretagne est une maison du crime, si on remonte assez loin. »

Alors que Cath traversait la rue et repassait du côté de la maison, la porte d'entrée s'ouvrit et une femme sortit sur le seuil. Cath retint son souffle. La femme était grande et maigre, avec des cheveux touffus retenus par un bandana, une peau foncée et un jean délavé. Pas facile pour Cath de distinguer ses traits à cette distance, mais c'était normal s'agissant d'une parfaite inconnue. Une fois que Cath connaissait une personne suffisamment bien, son cerveau rajoutait les détails, même à deux fois cette distance, intégrant tout ce dont elle se souvenait comme un imageur 3D.

« Bonjour, dit la femme. Vous cherchez quelqu'un ? »

Cath sourit, fit un bref signe de dénégation. « Non. Merci. Excusez-moi de vous avoir dérangée. »

Elle s'éloigna à la hâte, les yeux rivés sur le trottoir. Lorsqu'elle arriva en bas au niveau de la Coop, elle courait presque. Elle s'en voulait de n'avoir rien dit de plus utile, de ne pas avoir au moins demandé à cette femme comment elle s'appelait. À présent que le moment était irrévocablement passé, les manières variées de rejouer la scène se multipliaient à l'infini et sans effort dans son esprit. Bonjour, je m'appelle Cath, et vous ? Ma meilleure amie habitait ici. Quand avez-vous emménagé ?

La dernière fois que Cath avait vu Shirley, elle était en train d'acheter une glace chez Zavaroni. Elle se tenait face au comptoir et tournait donc le dos à Cath, mais Cath n'eut aucun mal à la reconnaître, même de loin. Avec quelqu'un qu'elle connaissait bien, la reconnaissance tenait moins du visuel que du ressenti : la manière dont la personne bougeait ou se tenait, son odeur, la forme de son écriture, le claquement sourd que Cath percevait en la voyant. Elle décrivait d'habitude ce phénomène comme une aura, bien que ce ne soit pas exact non plus. Elle supposait que c'était un genre de synesthésie.

Tee-shirt jaune, jean coupé, les fameuses sandales blanches à lanières avec des talons de huit centimètres que Shirley avait portées un jour à l'école – on l'avait illico obligée à les échanger contre une paire de baskets monstrueuses récupérée dans le placard des objets trouvés.

Cath se dépêchait de rentrer à la maison, alors elle ne s'était pas arrêtée pour lui dire bonjour. Enfin, c'était l'excuse qu'elle s'était donnée, plus tard, mais il y avait d'autres raisons.

Elle avait hésité une seconde puis traversé la rue en espérant que Shirley ne se retournerait pas avant qu'elle ne soit de l'autre côté.

C'était la veille des meurtres, le mercredi, aussi torride que le jeudi, sous un ciel d'un bleu impitoyable. Cath était allée sur le continent pour voir Victoria, une fille à qui elle avait dit bonjour spontanément deux mois auparavant, lors d'une exposition de photographies de la faune îlienne qui se tenait au Pavilion. Cath avait d'abord remarqué Vicky en arrêt devant une photo de cormorans. Ses longues tresses lui descendaient jusqu'à la taille. Son père était chez IBM, comme Colin, mais plus haut dans la hiérarchie. Sa mère, à moitié russe, était médecin. Ils habitaient juste en face, de l'autre côté de l'estuaire, à Colintraive.

Cath n'aurait normalement pas fait le premier pas comme ça, mais avec Vicky c'était différent, comme si elles se connaissaient déjà.

« Tu as déjà vu la photo des papillons de nuit ? répondit Vicky. Des bombyx du chêne. On en a parfois dans le jardin. »

Cath dit qu'elle ne les avait pas vus et Vicky la conduisit au milieu des panneaux d'exposition jusqu'à l'endroit où se trouvaient les *Bombyx du chêne*, de Martin Scrimshaw : deux insectes dodus du même orange vif et fauve qu'un chat roux. Shirley aurait fait une plaisanterie à propos des papillons, ou bien elle les aurait carrément ignorés. Vicky les contempla en silence pendant un moment puis se tourna vers Cath et lui demanda quels étaient ses écrivains favoris.

Cath était fascinée, par les bombyx et aussi par Vicky, qui semblait tenir pour acquis qu'elles étaient désormais amies et allaient transformer cette rencontre fortuite en quelque chose de plus profond.

Elle me voit, pensa Cath, et le choix de ces mots la fit rougir même si elle ne les avait pas dits à Vicky ni même prononcés à haute voix. Elle était allée chez Vicky deux fois et il était question que Vicky vienne souper la semaine suivante. Cette visite n'avait jamais eu lieu, toutefois. La mère de Vicky n'était pas enthousiaste, pas après ce triple meurtre. Elle indiqua clairement qu'elle ne voulait pas que Vicky aille sur l'île tant que la police n'aurait pas découvert avec certitude qui était l'assassin. Le temps avait passé, le trimestre était commencé et Vicky s'était liée d'amitié avec une nouvelle fille de son école à Dunoon. Elles n'avaient jamais trouvé le moyen de fixer un autre rendez-vous, et voilà.

Shirley ne fut jamais au courant de l'existence de Vicky. Sinon, elle aurait pensé que c'était une fille coincée, la parfaite intello. Lorsque Cath avait vu Shirley chez Zavaroni cet après-midi-là, elle avait traversé la rue pour éviter une scène du style t'étais-où-t'as-fait-quoi? Encore une fois, c'était ce qu'elle se disait, sauf qu'en fait c'était plus simple : si elle avait changé de trottoir, c'était parce qu'elle ne voulait pas du tout parler à Shirley. Pas pour toujours, mais juste cette fois-là. Elle pensait encore à Vicky, à l'après-midi passé dans le jardin de Vicky à discuter des universités pour lesquelles elles allaient postuler et des destinations pour une possible virée Interrail l'été suivant.

« On pourrait aller jusqu'à Moscou », avait dit Vicky. Apparemment, elle avait une grand-mère qui habitait là-bas, sauf que Vicky n'avait pas dit grand-mère mais *babooshka*, ce qui les avait fait hurler de rire et reprendre la chanson de Kate Bush à tue-tête avec des voix suraiguës.

Après la mort de Shirley, Cath avait l'impression que cet après-midi dans le jardin de Vicky avait été en quelque sorte maudit, qu'elle avait attiré la malédiction sur cette journée en ne s'arrêtant pas pour bavarder avec Shirley sur le chemin du retour. Si elle s'était arrêtée ne serait-ce que cinq minutes, l'avenir aurait été différent.

Salut!

T'as envie d'une glace?

D'ac, mais je peux pas rester longtemps sinon maman va piquer sa crise.

Elles se seraient assises à l'une des tables en terrasse, Shirley tout heureuse de rapporter quelques ragots ou autres conneries, et Cath de se demander à quoi ça servait au juste et pourquoi tout était différent de l'été d'avant – et ça devait être de sa faute en quelque sorte si les choses ne duraient jamais. Mais rien de tout cela n'aurait eu d'importance, de toute façon, parce que Cath aurait dit hé ! tu veux aller au loch Fad demain, se marrer, faire un pique-nique ou je sais pas quoi ? Elle aurait fait cette suggestion plus par culpabilité qu'autre chose – culpabilité par rapport à Vicky – mais Shirley ne pouvait pas le savoir, alors elle aurait dit oui. Elle n'aurait pas été présente à la maison à l'heure du crime.

Au lieu de quoi Cath avait changé de trottoir. Moira avait dit qu'évidemment ce n'était pas sa faute, non seulement pour le triple meurtre mais aussi pour la manière dont elle et Shirley s'étaient peu à peu éloignées.

« Ça devait arriver tôt ou tard, chérie, c'est inévitable. »

Il était inévitable que Cath trouve d'autres amies, des amies avec qui elle avait plus de choses en commun, des amies comme Vicky. Inévitable que Shirley Craigie finisse par être assassinée par son effroyable père.

Une ombre sur le sol. Un éclair de cheveux blonds et un tee-shirt jaune. Shirley avait besoin d'aide, ce qui semble évident rétrospectivement, seulement cette aide ne lui avait pas été proposée, ni par Cath, ni par personne. Contrairement à Susan, Shirley avait fui. Elle avait essayé, dans ses derniers instants, de s'en tirer.

On avait fait grand cas de l'empreinte sale sur le tapis du séjour. Cette empreinte de pas s'était avérée correspondre aux bottes que portait John Craigie quand son pick-up avait quitté la route. Tu parles ! c'était chez lui, il avait le droit de laisser des empreintes. Cath se demanda si les policiers chargés de l'enquête avaient eu des pensées similaires, mais avaient décidé de les ignorer. Après tout, il n'y avait pas eu d'autres empreintes de pas à prendre en considération.

Cath n'aurait jamais dit qu'elle avait peur de John Craigie, pas exactement. Elle ne l'aimait pas, un point c'est tout. Elle ne l'aimait pas parce qu'il était mal luné, et parce que lui ne l'aimait pas. Elle savait qu'il la trouvait arrogante, une vraie petite madame. Les conneries dont elle aimait parler, la manière qu'elle avait de se taire chaque fois qu'il entrait dans la pièce. Le fait qu'elle savait qu'elle pouvait lui échapper – et donc échapper à ses règles pathétiques – simplement en rentrant chez elle à la fin de la journée.

Elle ne l'aimait pas parce qu'il était différent de son propre père, le doux Colin Naylor, qui partait au travail à l'aube avec le premier ferry dont les phares illuminaient l'estuaire les matins de février, qui lisait le journal en buvant son café le samedi matin. Ses pantalons amples en velours côtelé et ses Hush Puppies, l'habitude qu'il avait d'apporter à Cath une tasse de thé et des biscuits quand elle faisait ses devoirs.

Ses blagues, toujours horribles, mais de temps en temps si hilarantes qu'on s'en pisserait presque dessus. Si différent de Moira, qui ne racontait jamais de blagues, parce qu'elle avait peur de se ridiculiser ou d'oublier la chute.

« Ta mère pense que je suis stupide », lui avait dit un jour Shirley. Cath lui avait dit qu'elle exagérait, que Moira était comme ça, c'est tout, qu'elle était comme ça avec tout le monde. Elle avait écarté la phrase de Shirley comme si elle n'avait jamais été prononcée, n'empêche qu'elle était mortifiée parce qu'elle savait que Shirley disait vrai.

4

« Salut », dit la femme en levant les yeux, son regard plus ou moins instantanément rempli de déjà-vu. Elle l'avait manifestement reconnue, et Cath était gênée. Elle avait réussi à se persuader que la femme aurait oublié leur bref échange précédent, or elle s'en souvenait bel et bien, pensant que Cath était très probablement une sorte de harceleuse – et peut-être avait-elle raison. Cath se demandait depuis des jours quelle serait la meilleure façon d'aborder l'occupante de la maison Craigie, et finalement elle rédigea un billet, prenant soin de mentionner son numéro de portable et son adresse mail ; elle disait qu'elle avait connu une famille qui habitait là il y a longtemps et y aurait-il un inconvénient à ce qu'elle visite les lieux ? Elle aimerait aussi prendre quelques photos, si c'était possible.

Elle avait eu l'intention de glisser vite fait le message dans la fente de la boîte aux lettres et de repartir ni vu ni connu. Finalement, elle en récita le contenu comme s'il sortait d'un scénario appris par cœur.

La femme sourit. Avec méfiance, estima Cath, mais peut-être qu'elle se faisait des idées. Devant la maison, le hayon de la Yaris était relevé, la femme était en train de décharger ses courses, si bien que Cath ne pouvait pas partir sans dire quelque chose, sans avouer, du moins partiellement, pourquoi elle était là. « Vous pouvez entrer maintenant, si vous voulez, dit la femme. Sauf que c'est un peu le foutoir à l'intérieur. »

Un peu tard, Cath songea qu'elle aurait dû se faire passer pour une journaliste venue sur l'île faire un reportage sur les meurtres. Elle aurait pu poser des questions alors, toutes les questions qu'elle voulait, mais si la femme n'était pas déjà au courant du crime, ç'aurait pu être embarrassant.

Elle se présenta. « Je suis Cath. Cath Naylor. » La femme claqua le hayon, activa le verrouillage central. Ses mains étaient grandes et belles, les ongles peints avec un vernis doré.

« Alice. Alice Rahman. » Elle sourit à nouveau, et Cath se demanda si cela était possible de décider instantanément, comme ça, d'être amoureuse de quelqu'un. Ne rien faire ni même vouloir quoi que ce soit, jamais, sauf admettre la réalité de vos sentiments et être satisfaite. Si ça n'était pas, en fait, la plus belle façon d'être amoureuse, car il n'y a jamais à être en quête.

Ça m'a l'air zinzin, tout ça. Tu vas pas te lancer là-dedans, hein ?

Je ne pense pas à elle. Je veux dire en général. C'est juste une idée.

Och aye ! Cause toujours !

La véranda qui prend l'eau avec ses fenêtres à vitraux, son carrelage victorien fissuré, les deux marches avant le couloir qui vous conduisait plus bas dans la cuisine. Une odeur de poussière, de céréales du petit déjeuner et de vieux journaux, et pendant qu'elle regardait autour d'elle, Cath ne pouvait s'empêcher de penser que la dernière fois qu'elle était ici, Shirley, Sonny et Susan étaient encore en vie.

« Ils ont habité ici à quelle époque ? disait Alice. Les gens que vous connaissiez ?

– Il y a une vingtaine d'années. »

À gauche de la porte d'entrée, le séjour. Sonny était mort dans le séjour, avaient dit les journaux, recroquevillé sur le côté sur le tapis comme s'il s'était simplement endormi au milieu d'un jeu. Cath se rappela la pendule de voyage sur la cheminée, le tableau sur le buffet représentant Susan avant son mariage.

« Qui l'a peint ? avait demandé Cath à Shirley.

– Une amie de maman. Elle s'appelait Melanie, c'était l'une de ses demoiselles d'honneur. »

Susan en robe verte, qui tenait un coq mécanique peint en rouge avec des volutes bleues et jaunes. D'après Shirley, Susan avait encore ce coq dans une boîte quelque part. Si on tournait la clé au centre de son poitrail, il faisait cocorico.

Le séjour, où se trouvait l'empreinte de pas, l'empreinte qui plaçait John Craigie sur les lieux du crime. Craigie avait très probablement abattu le bambin dans un moment d'affolement, avançait la police. Pour l'empêcher de dire quoi que ce soit plus tard.

Le poêle à bois en fonte, la poutre noircie au-dessus. Le canapé était différent, bien sûr, c'était celui d'Alice.

« Asseyez-vous donc, dit Alice en indiquant le canapé. » Elle se pencha pour retirer ses chaussures. « Je vais nous faire du café. »

Elle disparut dans la cuisine. Cath resta dans le couloir. La rangée de patères en laiton, la table du téléphone aux pieds torsadés. La table était celle de Susan, avait dit Shirley, apportée de la maison de ses parents à Ayr. Il n'était pas venu à l'esprit de Cath qu'il pouvait encore y avoir dans la maison des objets ayant appartenu à Susan. Le papier peint n'avait pas changé non plus – vert foncé avec un motif modern style répétitif de chatons de noisetier.

Elle suivit Alice dans la cuisine. La vénérable cuisinière était encore là. Nouveau réfrigérateur, nouvelle machine à laver. Et toujours cette bizarre disposition des lieux qui vous obligeait à passer par le garde-manger pour accéder au « vestiaire », la pièce qui serait devenue la chambre de Sonny s'il n'avait pas été assassiné. Un promoteur changerait ça en cinq minutes : supprimer le couloir intérieur, aménager une cuisine-salle-à-manger plus grande, bref, donner de l'air, créer ce que les architectes médiatisés se plaisaient à qualifier d'espace intéressant. Du porno immobilier, disait Norah de ces émissions de télé sur l'architecture intérieure, bien que Cath ne sache pas au juste si c'était une accusation ou une simple description de ce qu'elle voyait.

Deux grandes tasses sur le plan de travail, une brique de lait ouverte. Alice se tourna pour lui faire face lorsqu'elle descendit les marches.

« Écoutez, dit-elle. Il faut que je vous pose la question. C'est à propos du crime? »

Ça en disait beaucoup sur Alice – et Cath en prendrait conscience plus tard – le fait qu'elle aborde le sujet maintenant, franco, avant que l'une ou l'autre ne commencent à mentir sur ce qu'elles savaient, donc établissent une relation sur de faux prétextes. Beaucoup de gens n'auraient pas osé mettre les pieds dans le plat comme ça. Ils auraient attendu de savoir ce que Cath était disposée à révéler et ce qu'elle voulait au juste. Ils auraient choisi, inconsciemment peut-être, de conserver l'avantage.

Alice semblait simplement vouloir qu'on ne lui dise rien qu'on puisse regretter plus tard.

« Vous êtes au courant? » dit Cath. Elle se sentit rougir.

« L'agent immobilier me l'a dit. Jeannie Morris, c'est ça? Elle a dit qu'il valait mieux me dire la vérité avant que quelqu'un d'autre ne le fasse à sa place. Pour éviter que j'essaie de me rétracter et d'annuler la vente plus tard, je suppose. Elle m'a dit que c'était arrivé il y a très longtemps.

– En 2001. Toute la famille a été tuée. Shirley était ma meilleure amie. »

Cath se demanda si elle avait déjà énoncé les faits aussi brutalement auparavant, et conclut que ce n'était probablement pas le cas. Ou si c'était le cas, elle ne s'en souvenait pas. L'écho des paroles ainsi libérées leur donnait la qualité irréelle d'un flash d'informations. « Tuée par balles », précisa-t-elle. Ah ! *Le choc des mots* ! Autant aller jusqu'au bout. « J'ai quitté l'île trois ans après que cela s'est produit, quand j'avais dix-huit ans.

– Je suis désolée.

– Je suis désolée moi aussi. J'aurais dû en parler plus tôt.

– Mais non, ça ne fait rien. Ces choses sont délicates. Allons nous asseoir. »

Elle dit que cela ne la dérangeait pas d'être informée, qu'elle préférait même tout savoir, puis elle demanda comment Cath voulait son café.

« Noir, sans lait, merci. »

Alice lui tendit une des tasses, ajouta deux cuillerées de sucre à l'autre avec un nuage de lait. Ses vêtements ne la serraient pas, comme si elle avait récemment perdu du poids. Elles passèrent dans le séjour.

« Mais comment se fait-il que vous soyez ici ? dit Cath. Sur l'île, je veux dire. »

Elles étaient assises côte à côte sur le canapé d'Alice, et elle était surprise, et même étonnée de voir à quel point c'était normal. À croire que leur rapprochement était naturel et prévisible. Comme deux marins qui auraient fait naufrage séparément, mais sur la même île. Ça devait arriver.

C'est quoi, cette histoire de Robinson Crusoé ? Un peu exagéré, non ? Même pour toi. Peut-être que vous vous plaisez, c'est tout.

Tais-toi.

Le sofa était recouvert de cuir avec, par-dessus, une couverture légère à l'odeur de bois de santal. En face, un contour pâle et oblong là où se trouvait autrefois le buffet des Craigie. Le fantôme d'un fantôme.

« C'est une longue histoire, dit Alice en riant. Je suis analyste financière, enfin, je l'étais. J'ai démissionné de mon poste en août dernier, et j'ai investi jusqu'à mon dernier centime dans cette maison. Saheed pense que je suis folle. Il m'a pas mal soutenue dans mon projet de lâcher mon boulot, mais je sais bien qu'il espère que je m'ennuierai et que je retournerai à Londres au pas de course.

– Saheed ?

– Mon mari. Il vient le week-end. Presque tous les week-ends, en fait. On s'est rencontrés à la fac. » Elle tambourina avec ses doigts sur le côté de sa tasse. « Je gagnais un paquet de fric. Seulement je détestais le boulot et tout ça me rendait malade. Pas seulement les trucs que faisaient certains des amis de Saheed, mais toute l'attitude qui allait avec le job. Saheed disait que je réfléchissais trop, mais c'est comme ça que je suis. C'est difficile à expliquer. Je suis douée en maths, c'est tout. Le style de vie, ça ne me branche pas. Ça n'a jamais été ce que je voulais.

– Et vous voulez quoi ?

– Je crois que c'est pour ça que je suis venue ici. Pour le trouver.

– Est-ce que vous avez hésité à acheter cette maison ? Je veux dire, quand Jeannie Morris vous a informée de ce qui s'est passé ici.

Alice secoua la tête. « Je ne crois pas aux fantômes. Et ce n'est pas comme si la maison n'avait plus été habitée depuis. Jeannie dit qu'elle a été louée. Si elle a été mise sur le marché, c'est uniquement parce que le type à qui la maison appartenait est mort et que sa famille a décidé de vendre.

– Jeannie vous a dit qui c'était ? Le type à qui la maison appartenait ?

– Je n'ai jamais posé la question. Les vendeurs ont tout traité par l'intermédiaire d'un notaire ; je ne leur ai jamais parlé. Leur nom est sur le contrat, mais je ne sais pas si c'est le même nom que celui de l'homme qui est décédé. Pourquoi ?

– Je suis curieuse, c'est tout. À l'époque des faits, on disait que le frère de Susan allait se déplacer pour faire un état des lieux, mais Shirley n'avait jamais dit qu'elle avait un oncle. Aucun des membres de la famille de Susan n'est jamais venu ici, pour autant que je sache. Ils n'approuvaient pas le mariage de Susan avec John Craigie. C'est ce que disait Shirley, en tout cas.

– John Craigie était l'assassin ?

– Le père de Shirley, oui.

– Vous avez habité combien de temps ici ? Sur l'île ?

– Cinq ans, depuis mes treize ans. Mes parents sont retournés en Angleterre, maintenant. Maman détestait le climat. Je pense qu'à leur manière ils avaient autant envie de partir que moi. Nous n'en avons jamais vraiment parlé.

– Trop de poids mort à porter ?

– On pourrait le dire. Comment trouvez-vous l'île jusqu'à présent ?

– Mouillée. »

Elles rirent toutes les deux. « Vous avez de grands projets pour la maison ?

– Seulement arracher les vieilles moquettes et faire poncer les planchers. C'est suffisant pour l'instant. La cuisinière et le poêle sont en bon état tous les deux, Dieu merci, et j'ai fait ramoner les cheminées. Saheed pense que je devrais supprimer les cloisons, mais moi j'aime bien toutes ces petites pièces bizarres. Je vais transformer en bureau celle qui est derrière la cuisine, elle est très lumineuse. Vous voulez la voir ? »

Le vestiaire, la chambre de Sonny. Cath ne parla pas de Sonny à Alice. Cela ne semblait pas correct. Ça faisait drôle de penser que si Sonny avait encore été en vie il aurait déjà quitté le foyer familial de toute façon, et se serait enfui sur le continent comme tout le monde. Pompier, policier, coiffeur, couvreur, tailleur, soldat, espion, pic et pic et colégram. Il s'en ficherait complètement de ce qu'était devenue son ancienne chambre ou de ce qu'il y avait dedans – les affiches de football, les personnages de *Doctor Who*, les idoles de la pop ou les stars du porno, tout ce qui l'intéressait alors. N'importe quoi pour échapper à ce père qui le préférait à Shirley, tout le monde le savait, mais qui lui flanquait une taloche toutes les cinq minutes depuis qu'il avait appris à lui répondre.

Ou peut-être que non. Peut-être que Sonny serait devenu exactement comme lui en grandissant. C'était ce qui se passait d'habitude, non ? Tel père, tel fils. Alice la conduisit dans le garde-manger puis dans la pièce en forme de L que Susan redécorait en permanence, mais qui revenait toujours, inexorablement, à son état initial de débarras. Il y avait eu là une table roulante, un lampadaire avec un abat-jour jaune qui rappelait à Cath la maison de sa grand-mère – pas sa grand-mère d'Édimbourg, mais Mamie Foxie, la mère de Colin, Felicity, qui était obsédée par la famille royale et leur rendait visite une semaine sur deux avant qu'ils déménagent en Écosse.

Dans la pièce du fond, la moquette avait déjà été enlevée. Un sol en béton, des carreaux à motifs autour de l'âtre, les mêmes que ceux de la véranda. Contre le mur, un secrétaire couvert de poussière. Une table de jeu octogonale avec la moitié de sa feutrine arrachée. Cath crut reconnaître le secrétaire, mais n'en était pas sûre. La maison Craigie avait été pleine de ce genre d'objets en attente ou en état de restauration partielle.

« Vous ne m'avez pas encore dit ce que vous faites », dit Alice. Elle ne cessait de regarder autour d'elle, à croire que la présence de ces objets abandonnés la surprenait à chaque fois.

« Je travaille dans un magasin de disques, dit Cath. Mais je suis photographe. J'espère devenir indépendante un jour. C'est pour ça que je suis revenue ici.

– Pour prendre des photos.

– Je travaille sur un projet personnel. Photographier des lieux où des gens sont morts. Je veux dire, pas simplement morts, mais de mort violente, assassinés. Je parie que vous allez trouver ça bizarre.

– Pas bizarre, intéressant. C'est comme ces visites guidées sur les traces de Jack l'Éventreur à Whitechapel.

– Il y a de ça, mais je m'intéresse plus aux lieux dont personne n'a entendu parler. Des maisons ordinaires dans des rues ordinaires. Le genre de maisons qu'on ne remarquerait pas à moins d'avoir été renseigné par quelqu'un.

– Et vous voulez photographier cette maison ?

– Oui. Si vous n'y voyez pas d'inconvénient.

– Pas de problème », dit Alice. Et Cath se demanda soudain si ça s'arrêterait là : elles conviendraient d'un jour et d'une heure pour les prises de vues, Cath reviendrait avec son matériel, prendrait deux douzaines de clichés vite fait et ça serait la fin de leur histoire, à elle et Alice. Elles ne se reverraient pas à moins qu'elles se rencontrent par hasard à la Coop. Salut, comment ça va ? Très bien, merci, à plus. L'espace d'un instant, ce fut comme si une secousse sismique la traversait, puis Alice lui dit qu'elle devrait en tout cas revenir le week-end et faire la connaissance de Saheed.

« Je sais qu'il adorerait vous entendre parler de votre projet. Saheed est accro aux émissions policières basées sur des crimes réels – *Les Experts*, *Anatomie d'un meurtre*, par exemple.

– Je ne veux pas m'imposer.

– Ne soyez pas stupide. Il sera soulagé de savoir que je ne suis pas complètement seule ici.

– Ça serait super, mais seulement si vous en êtes sûre. »

Elle te plaît, hein ? Je le savais.

Dégage.

En redescendant la colline, Cath se demanda si Alice avait déjà parlé à Saheed de l'affaire Craigie. Elle revenait sans cesse sur ce qui venait de se passer, sur l'improbabilité de prendre tranquillement le café à quelques mètres de l'endroit où Sonny avait été tué. La police scientifique dirait vraisemblablement qu'il y avait encore des traces – le sang de Sonny – incrustées dans le parquet du séjour, et qu'on ne pourrait jamais s'en débarrasser complètement. À moins de brûler la maison, et encore.

Pendant plus d'une heure après son retour à Argyle Terrace, Cath n'arriva pas à se réchauffer correctement. Elle pensait à sa mère, qui avait détesté l'île et le nord en général. Cet endroit, disait-elle, comme si l'appeler par son nom pouvait attirer une malédiction. Cath se prépara un souper et regarda à la télé l'épisode le plus récent d'une série policière qu'elle suivait depuis quelque temps, centrée sur une investigatrice chargée des homicides à Naples. Un jeune garçon avait été kidnappé et on soupçonnait une implication de la Mafia. Au cœur de l'épisode, il y avait une scène pleine de tension, bien écrite, où Anita Branco était giflée par son supérieur pour avoir refusé de fermer les yeux sur les activités de criminels connus.

Mais la Branco était une dure à cuire. Sa furieuse repartie bardée de jurons avait démoli cet idiot d'inspecteur principal. Lorsque le générique défila, Cath nota que le scénario avait été écrit par un tandem mari et femme, ce qui expliquait pas mal de choses.

Le papier peint à motifs de chatons de noisetier dans le couloir d'Alice avait survécu plus longtemps que Susan et Shirley, et si Alice avait l'intention de faire retapisser les murs, il allait disparaître lui aussi. C'était étrange de penser que si elle n'était jamais revenue sur l'île, elle n'aurait jamais su que ce papier peint était encore là. Le voir avant qu'il soit arraché semblait important, ce qui était ridicule quand on y réfléchissait, même si Cath était certaine qu'Anita Branco comprendrait ce qu'elle ressentait.

Être détective, c'est être attentif, avait dit Branco, ce qui expliquait, au moins partiellement, pourquoi Cath l'admirait tant. Pour Anita Branco, être flic consistait à remettre en question ce que les gens croyaient savoir, découvrir les vérités cachées en dessous. Pas étonnant que ses chefs ne l'aiment pas – la plupart du temps, les gens aux échelons supérieurs préféraient la version officielle parce qu'elle causait moins de problèmes, surtout pour eux.

Peut-être que Steve avait raison après tout quand il disait que prendre des photos était comme un travail de détective – être attentif et rechercher des angles nouveaux. Attirer l'attention sur des choses qui autrement passeraient inaperçues.

5

Cath avait toujours eu l'impression que personne ne pouvait lui arriver à la cheville quand elle était en classe. Dès son plus jeune âge, elle avait gravité vers les études en tant que source de satisfaction personnelle. Les interros, partiels et autres contrôles, dans lesquels elle excellait et qu'elle appréciait activement, devinrent sa manière secrète de faire un doigt d'honneur à divers trouducs. Pour Shirley, l'école était une humiliation et une énigme. Une fois, elle avait tellement eu la frousse avant un partiel de maths qu'elle avait sérieusement envisagé de se casser le bras pour s'y soustraire. Pourtant, en dehors de la classe, elle était imaginative, vive et dégourdie, rien ne lui échappait. Elle pouvait imaginer cent façons de jouer un bon tour à son père sans qu'il s'en aperçoive, des projets d'avenir déments impliquant des hôtels chics à Monte-Carlo, la haute couture, des émissions de télévision qui n'existaient pas encore mais devaient absolument être inventées. « Tu devrais faire de la télé, lui avait dit Cath un jour. Tu serais stupéfiante. »

Elle pouvait faire rougir le professeur le plus sévère, même M. McMenemy, que tout le monde appelait le Moine. « Ça va chauffer pour vous, mademoiselle », disait McMenemy. Le Moine enseignait l'histoire mais était souvent réquisitionné pour surveiller les retenues, principalement parce qu'il terrorisait tout le monde, sauf ses chouchous, qui n'avaient jamais de problème de toute façon.

Shirley avait osé le contredire sur le nom du bourreau qui avait tranché la tête de Mary Stuart. Le Moine était furibard, ses yeux étincelaient. À quelques secondes près, il allait la frapper, mais les châtiments corporels avaient été supprimés, et puis Cath voyait bien qu'il admirait sa témérité.

Tout ce que Shirley disait ou faisait semblait aller à l'encontre de la vie dont elle était censée se contenter. Shirley Craigie était peut-être une menace, mais elle ne craignait personne. Elle n'était pas bête non plus, ce qui, par-dessus tout, la rendait unique aux yeux du Moine.

Cath avait gardé les coupures de journaux concernant l'affaire, toutes les photos et tous les articles qu'elle avait rassemblés à l'époque du crime. Pendant les semaines où les Craigie intéressaient encore les médias, Cath était constamment à l'affût d'informations dans les journaux locaux, et, pendant les un ou deux jours où le sujet avait fait leur une, dans les journaux nationaux aussi. Elle avait caché ces coupures dans l'un des classeurs qu'elle utilisait pour ranger ses devoirs, puis l'avait glissé sous quelques magazines dans le tiroir du bas de sa commode. Là où vous pourriez cacher des revues porno, si vous en aviez. Personne n'irait le chercher là. Personne ne le chercherait nulle part, mais elle prenait ses précautions.

Il y avait des moments où Cath avait honte, non seulement d'avoir conservé ces coupures, mais aussi d'être encore en vie. Au moment de sa mort, Shirley avait perdu son autonomie, son droit de réponse. Cath était désormais le sujet du récit, Shirley l'objet à examiner avec curiosité, à *prendre en considération*, comme les corps déposés à la morgue du funérarium dans *Affaires non classées*. Ouvrez le tiroir métallique et jetez un coup d'œil.

Cath ressentait toute l'horreur de son attitude, et continuait quand même à collectionner articles et photos. Elle se disait qu'elle avait besoin de ces photos pour empêcher Shirley de tomber peu à peu dans l'oubli, pour que son histoire reste réelle. C'était certes exact, mais il y avait aussi autre chose, une sorte d'excitation. Quelque chose de froid comme des glaçons et tout aussi dur. Cath songea aux glaçons des photos publicitaires, toujours beaux, incroyablement gros et incroyablement brillants, tels des cristaux découverts dans une caverne sur une planète extragalactique.

La réalité de l'absence de Shirley ne la frappait que fugitivement, et aux moments les plus inattendus. Lorsque le Moine insistait pour donner des devoirs supplémentaires, par exemple. Parce que la classe était en retard sur le programme, disait-il, même si la vraie raison restait inexpliquée.

Parce que c'est un vieux con vindicatif, c'est ça ? Un salaud, un sans-cœur.

La voix de Shirley, avec ce rire irrépressible en arrière-plan, mélange de dérision et d'allégresse, un rire de triomphe étouffé, un allez-vous-faire-foutre lancé à la face du monde. De retour chez elle, dans sa chambre, Cath avait contemplé le devoir imposé par le Moine à travers un écran de larmes. Shirley ne serait jamais obligée de le rendre. Jamais plus elle ne ferait la grimace dans le dos du Moine.

Elle manquait aussi au Moine, ses réparties lui manquaient. Cath reconnut que c'était vrai, mais sans le mettre sur le même plan que son chagrin à elle. À tout le moins, elle pensait que c'était probablement l'explication sous-jacente au devoir supplémentaire.

UNE FAMILLE DE LA RÉGION ASSASSINÉE DANS UN MASSACRE AU FUSIL DE CHASSE. Cette manchette apparut dans le journal local la semaine suivant le crime, au-dessus d'une photo de la maison Craigie sur Westland Road, le portail bardé de rubalises, avec un agent en uniforme qui montait la garde à l'extérieur. Sur ce cliché, la maison était légèrement floue, elle appartenait déjà au passé. Au moment où le journal était sous presse, la police avait déjà désigné John Craigie comme étant l'assassin. Il y avait d'autres articles, d'autres photographies, d'autres hypothèses, mais en ce qui concernait l'histoire elle-même, on avait avancé.

D'autres photos se trouvaient dans les pages intérieures : une de Susan et Sonny prise aux Highland Games l'été précédent, et une photo de John et Susan le jour de leur mariage. Le 20 juillet 1985, indiquait la légende. La cérémonie s'était déroulée à l'église St Ninian's, qui donnait sur l'estuaire au bout de Shore Road, côté port. Une belle journée, un ciel bleu inflexible, comme le jour du crime. John Craigie, beau et sans sourire, était vêtu d'un costume croisé sombre si raide et si démodé qu'il aurait pu appartenir à son père. Il fronçait légèrement les sourcils, mais ça aurait pu être dû au fait qu'il avait le soleil dans les yeux. Susan portait une robe en soie ivoire et tenait un pudique bouquet de lilas et de roses roses. Elle avait l'air amaigrie et légèrement gauche, nerveuse, mais heureuse.

L'homme qui se tenait à la droite de John Craigie était plus grand que lui, plus mince, son costume gris était plus élégant, avec un mouchoir bleu qui dépassait, impeccable, de la poche supérieure droite. Le témoin, supposa Cath. Il regardait les mariés de côté en souriant. La plupart des gens trouveraient John Craigie plus beau, mais l'autre homme avait l'air plus sympathique – un peu farceur, amusant en société, moins susceptible de sortir de ses gonds à tout instant.

Avec le recul, c'est très facile, très tentant de trouver dans une photographie des choses qui n'existaient carrément pas. La façon dont le témoin regarde Susan, par exemple. Y aurait-il eu quelque chose entre eux ? D'après les bribes qu'elle avait glanées auprès de Shirley, Cath avait l'impression que Susan était restée chez ses parents jusqu'à son mariage. Mais ensuite, après avoir emménagé sur l'île, une fois que la réalité de la vie avec son mari avait commencé à être assimilée ?

Les demoiselles d'honneur de Susan l'entouraient de manière protectrice, presque comme des gardes du corps. Celle le plus à droite – bronzée, barrette en strass dans les cheveux – faisait plus âgée que les autres, son expression était plus réservée. Les deux autres, deux blondes, arboraient de larges sourires enthousiastes. Cath avait trois exemplaires de la photo du mariage – celle du *Herald*, celle du *Mirror*, celle du journal local. Il s'agissait de la même photo, mais elles variaient légèrement en qualité. Celle du *Herald* était la plus nette, la mieux reproduite. Dans celle du *Mirror*, une tache gris sale sur le devant de la robe de Susan évoquait l'empreinte d'un pouce. Celle du journal local était légèrement floue.

Déjà à l'époque, Cath avait trouvé cette photographie à la fois captivante et sinistre, comme celles qui apparaissaient, punaisées sur un « mur du crime », dans les émissions policières axées sur des fait réels. Ils étaient là, les acteurs principaux, la victime comme son assassin. En regardant la photo maintenant, elle s'interrogea sur les autres personnes présentes ce jour-là. Étaient-elles restées proches du couple au centre de la photo dans les années qui avaient suivi, ou avaient-elles disparu de leur vie sans plus de rôle à y jouer ? Les demoiselles d'honneur, par exemple – elle savait par Shirley que l'une d'entre elles devait être Melanie, l'amie qui avait peint le portrait de Susan avec le coq mécanique. Mais laquelle était-ce ? La demoiselle d'honneur la plus âgée s'appelait Abigail, Cath l'avait découvert deux semaines après le crime, lorsque le journal local avait réimprimé la photo du mariage accompagnée d'une interview avec « Abigail Mercer, à droite », dans laquelle elle parlait de la façon dont Susan avait changé après son mariage.

C'était une personne si chaleureuse, avant. Timide et un peu rêveuse, mais intelligente. Je l'ai à peine vue une fois qu'elle a été mariée. Nous étions toutes les deux occupées à vivre notre vie. Quand on se rencontrait, elle parlait surtout des enfants. J'avais l'impression qu'elle n'était pas heureuse, mais elle ne m'a jamais rien dit de précis et je n'ai pas insisté. Elle savait que je n'ai jamais aimé son mari, et peut-être que c'est pour ça qu'elle ne pouvait pas se confier à moi. J'aurais dû faire plus d'efforts pour essayer de découvrir ce qui n'allait pas. Susan était mon amie. Je ne peux pas m'empêcher de penser que je l'ai laissée tomber.

En conclusion de l'interview, on précisait qu'Abigail Mercer était propriétaire d'un magasin de fleurs prospère et vivait à Ayr.

Il y avait quelques autres témoignages – un entrepreneur qui s'était trouvé à la décharge municipale et jurait qu'il avait entendu des coups de feu, une infirmière du centre de santé qui avait soigné Sonny pour des affections mineures, une voisine qui affirmait que Susan était venue la voir dix mois auparavant avec le début d'un œil au beurre noir et des contusions au poignet.

Je lui ai demandé où était le bébé, et elle est devenue toute pâle. J'ai essayé de la faire asseoir, de lui faire boire un verre d'eau, mais elle n'a pas voulu rester. Je l'ai vue au Somerfield un jour ou deux plus tard et elle est passée à côté de moi comme si de rien n'était. Le petit garçon était avec elle, cette fois. Il était gai comme un pinson.

La semaine suivante, les meurtres avaient disparu, non seulement de la Une, mais de tout le journal, oblitérés dans le sillage du 11-Septembre. La Une était consacrée à une photo d'agence du World Trade Center avec des torrents de flammes et de fumées s'échappant de la Tour nord, image si terrible et si familière qu'elle était déjà devenue iconique. En première page intérieure, un article sur une îlienne dont l'oncle, un homme d'affaires de Glasgow, avait été tué lors des attaques.

Si Cath ne se souvenait pas de l'histoire de l'homme d'affaires – pas du tout – elle se souvenait dans les moindres détails de l'après-midi du 11 septembre, où les élèves avaient été obligés de sortir en bon ordre de leurs classes et de se regrouper dans la salle de réunion du lycée. Le proviseur, M. Dolan, leur avait expliqué du mieux qu'il pouvait ce qui s'était passé, et les avait avertis de ce qu'ils risquaient de voir sur leurs écrans de télévision quand ils rentreraient chez eux.

« Je tiens à vous rassurer sur le fait que vous et vos familles êtes parfaitement en sécurité, mais si l'un d'entre vous a des questions, ou s'il y a quoi que ce soit dont vous ressentez le besoin de parler, vous devez en informer immédiatement votre professeur. »

M. Dolan était blême, l'air lugubre, la mâchoire raidie. C'était différent de sa prestation le premier jour du trimestre, lorsqu'il avait prononcé un discours sur Shirley devant les élèves rassemblés et dit à tous qu'ils devraient se souvenir d'elle telle qu'ils l'avaient connue. Ensuite il avait semblé exaspéré, las du monde, comme si l'assassinat de Shirley Craigie était la goutte d'eau qui fait déborder le vase, encore une sale affaire qui avait atterri sur son bureau, et au début du trimestre en plus. Et n'était-ce pas typique de John Craigie, qui l'avait attendu sur le parking de l'école la semaine après les vacances de printemps pour lui dire qu'il ne devait pas farcir la tête des jeunes filles d'absurdités comme il l'avait fait avec Shirley ?

« Papa s'était mis en boule comme un putain de hérisson, avait dit Shirley à Cath le lendemain. C'est pas ça qui le rendra moins idiot. Ce qu'il peut être embarrassant ! Je lui aurais bien filé une baffe. »

Le soir du 11 septembre, Cath était allongée sur son lit, la télévision allumée ; elle écoutait l'énoncé sans cesse répété des dernières hypothèses tout en essayant de ne pas voir ce qui se passait sur l'écran – et pour Cath c'était plus facile qu'il n'y paraissait, l'une des rares occasions où une vision restreinte s'avérait utile. Pour regarder correctement les images, elle aurait dû s'asseoir, bien droite, sur le bord du lit et près du téléviseur. Lorsqu'elle s'adossa à la tête de lit, les images se réduisirent en une sorte de sténographie, un résumé visuel de ce qu'elle savait déjà grâce aux bulletins d'information, mais sous forme de simples blocs de couleurs, dénués de sens faute de contexte et dépourvus de détails. Regarder sans voir, seulement entendre le son qui représentait le tout, le crac-boum-poff du second avion percutant la tour Sud qui se vrillait dans son cerveau comme un couteau dans du beurre.

Cath remonta la couette autour de ses épaules et se dit que ce bruit était encore une chose que Shirley ne connaîtrait jamais ; et songea à quel point c'était normal de se sentir comme une pauvre merde parce que c'était pareil pour tout le monde ; et réalisa en même temps que parler de Shirley allait être encore plus difficile qu'avant.

Elle avait téléphoné à Victoria sur son fixe, juste pour entendre sa voix.

« J'ai peur, dit Victoria, apparemment heureuse que Cath l'ait appelée. Et s'ils allaient s'en prendre à nous aussi ? »

Ça servirait à rien de bombarder Glasgow, c'est déjà une zone sinistrée.

Ce n'était pas le style de Cath, c'était celui de Shirley, le genre de choses que Shirley aurait pu dire si elle avait été encore en vie. « Ne t'inquiète pas, dit Cath à la place. Les immeubles ici ne sont pas assez hauts, pas comme en Amérique. »

La dernière fois qu'elle avait parlé à Victoria, c'était vraiment le 11 septembre ? Cath pensa que c'était possible. L'effondrement des tours avait réécrit les règles, la tragédie était si dévorante qu'elle tirait un trait sur tout. Cath se demandait maintenant si les événements du 11-Septembre avaient pu également conduire à la clôture de l'enquête sur le meurtre de Shirley, la police ne s'octroyant pas le temps d'envisager de nouveaux scénarios. Par exemple, la raison pour laquelle John Craigie roulait dans la direction opposée au terminal des ferries au lieu de se diriger vers lui, ou ce qu'était devenue l'arme du crime. Et d'abord, comment se faisait-il qu'un moins que rien comme John Craigie ait pu posséder une arme à feu ? Craigie avait certes l'habitude de menacer les profs et était connu pour ses coups de gueule au pub, mais il n'était pas vraiment un gangster. Même aujourd'hui, vingt ans plus tard, l'idée était absurde.

Mais les événements n'affectaient pas seulement la police, ça affectait tout le monde. Le monde de Sonny, Susan et Shirley avait été détruit en même temps que le World Trade Center. Les choses qui s'y étaient passées ne semblaient plus aussi importantes ni même aussi réelles qu'elles l'étaient la veille.

L'HOMME D'AFFAIRES A ÉTÉ ÉPARGNÉ, titrait le journal local une semaine plus tard. Gavin Murchison, de Glasgow, n'avait pas été tué par les terroristes finalement, il avait perdu son téléphone. Il n'avait donc pas pris connaissance des dizaines de messages désespérés de sa famille et de ses amis. Il n'avait pas songé à appeler qui que ce soit pour confirmer qu'il était indemne avant le lendemain matin.

Il y avait une photo de l'homme d'affaires, accueilli par sa famille à son arrivée à l'aéroport de Glasgow. Large sourire sur tous les visages, Murchison qui enlace sa femme et sa fille de six ans – le retour du héros conquérant. La tragique affaire Craigie ne fut rementionnée que deux semaines plus tard, lorsque le journal publia un compte rendu de l'« enquête sur un incident impliquant la mort d'une ou plusieurs personnes » menée par le tribunal de la Couronne à Greenock.

En ce qui concerne Susan Christine Craigie, Shirley Denise Craigie et Eamon John Craigie, le juge de la Couronne avait conclu à un meurtre. À un décès accidentel dans le cas de John Eamon Craigie. Lorsqu'on lui demanda pourquoi à son avis John Eamon Craigie s'éloignait du terminal des ferries au lieu de se diriger vers lui, l'enquêteur principal, l'inspecteur Alan Meaney, déclara que la police était arrivée à la conclusion qu'en raison des circonstances traumatisantes de sa fuite depuis le lieu du crime, Craigie n'avait pas prêté attention à l'endroit où il allait. John Craigie n'avait jamais été condamné pour quoi que ce soit, même pas pour une infraction au stationnement. Son accident mortel sur ce tronçon de route tranquille était exactement cela – un accident –, survenu alors que son équilibre mental était sévèrement perturbé.

La demoiselle d'honneur de Susan, Abigail Mercer, était présente lors de l'enquête, disait le journal, Angus Livingstone aussi, le conducteur de la Ford Granada qui avait failli entrer en collision avec le véhicule de John Craigie sur la route de Straad. Cath s'interrogea sur le témoin de John Craigie, le grand blond souriant en costume gris sur la photo de mariage, le type qui avait l'air d'aimer beaucoup Susan. Elle l'imaginait plus âgé, avec un début de calvitie, des joues qui commençaient à se creuser, mais il n'était pas cité. Aucune mention non plus des membres de la famille de Susan et, pour autant que Cath ait pu s'en assurer, aucun d'entre eux ne s'était présenté, pas même un oncle ou un cousin éloigné. Pas de mention non plus du mystérieux frère qui était censé avoir hérité de la maison de Westland Road.

Cath essaya de se rappeler où elle avait entendu parler du frère en premier, qui avait parlé de lui, mais elle se rendit compte qu'elle n'y arrivait pas. Il était possible qu'elle l'ait inventé elle-même, plutôt que d'admettre que Shirley, Susan et Sonny étaient morts sans que personne sur le continent ne vienne les réclamer. Un bref paragraphe à la fin de l'article indiquait qu'un service funèbre et commémoratif devait avoir lieu pour les trois victimes à l'église St Leonard's d'Ayr. Il n'y avait aucune mention d'un enterrement pour John Craigie, toutefois, mais Cath supposa qu'il devait y en avoir eu un. Même la sinistre Myra Hindley avait eu droit à un enterrement.

Cath disposa les coupures de journaux sur la table du séjour. Elles étaient désormais fragiles et jaunies, comme c'était le cas de tous les vieux journaux. Cath ne les avait pas regardées depuis des années, et pourtant le classeur qui les contenait, tout aussi ramolli et écorné, avait été l'une des rares possessions qu'elle avait emportées avec elle quand elle avait quitté l'île pour Glasgow. Elle n'avait pas voulu le laisser pour que ses parents le trouvent, puis le balancent à la benne avec le reste de ses affaires quand ils avaient déménagé pour se réinstaller en Angleterre.

Moira l'avait appelée, exaspérée : « Pourquoi ignores-tu mes mails ? » Et elle avait demandé si Cath voulait venir sur place inventorier ses affaires, voir s'il y avait encore quoi que ce soit à la maison qu'elle veuille conserver – pas de problème pour les frais de transport, elle et son père paieraient.

Cath leur dit qu'ils pouvaient tout mettre à la poubelle. « Je n'ai besoin de rien dans tout ça. »

C'était son état d'esprit à l'époque, et à présent il ne restait plus que le classeur contenant les coupures de journaux et quelques bricoles : un vieil horaire des ferries, un sous-bock Tennent's récupéré au Golfers, la carte postale que Shirley lui avait envoyée quand elle était en vacances à Morecambe en Angleterre avec Susan. *Il fait un froid comme c'est pas possible ici. Je suis dans la galerie de jeux Las Vegas pour me tenir au chaud. Las Vegas mon cul. Y a un type qui bosse dans le cinéma, maman a le béguin pour lui. Je t'aime salope xxxx à bientôt.* Une broche en étain peinte à l'effigie du *Waverley*, un porte-monnaie zippé avec quelques pièces en vrac dedans et une de ces vieilles pochettes Kodak en carton contenant une demi-douzaine d'instantanés. Ces photos n'étaient pas tirées de la même pellicule, n'étaient pas de la même année, rien que quelques clichés qu'elle avait conservés. Une photo de Colin et Moira sur le quai à Port Bannatyne, l'été du crime – ça se voyait aux manches courtes de Moira. Colin était en jean et tee-shirt, avec cette ridicule casquette de yachting que Cath détestait qu'il porte en public alors qu'en fait – elle le voyait maintenant – elle lui allait bien.

Une photo de Shirley sur la passerelle au loch Fad. Un temps gris, avec des nuages bas, Shirley en baskets et avec cet anorak kaki dont elle avait horreur. Elle pensait qu'il la faisait ressembler à une îlienne. L'humidité ambiante lui faisait friser les cheveux, ce qu'elle ne supportait pas non plus. Il y avait une autre photo de Shirley, prise dans le jardin derrière la maison de Westland Road. Assise sur l'herbe, Shirley jouait avec Sonny. Ils avaient aligné les véhicules – les jouets Tonka de Sonny –, un pick-up rouge et un bulldozer jaune, la voiture de police avec le gyrophare bleu qui clignotait quand on la faisait rouler. Sur la photo figurait également Susan, qui regardait sur le côté comme si son attention avait été attirée par quelque chose en dehors du cadre de l'image. Cath ne se rappelait pas comment la photo s'était retrouvée dans ses affaires, mais seulement qu'elle ne l'avait pas prise elle-même.

Elle était floue et avait un côté irréel et même sinistre, comme un de ces groupes familiaux idéalisés dans les livres de lecture de la série *Peter and Jane*. Regarde Peter jouer. Regarde Jane courir. Il y avait une ombre sur le sol, la forme sombre et allongée d'une silhouette humaine. Le photographe, supposa Cath, avant de réaliser avec un sursaut que c'était probablement John Craigie.

6

« Cette affaire de meurtre, dit Saheed, c'est pour ça que vous êtes ici, non ? C'est pour ça que vous avez contacté Alice ? »

Cath jeta un coup d'œil à Alice ; elle se demandait si c'était bien là l'histoire qu'elles prévoyaient de raconter sur elles-mêmes – de raconter à Saheed, en tout cas –, une histoire qui était vraie sans doute mais où certains détails manquaient. Les mails, par exemple, la demi-douzaine de messages bavards qu'elles avaient échangés ces deux derniers jours, des petits mots sur rien de particulier, significatifs par leur simple existence dans la mesure où ils prouvaient que toutes les deux avaient ressenti le besoin de demeurer en contact. Bien que ce ne soit là que leur deuxième rencontre, la relation semblait plus ancienne, avec plus de poids derrière elle que l'histoire aussi sommairement présentée ne pourrait l'expliquer.

Cath se rendit compte que si elle avait fait la connaissance du seul Saheed en dehors d'Alice, elle l'aurait apprécié. Il était beau et visiblement intelligent, avec un sens de l'humour désobligeant et caustique qui la faisait penser à Steve, même si Steve aurait probablement qualifié Saheed de branleur prétentieux.

Saheed avait apporté de Londres tous les ingrédients de leur repas dans son sac à dos, lui avait dit Alice. « Il pense qu'on ne peut pas trouver de couscous ici. » À part ce commentaire sur la nourriture, Alice n'avait pas dit grand-chose. Elle semblait bloquée, tendue comme elle ne l'avait pas été quand il n'y avait qu'elle et Cath, même lorsqu'elles parlaient du crime. Cath en voulut à Saheed d'être là, d'avoir modifié l'équilibre de la conversation.

« Bon, est-ce qu'on peut trouver du couscous ou pas? dit-il en riant un peu. Y a-t-il un vrai supermarché sur cette île?

– La Coop est très bien », dit Cath. Elle trouva le commentaire de Saheed agaçant, mais elle ne put s'empêcher de rire avec lui. Au moins, cet homme savait cuisiner. Elles restèrent debout dans la cuisine tandis que Saheed préparait les légumes, les tranchant et les coupant en dés avec un couteau double lame à l'aspect redoutable; Cath aurait eu des frissons rien qu'en le touchant. Elle sentait le regard de Saheed posé sur elle, pas exactement hostile, mais interrogateur, comme s'il supposait une arrière-pensée, une raison de sa présence ici autre que celle qu'elle avait divulguée.

Il ne m'aime pas, pensa Cath avant d'essayer de se persuader qu'elle se faisait des idées.

Ils dînèrent dans le séjour. Alice avait accroché des guirlandes lumineuses autour de la cheminée et sur les tringles des rideaux.

« C'est exact, dit Cath quand Saheed l'interrogea sur les meurtres. J'avais connu Shirley au lycée, c'était ma meilleure amie. Je travaille sur un dossier photographique consacré aux maisons du crime, si on peut les qualifier ainsi. Il était logique d'inclure celle-ci. Le contraire aurait semblé bizarre.

– Shirley était la jeune fille qui a été tuée?

– Oui. Elle, sa mère et son frère. Ils sont tous morts ici. Enfin, Shirley est morte dehors, dans le jardin. Susan et Sonny ont été tués à l'intérieur de la maison. »

Saheed se renversa sur son siège et leva les yeux vers le plafond. Il siffla entre ses dents. « Putain, Ally, pourquoi tu ne m'as pas parlé de tout ça ?

– Mais je t'en ai parlé.

– Ouais, c'est vrai. Mais quand tu as dit qu'il y avait eu un crime ici, j'ai cru que tu voulais dire il y a des années, à l'époque victorienne, par exemple, ou même avant. Pas le genre de truc qu'on peut trouver sur Internet.

– C'était il y a très longtemps. Presque vingt ans.

– Vous prenez votre pied avec ça, je suppose, dit Saheed à Cath. De vous retrouver ici, non ?

– Saheed ! dit Alice.

– Bien sûr que non. Pourquoi vous dites ça ? » Cath était déterminée à ne pas se laisser intimider par Saheed, dans l'intérêt d'Alice, même s'il n'avait absolument pas le droit de lui lancer ce sarcasme – il la connaissait à peine. Il la fusillait du regard comme si elle était une ennemie, comme s'ils se battaient dans les airs dans un de ces films d'arts martiaux, *Tigre et Dragon* ou autre.

Pouvait-elle jurer que ce qu'il venait de dire n'était pas vrai, même un tout petit peu ?

L'expression menaçante de Saheed se changea en perplexité. Puis il s'excusa, l'air penaud.

« Je suis désolé. Je m'inquiète juste de l'effet que tout ça pourrait avoir sur Ally. Ces histoires de meurtres et de fusillades, ce n'est pas bon pour elle. Elle ne va pas bien, ces temps-ci, elle vous l'a dit ? Elle a fait une dépression nerveuse l'an dernier.

– Saheed, arrête, dit Alice. Je ne veux pas parler de ça, je te l'ai déjà dit. » Elle avait l'air bouleversée. Saheed marmonna quelque chose. Rien à foutre, peut-être. Il y eut un silence étrange, et Cath se demanda si c'était elle en particulier qu'il n'aimait pas ou s'il réagissait ainsi envers quiconque essayait de se rapprocher d'Alice – cette sorte de jalousie si vieille et si éculée qu'elle défiait la raison, le genre de blessure que seul le mariage pouvait infliger.

Cath était désorientée, embarrassée, comme lorsqu'on cherche les toilettes chez quelqu'un et qu'on entre par erreur dans la chambre à coucher.

« Je suis désolée moi aussi, dit-elle. Si j'ai fait quelque chose de mal, je m'en excuse. Je n'en avais aucune idée.

– Cath, tout va bien, tu n'as rien fait », dit Alice. Et Cath se surprit à essayer d'imaginer ce qui allait se passer entre Alice et Saheed une fois qu'elle serait partie. Est-ce qu'ils se hurleraient dessus à faire trembler les murs, s'enverraient en l'air comme des malades ou carrément feraient comme si cette soirée n'avait jamais existé. N'empêche que déballer les problèmes personnels d'Alice comme ça, c'était tout simplement grossier, le signe d'une bizarre crise de puissance toxique. Quel con !

Cath se demanda si cette histoire de dépression était vraie.

« Rien de tout cela ne tient debout, dit Alice. Je t'ai dit que ce que fait Cath ne me pose aucun problème. Je trouve ça intéressant. Si je pensais que je ne peux pas le gérer, je l'aurais dit.

– C'est seulement que je ne suis pas sûr que s'attarder sur ce genre de choses soit une bonne idée. Pas après tout ce que tu as vécu.

– Ce type est mort, Saheed. Il ne risque pas de venir me chercher. Fin de l'histoire.

– Faudrait que j'y aille », dit Cath. Elle ne voulait pas partir – quitter Alice –, mais elle avait clairement abusé de leur hospitalité et c'était un euphémisme. Elle avait probablement perdu Alice pour de bon. Suprême ironie, elle n'avait pas encore pris la moindre photo. Elle éprouva un pincement de regret, puis eut envie de rire. Quel gâchis !

– Non, dit Alice. Je veux que tu restes. Tout cela a carrément dérapé. Saheed a eu une semaine de travail difficile, c'est tout. Il ne pensait rien de tout cela. Prenons encore un peu de vin. » Elle tendit machinalement la main vers la bouteille, qui était à moitié vide. Saheed se pencha en avant, appuyé sur les coudes, la tête dans les mains. Il avait l'air vidé, malheureux. Puis, avec un effort visible, il s'en sortit à l'arraché.

« Ally a raison. Et je suis heureux qu'Ally se soit trouvé une amie ici. Je dois être trop anxieux. Elle a été très malade.

– Et je vais mieux maintenant, dit Alice. C'est officiel. » Ils se sourirent. Saheed s'empara de la main d'Alice et la baisa ; leurs fronts reposèrent l'un contre l'autre pendant une seconde. Petit à petit, la soirée se répara. Les choses revinrent au point où elles étaient lorsque Cath était arrivée. Ils ouvrirent une autre bouteille de vin et parlèrent des difficultés qu'il y a quand on quitte la ville pour s'installer à la campagne. Saheed raconta une longue anecdote sur un copain à lui qui s'était perdu sur une colline galloise pendant un stage de survie Outward Bound.

« Il a demandé au propriétaire du pub s'il y avait encore des loups dans le coin. Authentique. » Et tous les trois d'éclater de rire.

« Cette histoire devient de plus en plus ridicule chaque fois qu'il la raconte », dit Alice. Elle sourit à son mari, qui se pencha par-dessus la table pour l'embrasser. Il était plus de onze heures.

« Il faudrait vraiment que j'y aille maintenant, dit Cath.

– Je vous raccompagne si vous voulez, dit Saheed.

– Ce n'est pas nécessaire. Honnêtement. » Son refus lui parut plus tranchant qu'elle ne l'aurait voulu et, pendant qu'elle redescendait la rue, Cath réalisa qu'elle était encore en colère contre Saheed – si autoritaire, si présomptueux. La manière dont il avait mis Alice dans l'embarras puis déblatéré sur l'île. Un Londonien, quoi. Elle aurait voulu appeler Alice, s'assurer que tout allait vraiment bien, mais ça, elle ne pouvait pas le faire. Pas avant le départ de Saheed.

« Pourquoi faut-il que tu te sentes toujours obligée de raccommoder la situation ? Comme si tu étais responsable des conneries des uns et des autres ? lui avait dit un jour Steve. Pourquoi tu n'arrives pas à voir que certaines situations sont allées trop loin pour valoir la peine qu'on les sauve ? »

Comme toi qui tombes amoureuse d'Alice, c'est ça ? C'en est vraiment arrivé là ? Quand tu te les imaginais en train de baiser ? La pensée qu'il puisse la toucher t'horripile.

Tu es ridicule. Je ne suis pas amoureuse d'elle, je te l'ai déjà dit.

Cath déverrouilla la porte de l'appartement, puis se faufila à l'intérieur presque sur la pointe des pieds, comme si elle avait peur de réveiller quelqu'un. Elle pensa à Adam et trouva que la simple idée de son existence avait perdu tout attrait. Un connard arrogant. Cela dit, son œuvre de photographe ne se résumait pas à ça. Elle ne savait pas qui était le pire des deux, lui ou Saheed.

L'air qu'elle respirait lui semblait léger et légèrement sucré. Comme du gaz hilarant, se dit-elle.

Elle se sentit délicieusement libre.

Le lendemain matin, le dimanche donc, Cath partit se promener au loch Fad. Le ciel était bas et gris, les pare-brise et les capots des véhicules étaient déjà mouchetés par la pluie qui menaçait de tomber. L'air était dense, doux et froid comme une couverture mouillée.

Comment supportez-vous ce temps ? C'était ce que disaient à un moment ou un autre les gens qui étaient venus en Écosse pour ses étendues sauvages et ses hébergements bon marché et qui étaient finalement repartis plein sud douze mois plus tard. Le pote de Steve, Collie, de Bristol, par exemple, qui était dans un groupe punk semi-célèbre et vivait maintenant à Tucson. Une chroniqueuse gastronomique nommée Melinda Stiles – une amie de Mildred Marks, la propriétaire de la galerie de Byres Road où Cath avait organisé son exposition sur les restaurants de fish-and-chips. Melinda avait loué un studio dans un immeuble collectif de Battlefield, une immense pièce avec salle de bains et kitchenette, orientée au sud-ouest. Melinda disait que lorsqu'elle avait vu pour la première fois le prix du loyer elle avait cru à une faute de frappe. N'empêche qu'elle avait résilié le bail au bout de six mois et qu'elle était retournée à Londres. Elle trouvait ce qu'elle appelait les averses permanentes insurmontablement déprimantes.

« Je crois que je suis coincée ici », c'était ce que disait toujours Cath quand on lui demandait si elle avait déjà songé à partir. Melinda lui manquait toujours, elle qui, bizarrement, lui avait rappelé Vicky. « Je ne pense pas retourner un jour dans le sud. Trop cher. » C'était au moins une raison qui avait du sens pour les gens, bien que ce ne soit pas la vraie raison, ou alors en théorie seulement. En réalité, elle savait que cette côte ouest détrempée lui manquerait, cette côte qui vous attachait à elle pour la vie, même si vous maudissiez l'ensemble tortueux de circonstances qui vous avait amené là-haut. Ce qu'Adam appelait « l'esthétique nordique ». Dans l'essai qui constituait l'introduction du catalogue de sa dernière exposition, il évoquait « un paysage de distances qui se renouvelle constamment ». Ce que faisait la pluie, supposait Cath : tout rajeunir, purifier l'air, vous rendre incroyablement heureux quand elle finissait par s'arrêter.

Pour Cath, c'était la lumière. Comme la lumière d'une autre planète, pensait-elle, si on pouvait imaginer une telle chose. Ces interminables soirées nacrées des étés du nord-ouest, jamais rudes mais toujours claires – rien à voir avec la lumière obtuse et coagulée des comtés anglais. Ses yeux surtout semblaient moins se fatiguer ici. Et puis il y avait la clarté diffuse que l'aurore boréale conférait aux photographies, si on pouvait la saisir, ce qui n'était jamais acquis.

Elle se pencha pour resserrer son lacet puis se releva. Les eaux du loch étaient calmes, volumineuses, limpides et grises comme de l'eau de pluie. Cath se rappela sa première vision de cet endroit : la neige fraîche bordant la chaussée, la glace scintillant comme des lambeaux de papier d'aluminium parmi les roseaux. Elle et Shirley étaient venues souvent ici, hiver comme été. Elles aimaient le loch parce qu'il était calme – en général, les gens n'avaient pas envie d'aller à pied jusqu'au bout du chemin. Et aussi parce que c'était le seul endroit où elles pouvaient être sûres d'échapper au père de Shirley.

D'après Shirley, John Craigie croyait que le loch Fad était hanté.

« Les bois tout autour, en tout cas. Pas question pour lui de s'approcher du loch.

– Ton père croit aux fantômes ? » Cath crut que Shirley la faisait marcher. Shirley fit oui puis non de la tête.

« Pas vraiment à des fantômes. Des êtres dans les bois, comme des kelpies, des bonnets rouges ou des trucs du même genre. Il est marrant quand il raconte ça, et il a toujours été comme ça. Il me tuerait s'il savait que je t'en ai parlé, mais il ne le saura jamais, hein ? En fait, papa ne s'approcherait pas du loch même si on le payait pour. »

Elles laissèrent pendre leurs pieds dans l'eau. De l'autre côté du loch, des gars plongeaient depuis l'un des débarcadères. C'était interdit parce que ça faisait fuir les poissons et remonter les sédiments. La plupart du temps, le problème ne se posait pas, parce qu'il faisait de toute façon trop froid pour nager dans le loch, mais l'été des meurtres, les rives du loch étaient sèches et craquelées et ses eaux chatoyaient comme des ailes de papillon. Les mômes frétillaient dans l'eau comme des marsouins pendant tout juillet et jusqu'au début d'août. Les propriétaires de la pêcherie fermaient les yeux.

Cath plongea la main dans l'eau et décolla un fragment de feuille jaune de son mollet à moitié submergé. Les cheveux de Shirley, blanchis par la lumière du soleil, battaient contre sa joue comme des volutes de nuages.

C'était presque exactement trois semaines avant sa mort.

« De quoi il a peur, alors ? » Cath s'aperçut qu'elle ne pouvait pas abandonner le sujet, même si elle voyait que Shirley espérait qu'elle se taise et aurait voulu qu'elle ne dise rien pour commencer. Cath était chiante, elle le savait elle-même. Elle ne voulait pas décrocher du sujet. Moira lui disait toujours qu'elle était comme un chien avec son os.

« C'est idiot », dit Shirley. Elle jeta un coup d'œil à Cath puis se détourna pour regarder au loin, vers l'autre rive du loch, les cils relevés puis abaissés pour cacher ses yeux. « Il dit que sa sœur a été enlevée par les bonnets rouges quand elle était petite et que nous ne devrions pas nous approcher des bois au cas où ils nous prendraient aussi. Je t'ai dit que c'était stupide.

– C'est quoi, les bonnets rouges ?

– Tu sais, des créatures comme les fées et les elfes. C'est pour ça qu'on ne peut rien bouger dans la maison sans qu'il prenne un coup de sang. Il penserait que c'est les bonnets rouges qui déplacent les trucs, qu'ils sont planqués sous les lames de parquet. Quel idiot ! Je le déteste. » Shirley le dit avec tant de désinvolture que Cath en fut choquée, même si elle le détestait elle aussi, probablement.

« Ta mère est au courant ?

– C'est maman qui m'en a parlé. Elle trouve ça romantique, sa phobie des bois et le reste, ou en tout cas c'était ce qu'elle pensait avant. Elle dit que ça montre un côté différent de sa personnalité. Un putain de côté cinglé. Une putain de double personnalité. »

Shirley agita les pieds plus vigoureusement et lança une gerbe d'écume, ce qui attira l'attention des baigneurs près de la pêcherie. L'un des baigneurs ulula comme un gibbon, fit mine de tomber à l'eau et chuta pour de bon, lourdement et sur le flanc. La surface du loch se fractura comme un pare-brise qui éclate.

« J'espère que tu t'es cassé les couilles ! » Shirley se leva et hurla, les mains en porte-voix autour de la bouche. « Les idiots », ajouta-t-elle doucement. Elle se rassit et se renversa en arrière, appuyée sur les mains. « N'empêche que ces bois peuvent vous ficher une putain de frousse une fois que la nuit est tombée. C'est comme si chaque bruit qu'on entend pouvait être littéralement n'importe quoi. »

Le sujet était clos. Cath savait que si elle essayait de l'aborder à nouveau Shirley l'ignorerait, mais elle était tout de même fascinée qu'un homme comme John Craigie, apparemment si borné et si impénétrable, puisse nourrir cette faiblesse secrète, faiblesse qui était sans doute le trait le plus intéressant de son caractère. Susan avait raison, cela révélait effectivement une autre facette de sa personnalité. Enfin, si c'était vrai. Un homme adulte qui croyait aux elfes et aux fées. Qu'y avait-il là-derrière ?

Cath se cala sur ses mains. Elle avait envie de plonger dans l'eau, comme les garçons sur la jetée, et se dit que c'était probablement leur dernière occasion de le faire avant la fin de l'été.

« Dommage que je n'aie pas emporté mon maillot de bain.

– T'as qu'à y aller en slip et soutien. Chiche !

– Ta gueule. » Cath se dit que la lumière allait changer, avant même que le temps lui-même ne change. Elle voyait toujours les choses en train de finir, le dernier ceci, le dernier cela. Son esprit fonctionnait comme ça, c'est tout.

Le Canon s'activa avec un bref ronronnement. Cath avait toujours trouvé la photographie de paysages difficile. Tout ce qu'on essayait de saisir dérapait vers le cliché. Les objets et les bâtiments étaient plus accommodants – plus ils étaient moches, mieux c'était. Même le déchet le plus banal, une malheureuse pile mise au rebut, par exemple, semblait porter implicitement son histoire. Qu'on se soucie ou non de cette histoire, elle était là, indéracinable.

Elle prit une demi-douzaine de photos du bâtiment de la pêcherie puis revint sur ses pas jusqu'au parking. De multiples traces de pneus, certaines quasi effacées, d'autres fraîches, le gravier boueux et dur, strié de profondes rigoles. Des paires d'empreintes de pas partant dans la direction de la pêcherie puis retournant direct vers leurs véhicules respectifs. Cath en photographia certaines de près, penchée au-dessus d'elles comme elle avait vu les techniciens de scène de crime le faire à la télé. Elle n'éprouvait aucune envie de photographier le loch tel qu'il apparaissait sur les cartes postales, ellipse nacrée blottie entre les collines. Ce qu'elle voyait était un plan d'eau strié d'algues, clos sur lui-même, camouflé par sa grisaille. Pas vraiment un paysage de conte de fées. L'idée que John Craigie ait vraiment cru aux kelpies et bonnets rouges lui semblait à tout le moins plus étrange aujourd'hui qu'à l'époque, tellement incongrue qu'elle en était troublante.

Il avait fait semblant d'y croire, plutôt, pour faire peur à ses enfants. C'était beaucoup plus son style.

Shirley n'avait plus jamais mentionné les bonnets rouges après ce jour-là, le jour du loch avec les garçons sur la jetée – en fait la dernière journée qu'elles avaient passée ensemble quand ça allait encore entre elles. Ensuite, elles s'étaient remises en pilotage automatique, comme si rien n'avait changé alors qu'en réalité tout avait changé, à cause de Vicky, mais pas seulement.

Leurs chemins avaient déjà divergé, bifurqué. La situation se serait clarifiée toute seule en temps utile, d'une manière ou d'une autre. Soit elles seraient restées amies, soit elles auraient rompu. La mort de Shirley avait modifié pour toujours le cours naturel des choses. D'une certaine manière, songeait Cath, elles étaient mortes toutes les deux en ce jour funeste : Shirley pour de vrai, et la version de Cath dans le futur vers laquelle elle tendait.

La Cath qu'elle était devenue à la place n'était pas la même personne.

Je me suis transformée en pierre, pensa-t-elle, et elle frissonna. Les arbres du bois remuaient au gré du vent, ce qui la fit penser, une fois de plus, à John Craigie, et à une chanson apprise à l'école primaire pendant l'heure de musique avec Mme Clough, qui martelait de vieux airs folkloriques au piano telle une maîtresse de ballet tyrannique et vouait aux gémonies quiconque oubliait les paroles.

Là-haut sur le mont venteux
En bas dans le val bruissant
Nous n'osons aller à la chasse
Par peur des petits hommes

Cath était sûre que la chanson mentionnait les bonnets rouges. De retour à l'appartement, elle chercha avec Google le poème qui avait directement inspiré la chanson et vit qu'elle ne s'était pas trompée.

Petites gens, bonnes gens
En troupe tous ensemble
Gilet vert, bonnet rouge
Et plume de hibou blanc !

Le texte était « The Fairies », de William Allingham, célèbre poème écossais exactement du genre que les écoliers apprenaient par cœur jadis. Il était vraisemblable – et même logique, en vérité – que John Craigie ait eu connaissance de la même chanson quand il était enfant.

À l'instar de nombreux contes de fées et de lutins, ce poème était plus sombre qu'il ne le semblait dans un premier abord superficiel. Toutefois, Cath ne se rappelait pas avoir eu peur à l'époque. Elle avait plus vraisemblablement trouvé la chanson barbante, fait passer des petits mots à Carmen sous son pupitre et tiré la langue à Mme Clough dès qu'elle avait eu le dos tourné.

Elle tapa le titre dans YouTube en espérant trouver un enregistrement de la chanson, mais tout ce qui en sortit fut un single de Mud, groupe de glam rock des années 1970 : pantalons patte d'eph violets, lunettes noires stylées, « Tiger Feet » à la soirée disco de l'école. Apparemment, à un certain moment, avant qu'on ait entendu parler d'eux, Mud avait enregistré une malencontreuse reprise de « Up the Airy Mountain », chanson qui devenait de plus en plus étrange à mesure qu'on l'écoutait : cornemuses et tambours, backbeat cliquetant, ça visait clairement l'étiquette farfelu / excentrique mais tapait en plein dans le mille si c'était pour exprimer ce qu'ils pensaient.

Ils s'étaient probablement drogués. Cath envoya à Steve un mail d'une ligne pour lui demander s'il connaissait ce titre. La réponse arriva au galop en moins de cinq minutes.

1968. Leur troisième single. Le flop complet et total. Dans quoi tu t'es fourrée, maintenant ?

Dans rien. Le terrier Internet du Lapin blanc. Merci !

Steve lui décocha l'émoji du lavage de cerveau. Cath répliqua avec le salut Vulcain puis se déconnecta. Elle savait que Steve serait gêné si elle lui demandait comment il allait.

7

L'île s'accrochait à l'hiver. Elles étaient sur l'A844, à un kilomètre et demi de Straad – un tronçon de route droit et en bon état qui devait receler peu de distractions et encore moins de surprises. Par temps clair, les montagnes de l'île d'Arran se seraient détachées nettement sur l'horizon. Cet après-midi-là, Alice les avait conduites à l'endroit où John Craigie était mort; l'estuaire était enveloppé de brume, l'île voisine à peine visible. Sur le côté droit de la route se trouvait Woodside Cottage, là où Angus Livingstone, le conducteur de la Ford Granada, s'était précipité pour appeler une ambulance. Un bataillon de jonquilles commençait à pousser au pied de la haie de hêtres qui séparait la maison de la route.

« Pas vraiment une section accidentogène, n'est-ce pas? » dit Alice. Elle avait téléphoné le dimanche soir, craignant que Cath ne soit encore perturbée par la scène avec Saheed; elle avait toutefois à peine mentionné son mari, sauf pour dire qu'il était parti. « Il a pris le ferry de cinq heures trente. Il va manger un morceau en vitesse à Glasgow, ensuite il prendra le train pour rentrer à Londres. » Elle demanda à Cath si elle voulait qu'elles se voient le lendemain. « On pourrait faire une promenade, par exemple, non?

– Ça serait super », dit Cath immédiatement. Elle dit à Alice qu'il y avait un endroit qu'elle aimerait voir, en rapport avec son projet, seulement elle ne parla pas de l'accident de John Craigie avant qu'elles soient arrivées sur les lieux. Elle était angoissée à l'idée de revoir Alice, redoutant que le fait qu'elle n'ait pas sympathisé avec Saheed les rende mal à l'aise l'une avec l'autre. Or ce fut tout le contraire, à croire que l'étrangeté de la situation les avait rapprochées. Elles s'étreignirent. Les cheveux chinés d'Alice frôlèrent la joue de Cath. Cath regarda Alice enfiler des chaussures de randonnée et une doudoune vert vif. Une fois dans la voiture, elle la fit aller au centre-ville, puis repasser sur Barone Road en longeant le loch Greenan sur la droite, et enfin continuer vers Straad.

« Arrête-toi », dit Cath lorsqu'elles passèrent devant Woodside Cottage. Ensuite elle expliqua à Alice pourquoi elle avait voulu venir ici.

« Il y avait une autre voiture, qui roulait en sens inverse. Le conducteur a dit que Craigie avait failli le percuter.

– Je ne vois pas comment », dit Alice. Le fait que Cath évoque à nouveau le crime ne l'avait apparemment pas déroutée. « L'unique virage se trouve avant la maison. L'autre type avait dû le voir arriver à un kilomètre au moins. Il a dû être distrait, ou faire un écart volontairement.

– John Craigie, tu veux dire ?

– Ouais. C'est comme s'il avait volontairement foncé dans le décor. L'autre type a eu de la chance. Il aurait pu être tué.

– Tu penses que c'est un suicide, alors, comme l'a dit la police ?

– C'est la seule explication qui tienne debout. »

Angus Livingstone avait déclaré que s'il avait pu éviter le pick-up de Craigie, c'était uniquement parce que la route était dégagée, sans autres véhicules, et qu'il y avait de la marge pour manœuvrer. Le plus grand choc ç'avait été de voir John Craigie aller droit dans le mur.

« J'ai eu l'impression qu'il n'a même pas freiné, avait déclaré Livingstone dans sa déposition devant la commission d'enquête. Au contraire, il a accéléré. On ne s'attend pas à voir quelque chose comme ça, pas sur l'île. Il n'y avait rien d'autre sur la route, absolument personne. »

Le souffle tendu du vent ffft ffft qui accroche les arbres, les champs frigorifiés qui descendent en pente douce vers la mer. « C'est charmant, par ici, dit Alice. Je ne pige toujours pas. »

Elle parlait de l'accident, supposa Cath. Elle non plus ne comprenait pas. John Craigie au volant de son pick-up avait toujours semblé plus menaçant que John Craigie affalé dans son fauteuil devant la télé. Il conduisait avec une assurance inébranlable, les yeux rivés sur la route, ses doigts adroits et trapus agrippant le volant. Comme un vacher, songea Cath, tout dans la compétence, rien pour l'élégance. Craigie savait conduire, et quiconque lui dirait le contraire pouvait aller se faire voir.

L'idée qu'il puisse foncer dans le mur au volant de son utilitaire sur une route déserte était foncièrement perverse. Cath se demanda pour la première fois si Craigie n'avait pas vu quelque chose qui l'aurait tellement effrayé ou surpris qu'il en avait perdu le contrôle de son véhicule.

Comme une rangée de petits lutins qui dansent, c'est ça ? Il y a rien ici, rien du tout. Rien que des champs.

Le seul autre véhicule en présence avait été celui d'Angus Livingstone. Craigie le connaissait-il ? Lors de l'enquête, Livingstone avait dit que non. Pourtant, c'était une petite île, et ce patronyme turlupinait Cath pour une raison ou une autre, comme si elle l'avait déjà rencontré quelque part.

Docteur Livingstone, je présume ?

Och ! je l'emmerde, ce vieux con.

L'hypothèse du suicide était plus vraisemblable. Simple et logique. Alors que son équilibre mental était sévèrement perturbé.

« N'empêche que ce n'était pas la méthode la plus intelligente, ajouta Alice. Pour se suicider, je veux dire. Il aurait pu finir quadriplégique, dans le coma ou avec des lésions cérébrales. Si ce Craigie possédait une arme, pourquoi ne s'est-il pas tiré une balle dans la tête tout simplement ? »

Elles continuèrent à pied jusqu'à Straad en marchant sur le bord de la chaussée. Le village, situé sur la côte ouest de l'île, n'était pas desservi par bus. Cath était allée maintes fois à Straad avec ses parents. Ils s'y rendaient en voiture le dimanche s'il faisait beau ; ils descendaient à pied au milieu des cottages épars puis longeaient le rivage, la grossière langue de galets qui formait St Ninian's Point : une chapelle en ruine, des criques d'eau translucide striées de varech, des anémones de mer rousses, de minuscules crabes à la carapace verte. Les moutons qui erraient de tous les côtés broutaient les touffes d'herbe entre les dalles de granit. En regardant de l'autre côté de l'eau depuis la chapelle, Cath distinguait à peine les contours blancs et anguleux des maisons sur la rive d'en face.

Son père adorait le littoral ouest. Il parlait de temps en temps de vendre la maison de Mountstuart Road pour acheter un cottage à Straad, seulement Moira avait opposé son veto.

« Imagine l'endroit en hiver, paumé au milieu de nulle part. Catherine se sentirait abandonnée, pour commencer. »

Si Cath avait pu faire du vélo en toute sécurité, les choses auraient peut-être pu être différentes. Les nuits d'hiver, les vents violents qui balayaient la mer d'Irlande, aboyant et se démenant comme des chiens-loups qui s'ébrouent. L'estran à l'aube, cette lumière argentée sacrée. Un triangle de pâturages broussailleux cerné de murets. Des chèvres. Rien qui puisse séduire Moira. Cath était juste une raison commode pour refuser tout cela.

Cath ne se sentait pas tenue de prendre le parti de l'un ou de l'autre, même si l'isolement de l'endroit l'attirait malgré les difficultés qu'il présentait. Elle imaginait une vie différente, dans laquelle elle ne verrait personne en dehors de l'école, passerait ses week-ends à ramasser des coquillages le long du rivage par tous les temps, comme Perdita dans *La Fille de la sorcière* de Nina Bawden. Lors de leur premier été sur l'île, Cath était allée à pied jusqu'à Straad sans en parler à personne, juste pour voir si elle pouvait s'y rendre seule. Les endroits où elle ne pouvait aller que conduite par quelqu'un en voiture ne lui semblaient pas réels. Pour qu'un lieu acquière de la texture et du sens, il fallait qu'elle puisse y parvenir de manière autonome, à pied ou avec les transports en commun. Pas à chaque trajet, mais dans le principe. Cath avait toujours trouvé important de savoir que son désir d'être à un endroit ou d'en partir reposait sur son propre choix. Pardessus tout, il ne fallait pas qu'elle dépende d'autrui pour savoir où elle pourrait ou ne pourrait pas aller. Comme pas mal de choses liées à sa vision, Cath avait du mal à en parler, à l'expliquer.

Elle pensait encore à cette journée quelquefois, au sentiment d'accomplissement qu'elle avait éprouvé en voyant apparaître le panneau avec le nom du village. En arrivant sur le rivage – qui semblait si différent aujourd'hui – comme s'il lui appartenait, comme si elle pouvait y retourner à volonté dans son imagination. Elle songea à quel point elle s'était trouvée stupide d'avoir oublié d'emporter quelque chose à manger au moment d'entamer le retour de son expédition avec des ampoules grosses comme des glands aux deux talons. Elle avait été soulagée en son for intérieur lorsque sa prof d'anglais l'avait dépassée en voiture juste après le loch Greenan et lui avait proposé de la ramener. Le loch était alors simplement lui-même : peu profond, garni de sédiments meubles et frangé d'herbes folles qui engendraient des nuages de moucherons au plus fort de l'été. Après les meurtres, le loch Greenan s'était assombri dans son esprit, devenu un site de référence pour déposer une arme du crime.

« Il faut que tu fasses attention sur ces routes, avait dit Mme Mackenzie lorsque Cath s'était installée sur le siège passager. Les automobilistes ne regardent pas toujours devant eux, tu sais. À la vitesse où vont certains, on pourrait croire que le diable les poursuit. »

« N'empêche qu'on n'a jamais retrouvé l'arme », dit Cath. Il fallait qu'elle crie un peu pour se faire entendre par-dessus le bruit du vent. « Je ne te l'ai pas dit ?

– Je ne m'en souviens pas. Tu m'en as peut-être parlé. Mais ce n'est pas parce que la police n'a pas retrouvé d'arme qu'il n'en avait pas. Qui d'autre aurait pu faire le coup ? La plupart des crimes ne se produisent pas au hasard.

– Je ne crois pas au hasard dans ce cas précis. La question est en suspens, c'est tout. Les flics pensent qu'il a jeté l'arme dans le loch, celui que nous venons de dépasser.

– Ils l'auraient sûrement repêchée, non ?

– C'est encore une question en suspens. »

Alice s'immobilisa brusquement et se tourna vers Cath. « Tu ne penses pas que c'est lui qui a fait le coup, n'est-ce pas ? Je le vois bien.

– Je ne sais pas », dit Cath. Elle hésita. « J'ai toujours trouvé bizarre que John Craigie s'éloigne de la ville, du terminal des ferries. Je veux savoir pourquoi. Ça ne troublait pas trop les flics : ils ont dit qu'il était devenu fou et en sont restés là. Cet homme, je le détestais. J'ai passé des années à éviter de penser à lui, parce qu'à chaque fois que je pense à lui je vois que je ne connais pas la vérité, pas avec certitude. L'assassin de Shirley est peut-être encore en liberté et j'ai l'impression de la laisser tomber en n'essayant pas de découvrir ce qui s'est passé. C'est ridicule, je sais, mais c'est ce que je ressens.

– Ce n'est pas ridicule. Pas du tout. » Alice observa une pause. « Quand j'étais môme, il y avait un copain de mon oncle qui s'était fait arrêter pour avoir diffusé des films porno. Des trucs vraiment dégueulasses, apparemment. Il en a pris pour cinq ans. Le fait est que tout le monde aimait bien Richie. La plupart de ses amis n'avaient aucune idée de ce dans quoi il était impliqué. Il était souvent chez nous quand j'étais gosse. Il m'a offert un Rubik's Cube pour mon dixième anniversaire parce qu'il savait que j'aimais les maths. Mon père a comme qui dirait coupé les ponts avec lui quand il est sorti de prison, donc nous ne l'avons plus vu aussi souvent, mais je pense encore à lui. À Richie, je veux dire. Je n'arrive pas à concilier le Richie qui m'avait offert ce Rubik's Cube avec le Richie qui trouvait ça bien de vendre à droite à gauche des images d'enfants abusés. Saheed dit que je ne dois pas essayer de le faire, qu'on ne peut jamais connaître quelqu'un, pas en profondeur. Si c'est vrai, c'est terrifiant. Pourquoi ce John Craigie aurait-il exterminé sa famille ? Pour une histoire d'argent ? D'habitude, quand un homme fait une chose pareille, c'est qu'il y a une histoire d'argent là-dessous.

– Les Craigie n'étaient pas particulièrement riches. Mais John Craigie avait toujours du travail à la pelle. Je ne peux pas imaginer que c'était une question d'argent.

– Autre chose, alors… quelque chose a dû servir de déclencheur. Sa femme avait une liaison, à ton avis ?

– Je n'en ai aucune idée. Je dirais que non, c'est exclu, mais c'est comme tu disais : j'avais quinze ans. Susan était juste la mère de ma copine. Je ne savais rien d'elle. Pas pour de bon.

– Y a-t-il quelqu'un à qui tu pourrais poser la question ? Elle devait bien avoir des amis.

– Elle n'est jamais beaucoup sortie. Elle était toujours à la maison. Du moins pendant mes visites là-bas. Elle s'occupait de Sonny. » Cath songea à l'article du journal local selon lequel Susan s'était présentée chez une voisine avec un œil au beurre noir, et au fait que deux jours après à la supérette elle s'était comportée comme si de rien n'était. « Il y avait sa demoiselle d'honneur.

– Une demoiselle d'honneur ?

– Une femme nommée Abigail Mercer. Elle était à l'école avec Susan, je crois. Il y a eu une photo d'elle dans le journal, après les événements. Elle tient un magasin de fleurs à Ayr, ou du moins elle tenait.

– Et voilà ! Elle y est peut-être encore. Tu devrais l'appeler.

– Tu crois qu'elle voudra me parler ? » Cath songea à quel point il serait intéressant de photographier Abigail vingt ans plus tard. Ou plutôt quarante ans plus tard, si on se référait à la photo du mariage. Cath n'était pas photographe-portraitiste, mais pour Abigail, c'était différent. Elle faisait tout autant partie de l'histoire que la maison des Craigie.

– Ça vaut sûrement la peine d'essayer, non ? Si tu tiens vraiment à savoir ce qui se passait avec Susan.

– Je crois que je vais y être obligée. Je suis revenue sur cette île en pensant que je ne me soucierais plus de cette histoire, mais en réalité c'est plutôt le contraire. »

Alice rit. « Tu parles comme Sarah Linden. Tu sais, celle qui mène l'enquête dans cette série policière sur Netflix, *The Killing*. »

Elles s'assirent sur l'un des bancs le long du bord de mer. *À la mémoire de Lucinda Glenister, qui aimait cet endroit.* « Tu me croiras ou pas, mais j'ai bel et bien songé à entrer dans la police. Je voulais être dans la brigade criminelle, chargée des enquêtes. Seulement je n'aurais jamais réussi l'examen médical.

– Mais tu es en bonne santé, non?

– J'ai une vision restreinte. C'est pour ça que je ne peux pas conduire. La plupart du temps, je n'y pense pas, sauf quand je me précipite pour prendre un train et que le tableau d'affichage des départs est trop haut pour que je puisse le lire. C'est la chose la plus énervante de la planète, ces tableaux suspendus. Ça, et la pénurie générale de croustillants Twiglets au nord de la frontière Angleterre-Écosse. »

Alice sourit et lui toucha la main. « Mais, sérieusement, ça va?

– Il y a toujours d'autres moyens de faire ce qu'on veut faire. Steve, le propriétaire du magasin de disques où je travaille, dit que toutes mes photos sont du domaine de l'investigation, c'est-à-dire un regard sous la surface des choses.

– Je n'ai encore vu aucun de tes travaux. Il faudra que tu me montres ça. » Elle souleva ses pieds du sol et croisa les chevilles dans le vide. « Je voulais aller aux USA, pour suivre le programme de troisième cycle de mathématiques à Stanford. Saheed, lui, était déterminé à se lancer dans la finance. Il a dit que c'était là qu'il y avait de l'argent à gagner, et il a raison, je suppose. Un temps, j'ai cru que nous pourrions faire en sorte que cela fonctionne : je partirais en Amérique et lui resterait à Londres, puis postulerait pour un emploi aux USA une fois que j'aurais obtenu mon doctorat. J'ai eu la frousse, je crois, j'ai eu peur que tout s'effondre si nous restions séparés si longtemps. Je n'avais jamais rencontré quelqu'un comme Saheed, quelqu'un qui voyait bien qui j'étais et ne paniquait quand même pas. Ensuite, j'ai raté mes examens terminaux et Stanford a retiré sa proposition. J'ai pleuré pendant une semaine. Mon directeur d'études m'a dit qu'il parlerait à la commission des admissions, que nous pourrions demander une nouvelle évaluation de ma candidature, mais je n'ai pas pu y faire face. J'ai décroché le poste chez Clearwater lors de mon premier entretien, et pendant un certain temps, j'étais enthousiaste à la perspective de la vie que nous pourrions mener à Londres, soulagée de voir que tout s'était finalement arrangé. Je ne me suis rendu compte à quel point les choses avaient mal tourné que le jour où je me suis surprise à ne pas revenir au travail après la pause du déjeuner. C'était comme si je venais de disjoncter.

« C'est à ce moment-là que tu as fait ta dépression ? »

Alice hocha la tête. « Je suis un peu en suspens en ce moment. Une partie de moi veut remonter le temps, recommencer à fréquenter l'université et à décrocher des mentions, à faire partie des nerds. Mais je sais qu'il est trop tard. Je pourrais toujours faire prof de maths, seulement je crois que je m'ennuierais.

– Et Saheed ?

– Je sais que je l'aime et qu'il m'aime. Quand nous sommes seuls tous les deux c'est le plus gentil des hommes. Je n'aurais pas pu tenir toute l'année dernière sans lui. Mais je déteste ses amis, tout l'univers de la banque. Je ne peux pas revenir là-dessus. L'été dernier, quand j'allais vraiment mal, Saheed a dit qu'il abandonnerait son poste, qu'il ferait tout en conséquence, mais je sais que ça ne marcherait pas non plus. Saheed adore son job. Il adore être performant, au milieu de l'action, tous ces trucs à indice d'octane élevé, même l'argent. Et il n'a pas de temps pour ce qu'il appelle être un mathématicien – il dit qu'il aimerait encore mieux enseigner la boxe. C'est de ma faute si j'ai signé chez Clearwater pour démarrer. Parfois je pense que ce serait mieux pour tous les deux si je partais.

– Mais tu es partie, non ? Tu es ici.

– Ouais, mais Saheed pense toujours que je vais tenir le coup pendant un an puis retourner à Londres. Et puis, sérieusement, qu'est-ce que je vais faire ici une fois que j'aurai fini de bricoler dans la maison ?

– Tu pourrais étudier.
– Maintenant tu vois pourquoi Saheed pense que tu as une mauvaise influence sur moi.
– C'est ce qu'il a dit ?
– Pas exactement dans ces termes. Mais il n'apprécie pas du tout qu'on parle du crime. Il dit que la maison est contaminée.
– Contaminée ? »
Elles se mirent à rire toutes les deux. « Et toi ? enchaîna Alice. Tu es avec quelqu'un ?
– Pas vraiment, plus maintenant. Il y avait ce type, Adam. Un photographe. Il est marié. Il dit que nous devons cesser de nous voir.
– Et tu l'aimes ?
– Je croyais que je l'aimais. Mais j'en ai marre de toute cette situation. Un coup il arrête tout, et puis le voilà qui me téléphone trois semaines plus tard et me supplie de revenir. Que ce soit moi qui revienne, et je me dis que c'est différent cette fois-ci, sauf qu'évidemment ça ne l'est jamais. Maintenant que je suis sur l'île, je ne peux pas repartir. Pas aussi facilement, en tout cas. Je commence à penser que c'est en partie pour cette raison que je suis venue ici.
– Un connard, on dirait
– C'est plutôt moi la conne, pour l'avoir supporté si longtemps. Maintenant au moins, je veux que ça finisse entre nous. J'ai l'impression que j'arrive enfin à quelque chose avec la photo, et pas grâce à lui. Il y a des années que j'aurais dû faire ça.
– Retourner sur l'île, tu veux dire ?
– Pas seulement. Une grande part de mon travail était liée à ce que je ressentais pour Adam. C'est seulement maintenant que je suis libérée de lui que je sens que je peux me concentrer. C'est un tel soulagement de ne plus avoir à penser à lui tout le temps. »

Quoi? Parce que c'est à elle que tu penses maintenant? Ça va chauffer pour toi, mademoiselle.

« Et si tu n'arrives pas à découvrir ce qui est arrivé à ta copine? » Alice resserra son lacet. « C'était il y a longtemps. Tu ne le sauras probablement jamais avec certitude. Pas dans tous les détails, en tout cas.

– J'en suis consciente. Mais je peux toujours réaliser mon projet. Faire savoir aux gens que Shirley existait. C'est la seule chose que je puisse faire. » Cath hésita. « J'espère que je n'ai pas causé de problème entre toi et Saheed. »

Une ombre passa sur le visage d'Alice, un air consterné. « Non, ça va bien entre nous. Il est juste un peu tendu. Il s'inquiète du fait que je sois seule ici, c'est tout. »

Tu dépasses les bornes. J'insisterais pas si j'étais toi.

Cath songea à demander quand Saheed reviendrait la prochaine fois, mais se ravisa. « Il faudrait peut-être qu'on rentre », dit-elle à la place. Quand elle demanda à Alice si elle voulait aller boire un verre quelque part, Alice secoua la tête.

« Pas ce soir. J'attends quelqu'un qui va venir récupérer certains de ces vieux meubles. Mais plus tard dans la semaine, d'ac? Je te dépose où? »

Cath dit que le parking de la Coop serait parfait, elle avait des courses à faire. Et plus tard, une fois rangées ses emplettes, elle composa le numéro de Sounds of the Suburbs. Elle savait que Steve serait probablement déjà rentré chez lui, il était bien plus de quatre heures, et le magasin serait calme. De toute façon, c'était à Norah qu'elle voulait parler.

« Sounds of the Suburbs, dit Norah.

– Salut », dit Cath. Elle demanda à Norah comment elle allait et Norah dit très bien, merci. Elles râlèrent après Steve pendant quelques minutes, Norah lui parla d'une bourse pour laquelle elle postulait, puis Cath l'interrogea sur Angus Livingstone.

« Je n'arrête pas de me dire que j'ai entendu son nom quelque part, ou que je l'ai vu dans les journaux, ça me rend dingue.

– Mary Chant, dit immédiatement Norah. C'était le mari de Mary Chant. Pas le type du PMU, le type avec qui elle était mariée avant.

– Le prof de fac ? Tu es sûre que c'est la même personne ?

– Je ne sais pas si c'est la même personne, évidemment, mais c'est indéniablement le même nom. Si tu as conservé les coupures de journaux que je t'ai données, tu le verras.

– Ça c'est vraiment bizarre », dit Cath avant de se demander si c'était si bizarre que ça en réalité. Des gens venaient passer des vacances sur l'île, toute l'année mais surtout en été. La canicule, la semaine où Shirley était morte, en avait amenés par bateaux entiers. C'était quand même une coïncidence. « Tu l'as déjà vu ? À la fac, je veux dire.

– Il est en Histoire, il me semble, alors je ne pense pas l'avoir vu. C'est à propos de quoi ?

– De rien, probablement. Son nom est ressorti quelque part, c'est tout. »

La ville, bondée de touristes venus en foule prendre des vacances à deux pas de chez eux – *doon the watter* comme on disait –, des guirlandes de petits drapeaux tout le long de la promenade. Depuis cent ans et plus, ça, c'était l'île. Des gens arrivaient et des gens partaient. Des vies se touchaient brièvement puis se séparaient à nouveau. Ça, c'était l'île.

« Merci quand même, dit Cath. Au fait, si tu entends parler de lui pour une raison ou une autre, est-ce que tu pourrais me le faire savoir ?

– S'il s'envoyait en l'air avec des étudiantes, par exemple, ou s'il trucidait des femmes mariées ?

– Exactement. » Elles rirent toutes les deux. Norah posa quelques questions à Cath sur des commandes qu'elle avait passées puis mit fin à la communication. Cath consacra l'heure suivante à fouiller le Web pour trouver des informations sur Angus Livingstone, mais il n'y avait que sa bio officielle sur le site de l'université – une licence en Histoire et Archéologie avec mention très bien à Édimbourg, suivie d'un doctorat, qu'il avait fait à St Andrews – et puis la photo, le même portrait légèrement flou qu'avait reproduit le *Herald*. Quand on le voyait maintenant, il ressemblait moins à un gangster qu'à un petit prof d'histoire mal photographié. Un individu insignifiant. Cath essaya d'imaginer à quoi il aurait pu ressembler vingt ans plus tôt et constata qu'elle n'y parvenait pas.

8

Abigail Mercer vivait toujours à Ayr et était toujours fleuriste et en activité. Sa boutique avait un site Internet, Abigail's Flowers, où on pouvait commander des Fleurs pour Toutes les Occasions, des Fleurs pour l'Élu(e) de Votre Cœur, et des Fleurs pour Condoléances. Un diaporama faisait tourner en boucle une série d'images : bouquets de mariage et bouquets pour décorer la table, guirlandes florales. Les photos étaient de qualité magazine, les couleurs saturées et densément racoleuses. Un plan interactif indiquait l'emplacement de la boutique, juste à côté d'Ayr High Street et à proximité du front de mer.

Lorsque Cath appela Abigail's Flowers, elle fut soulagée d'entendre que c'était Abigail Mercer en personne qui avait décroché. Elle pourrait lui parler, c'était déjà ça. Elle avait eu peur d'être obligée de s'expliquer auprès d'une employée.

« J'espère que vous pourrez m'aider, dit Cath. J'essaie de trouver des informations sur une femme du nom de Susan Craigie. Je crois que vous étiez amies. Je me demandais si nous pourrions nous rencontrer.

– Vous n'êtes pas journaliste, hein ? » Abigail était sur la défensive, ce qui était normal, même si, bizarrement, pensa Cath plus tard, elle ne semblait pas être totalement surprise.

Comme si elle attendait que ce jour arrive, tu veux dire, ce genre de foutaises ?

Ouais, c'est un peu ça.

C'est ton histoire, et tu t'y accroches, j'ai pigé.

« Je ne suis pas journaliste. Je suis une amie de la fille de Susan, Shirley, enfin, je l'étais. Nous étions au lycée ensemble. Je suis ici, c'est-à-dire sur l'île, en ce moment, et je fais des recherches. J'ai trouvé votre photo dans le journal, celle du jour où vous étiez l'une des demoiselles d'honneur de Susan. J'aimerais vraiment parler avec vous de ce qui s'est passé.

– Il est hors de question que j'aille là-bas. Sur l'île.

– Vous ne seriez pas obligée, moi je peux facilement me déplacer.

– Ce serait possible lundi prochain. Mais pas au magasin. » Elle donna le nom d'un café et de vagues indications. Plus tard, Cath trouva ledit café sur Google Maps et nota l'adresse. Elle était ravie.

Voilà que tu te prends pour Sherlock Holmes, maintenant ! Arrête ton char.

« Vous avez eu de la chance de me trouver, ajouta Abigail. Normalement, je ne suis pas au magasin le jeudi. Karolina était malade, alors j'ai dit que je la remplacerais. Je n'ai jamais parlé à personne de Susan, en tout cas pas depuis sa mort. C'est presque comme… je ne sais pas… »

Comme si tu étais destinée à la trouver.

« J'avais horreur du lycée, dit Abigail. En plus, c'était un lycée de filles, ce qui n'arrangeait pas les choses. J'avais deux frères, je connaissais les amis de mes frères. L'idée d'un lycée de filles était pour ainsi dire une insulte, comme si elles étaient parquées dans un zoo. Mais mon père tenait à ce que j'y aille, point final. Je ne connaissais pas vraiment Susie avant que nous ayons passé la première partie du bac. Au début, je la prenais pour une fille coincée, mais en réalité elle était juste timide. J'ai commencé à aller la voir chez elle, surtout pour être loin de mon frère Charlie. Nous étions à couteaux tirés, mon frère et moi, toujours en train de nous taper dessus ; ma mère, ça la rendait folle. Très vite, j'ai découvert que je me plaisais là-bas. Susie lisait des bouquins et s'entendait bien avec ses parents. Elle était intelligente, aussi ; elle aurait pu très bien réussir si elle s'était davantage mise en avant. Quant aux garçons, c'est à peine si elle leur parlait, alors elle n'a jamais dû en embrasser un. Quand Johnny est arrivé, elle a cru avoir trouvé son Prince Charmant. Elle était complètement hors sol.

« Shirley m'avait dit qu'avant ça Susan avait un autre petit ami, il s'appelait Wallace, non ?

– Oh oui, Wally. Il étudiait le droit à l'université d'Édimbourg. Il est venu faire un stage dans le cabinet du père de Susie. Il était dans les petits papiers de Maurice, qui voyait en lui le gendre idéal, j'imagine. Wally était en pension dans la famille, il dînait avec eux, et tout et tout. Un gentil garçon, j'en suis sûre, mais qui ne cassait pas des briques. Johnny travaillait déjà, et il était beau gosse, on peut au moins lui accorder ça. Susie est tombée éperdument amoureuse. J'étais même contente, au début, je me suis dit que ce serait bien qu'elle s'amuse un peu pour changer. Quand j'ai réalisé que les choses devenaient sérieuses, je lui ai dit que je pensais qu'elle faisait une erreur. Johnny se mettait facilement en colère, rien qu'à voir comment il avait corrigé Wally ce fameux soir au Criterion. Des hommes comme ça ne s'améliorent pas avec le temps, bien au contraire ! Pour ne rien vous cacher, Johnny me flanquait la frousse. Je sais que c'est facile à dire maintenant, mais j'ai vraiment essayé de mettre Susie en garde contre lui. Bien sûr elle était déjà irrécupérable, follement amoureuse. Plus je lui disais qu'elle devrait cesser de le voir, plus elle s'entêtait. Je me sens encore coupable, je crois. Je n'arrête pas de penser que si seulement j'avais fait plus d'efforts, Susie serait peut-être encore en vie aujourd'hui. C'est idiot de regretter le passé tout le temps, vous savez, mais on ne peut pas s'empêcher de ressentir ce qu'on ressent. »

Elles étaient au café. Abigail était plus âgée que sur la photo, évidemment : plus forte, cheveux gris coupés court, lunettes, tailleur-pantalon élégant. Mais on voyait immédiatement que c'était bien elle. Elle portait la même barrette en strass que sur la photo du mariage, ou du moins une similaire. Cath devait sans cesse se remettre en tête que c'était la première fois qu'Abigail la voyait. Pour sa part, elle ne comptait plus les fois où elle avait affiché l'image d'Abigail sur l'écran, l'avait examinée pour trouver des indices, elle pouvait l'avouer maintenant.

« Dans l'article du journal, vous avez dit que Susan avait changé après son mariage.

– C'est vrai, elle a changé. Pour commencer, elle a abandonné la lecture. Même sa façon de parler était différente. Au téléphone avec moi, elle bavardait à n'en plus finir à propos d'une robe qu'elle avait vue dans un catalogue ou du prix de la nourriture au supermarché. Je pense maintenant qu'elle avait peur, peur de dire ce qu'il ne fallait pas, même quand lui n'était pas à la maison. C'était moins risqué de papoter sur des choses insignifiantes. N'empêche qu'à l'époque, ça me rendait folle, ça me faisait penser à ce film avec Nanette Newman, *Le Mystère Stepford.* J'avais envie de la secouer un bon coup. Finalement, j'ai arrêté de lui téléphoner, ou alors c'est elle qui a arrêté. On s'écrivait des lettres à la place.

– Vous les avez encore ?

– Je savais que vous alliez me demander ça. Je m'en suis débarrassée après l'enquête. C'était après la mort de mon amie Melanie, en fait. Elle avait un cancer et était déjà gravement atteinte à l'époque où Susie a été tuée. Je ne sais pas si elle avait entendu parler de ce qui s'est passé et moi je n'allais pas lui en parler. Elle est décédée peu de temps après, juste au début de la nouvelle année, en fait. Je crois que c'est pour ça que je me suis débarrassée de ces lettres : en plus de Mellie et de tout le reste, ça faisait trop à affronter. De toute façon, elles sont mortes.

– Melanie était l'une des demoiselles d'honneur, non?

– C'est exact. Tiziana était la troisième. Nous sommes restées proches après le lycée, Mellie et moi. J'allais à Édimbourg pour les anniversaires et pour les achats de Noël, et on prenait un pied d'enfer. Tizz était l'amie de Mellie plus que la mienne. Nous nous sommes perdues de vue après la mort de Mellie. Elle vit à Hong Kong maintenant, ou du moins elle y vivait. Ça fait des années que je ne lui ai pas parlé.

– Susan possédait un des tableaux de Melanie. Vous le saviez?

– Celui avec le coq? Mellie le lui a offert comme cadeau de mariage. Elle avait tellement de talent. J'ai trois de ses tableaux, celui qu'elle m'a offert lors de son exposition pour la remise des diplômes et deux autres que j'ai achetés plus tard. Ils ont pas mal de valeur maintenant, mais je ne m'en séparerai jamais. Vous pouvez la chercher sur Internet : Melanie Brody. Mellie adorait Susie. À certains égards, il y avait entre elles plus de choses en commun qu'entre Mellie et moi. Elle et Susie se sont perdues de vue après le mariage. Ni l'une ni l'autre ne voulaient me dire pourquoi. Regardez, j'ai apporté quelques photos. »

Elle fouilla dans son sac à main. « Nous voilà toutes les trois à Noël, l'année d'avant notre Certificat de fin d'études, c'est le père de Susan qui l'a prise. Et en voici une de nous à la Fête de l'été; c'est Tizz qui l'a prise, c'est pourquoi elle n'est pas dessus. C'est Susan avec Shirley. »

Elles sont dans les Jardins d'hiver, cela se voit aux parterres de fleurs. Shirley est une toute petite fille – pas plus de trois ans, des cheveux blonds, fins et clairs comme le duvet des chardons, un bermuda rose et un tee-shirt *Barbapapa*. Susan est maigrichonne, elle a les cheveux beaucoup plus longs. Elle porte une jupe en jean boutonnée sur le devant, un chemisier jaune citron. Cath ne l'aurait jamais reconnue, jamais de la vie.

Le cliché avait l'irréelle fugacité de certains instantanés de vacances, du genre qu'on oublie complètement et qu'on retrouve des années plus tard, serrés au fond d'un tiroir avec une demi-douzaine d'autres photos dont on ne se souvient pas qu'on les a prises. Prises de travers et affectées d'un léger flou, comme si vous aviez accidentellement appuyé sur le déclencheur ou qu'une des personnes avait bougé. Encore une fois ce regard décalé qui fige le temps.

« Je suis allée sur l'île une seule et unique fois, dit Abigail. C'était la première fois que je voyais Susan pour de bon après le mariage. J'attendais beaucoup de cette visite, mais lui parler c'était comme patauger dans la mélasse. Je pleurais tellement au retour sur le ferry que j'en avais mal à l'estomac. Je voyais bien que les choses n'allaient pas, mais il fallait que je pense à ma propre vie, à mes propres problèmes. J'aurais dû faire l'effort de la revoir, essayer de la faire parler, mais je n'y arrivais pas.

– Shirley m'a dit que les parents de Susan ne venaient jamais les voir. C'est vrai ?

– Plus ou moins. Je crois que Susie est allée voir ses parents deux ou trois fois, ça devait être quand Shirley était bébé, mais Maurice et Emily ne sont jamais venus sur l'île. Ils s'estimaient responsables de tout ce qui s'était passé : s'ils n'avaient pas embauché Johnny, alors Susan ne l'aurait jamais rencontré, imaginez un peu. Ils n'ont jamais accepté d'avoir perdu Susan, Maurice surtout. Ils n'ont pas assisté à l'enquête non plus. J'ai proposé de les accompagner – j'avais peur pour eux, à vrai dire, peur de ce que les gens pourraient dire ou penser s'ils n'étaient pas là, si les journaux s'emparaient de l'histoire, mais ils n'ont rien voulu entendre. Je me rappelle que le père de Susie disait qu'il ne voulait en aucun cas qu'on prononce le nom de cette ordure en sa présence, qu'il voulait seulement ramener Susie à la maison pour son dernier repos et qu'on en finisse. Je me rappelle que j'ai été choquée de l'entendre dire ça : ordure. Maurice avait horreur des mots grossiers. On dit, plutôt au figuré, qu'il y a des gens qui vieillissent du jour au lendemain, mais pour eux, c'était vraiment le cas. Maurice McClellan est mort moins d'un an après Susan. Emily est retournée à Édimbourg pour vivre chez son frère. Je n'ai plus jamais entendu parler d'elle. »

Abigail et Susan avaient toutes les deux fréquenté Wellington School, le seul lycée de jeunes filles privé de l'Ayrshire. Cath ne cessait de penser à un documentaire qu'elle avait vu à la télé quelques années auparavant, sur la traque policière d'un tueur en série dans le Midwest américain. L'enquêtrice chargée de l'affaire serinait tout le temps qu'il n'y avait pas de détails accessoires, que tout est connecté, que l'assassin et la victime sont liés l'un à l'autre dès le départ.

« La vie tout entière de la victime est une scène de crime, disait-elle. Trouvez qui était la victime réellement, et vous finirez par trouver votre assassin. » Cath se souvenait des paroles de l'enquêtrice parce qu'elles l'avaient intriguée. Il lui était plus difficile de les prendre pour argent comptant. La vie avait d'ordinaire un caractère plus épineux et avait moins de sens. Quelqu'un baisait la femme de quelqu'un d'autre, quelqu'un piquait dans la caisse, quelqu'un était entré par hasard dans le pub juste au moment où l'individu qui ressemblait à Dennis Hopper en sortait. Question de hasard, autrement dit. La faute à pas de chance. Qu'importait l'endroit où Susan avait grandi, ou l'endroit où elle avait rencontré John Craigie. L'essentiel était qu'elle l'avait rencontré, point barre. Les détails de l'arrière-plan étaient accessoires. Rien à voir avec Shirley ou avec le triple meurtre.

Mais là encore, peut-être que l'enquêtrice avait raison après tout parce qu'Ayr était à l'image de son nom : compacte, active, prospère, c'est du déjà-vu pour moi, pas la peine d'en rajouter, merci beaucoup. Un rivage parfaitement rectiligne, du sable pâle et des ammophiles, le contour trapu et fonctionnel du terminal des ferries. Au nord, vers les docks, de nouveaux ensembles d'appartements donnaient sur l'esplanade en bord de mer. Au sud, vers le terrain de golf, se côtoyaient pavillons modernes et vieux immeubles en pierre. Contrairement aux villes sidérurgiques appauvries de l'estuaire de la Clyde, Ayr semblait florissante. Elle avait fait fortune autrement et se portait encore bien. Le père de Susan, Maurice McClellan, était avocat spécialisé en droit de la famille, rôle si approprié à ses moyens et dispositions que c'en était presque drôle. C'était le monde confortable dans lequel Susan avait grandi, le monde auquel elle était habituée. Le monde dans lequel John Craigie était comme un poisson qui sort de l'eau. L'étranger qui débarque en ville. Lui l'obscurité, elle la lumière. Les contraires s'attirent.

Y a qu'à voir l'endroit. Rien de mieux comme toile de fond.

Cath prit une série de photos d'Abigail posant devant le lycée, deux bâtiments remarquables à tourelles donnant directement sur le front de mer. Comme un décor sorti d'un roman gothique, songea Cath. Un palais de fées. On avait du mal à croire que de tels mastodontes existaient encore. Abigail ne semblait pas gênée d'être photographiée. Elle dit à Cath qu'elle avait un fils, Alex, qui habitait maintenant à Manchester. « Il me manque, mais il va bien, il adore la vie là-bas, c'est l'essentiel. Son père et moi sommes toujours bons amis. Ray a maintenant une autre jeune famille. »

Elles marchèrent vers le sud le long de l'esplanade jusqu'à l'endroit où la famille de Susan avait vécu, non loin du terrain de golf, sur Beaufort Road. La maison des Mercer était juste au coin de la rue, sur Racecourse View.

« On aurait pu penser que ça aurait été l'inverse, n'est-ce pas, avec Maurice comme avocat associé, et tout et tout ? dit Abigail. Mon père a commencé comme camionneur et il a fini par gérer sa propre flotte. Il voulait depuis toujours une maison sur Racecourse View et c'est ce que nous avons eu. C'est le fils de Charlie, Danny, qui dirige désormais l'entreprise. C'est bizarre, la façon dont les choses se passent.

– Pensez-vous qu'il soit possible que Susan ait eu une liaison ? »

Abigail leva brusquement les yeux mais continua de marcher. « Je me suis posé la question, oui. Je crois que Susie avait l'intention de quitter Johnny, c'est-à-dire une fois que Shirley aurait fini le lycée, quand Susie aurait su qu'elle était capable de se débrouiller toute seule. Susie n'en a jamais parlé directement, mais il y avait des allusions dans ses lettres, juste de toutes petites choses. Et puis Sonny est arrivé, ce qui a mis fin à ces projets. Susie adorait Sonny, mais je sais qu'elle a dû en baver pendant quelque temps, parce qu'elle a carrément cessé de m'écrire. Il a fallu plus de deux ans avant que j'aie enfin de ses nouvelles, mais quand j'ai finalement reçu une lettre, quelque chose avait changé. Sa vitalité d'avant semblait lui être revenue. Elle ne disait pas ce qui s'était passé et je ne lui ai pas posé la question – ce salaud pouvait très bien lire son courrier, à mon avis – mais j'avais l'impression qu'elle me le dirait de sa propre initiative le moment venu. Six mois plus tard, elle était morte, et maintenant je ne le saurai jamais.

« Est-ce qu'elle mentionnait un nom ou un prénom ? »

Abigail secoua la tête. « J'espère seulement qu'elle a été heureuse tant que ça a duré. Dieu sait si elle méritait d'avoir un peu de joie dans sa vie. Je ne vois pas ce que ça changerait de savoir maintenant qui c'était. Johnny serait devenu fou s'il s'en était aperçu, c'est sûr et certain.

– Assez pour les tuer tous les trois ?

– C'est la seule chose qui ait du sens, non ? Johnny découvre que Susie voit quelqu'un, la tue, elle et les enfants, puis fonce dans sa camionnette pour aller tuer l'autre type. Vous savez qu'il s'éloignait du terminal du ferry quand il a eu son accident ? C'est une bonne chose qu'il ait été tué, sinon il y aurait eu quatre morts au lieu de trois. Je ne compte pas Johnny. S'il a fait ce qu'on dit qu'il a fait, il mérite d'être en enfer. J'avais compris depuis le début que John Craigie était un vaurien. Je regrette seulement de ne pas l'avoir dit à Susan avant qu'elle ne se mette à le fréquenter. »

Un vaurien, terme qu'on utilisait rarement aujourd'hui, mais qui correspondait parfaitement à John Craigie. Si la vie de quelqu'un était une scène de crime imminente, c'était bien la sienne.

Juste avant d'aller prendre son train, Cath demanda à Abigail Mercer si elle se rappelait le nom du témoin de John Craigie.

« Je l'ai remarqué sur la photo du mariage. Est-ce qu'il aurait pu être intéressé par Susan, à votre avis ?

– Je ne crois pas. » Abigail fronça les sourcils. « Il s'appelait Matt, il me semble. Matty ? Mais c'était l'ami de Johnny. Il n'était pas d'ici, ni de l'île. Je ne pense pas que Susie ait jamais posé les yeux sur lui avant le jour de son mariage. »

9

Le lendemain matin, elle reçut un mail d'Adam : Où es-tu ? S'il était possible qu'un mail soit grincheux, c'était bien celui-ci. Dis-moi quand tu reviens. En clair, ça chauffait à nouveau entre lui et Miranda. Dans le passé, Adam avait reproché à Cath d'être collante, dépendante. Rien de tel ici.

« Il y a un déséquilibre dans notre relation », lui avait dit Adam la deuxième ou peut-être troisième fois qu'ils couchaient ensemble. « Je suis marié et toi non. Cette situation est bien plus difficile pour moi que pour toi. »

Cath l'avait écouté sans sourciller. Elle était même d'accord avec lui, elle avait exprimé sa compassion pour ce qu'il devait traverser. L'idée qu'elle ne puisse pas vivre sans quelqu'un – comment cela avait-il commencé ? Le vide total qu'elle avait ressenti, dès les premiers instants de la relation, à l'idée de ne pas voir Adam, de ne pas coucher avec lui, de ne pas recevoir ses messages. Elle mentirait en se disant que cela avait commencé avec Adam. Avant Adam, il y avait eu ce Ravi, lorsqu'elle travaillait au Glasgow Film Theatre, puis cet étudiant en sciences politiques qui était un vague ami de Steve. Quiconque ayant manifesté un intérêt pour sa personne. Mais Adam avait été le pire de tous, il était comme une dépendance toxique.

Cath n'avait jamais tâté de la drogue, sauf que si, elle en avait consommé, elle s'en rendait compte maintenant – une drogue aussi corrosive et abrutissante que n'importe quel produit chimique. Les membres tremblants, les pleurs, le sentiment extatique de soulagement lorsqu'il l'appelait enfin. Comme si elle allait pouvoir vivre éternellement désormais ; tout allait bien parce qu'elle avait eu sa dose. Et puis cette terreur qui revenait presque immédiatement, insidieuse, qui remplissait son corps et son esprit comme un poison physique. Son obéissance constante aux exigences d'Adam. Sa détermination paniquée de ne rien dire à personne.

À présent, la malédiction s'était dissipée comme une fièvre. L'urgence de son besoin, la montée d'adrénaline de la panique – elle ne se souvenait plus des détails significatifs. Elle ferma le mail d'Adam sans y répondre. Tu es marié et moi non. Savoure la situation. C'était pour Miranda, la femme d'Adam, qu'elle était désolée : elle l'avait dans la peau. Elle se surprit à penser à Susan, Susan Craigie, qui, selon Abigail, était intelligente, mais n'avait jamais mis en balance la valeur de cette intelligence avec le fait d'être aimée ou tout simplement baisée, d'être désirée.

Cath ouvrit la fenêtre pour laisser entrer l'air : les cris des mouettes, le parp-parp-parp du ferry au départ, le sillage mousseux en forme de V d'une vedette en pleine vitesse. Elle sortit la photo qu'Abigail lui avait donnée – celle de Susan et Shirley dans les Jardins d'hiver. Shirley était différente de Susan, on le voyait tout de suite, si petite et déjà résistante ; sa conscience d'elle-même se manifestait dans la façon dont elle tirait sur la main de sa mère, exigeant de voir, de partir, d'être libérée.

Et si la Susan que Cath avait connue avait été une façade, un simulacre derrière lequel se cachait la vraie Susan ? Laquelle avait été assassinée, la vraie Susan ou sa figurante ? La question était importante, car y répondre correctement permettrait de définir le mobile du tueur. La douce et docile Susan aurait été punie – condamnée à mort – pour avoir outrepassé les limites, pour avoir désobéi aux ordres. Mais la vraie Susan – intelligente, imaginative et profondément en colère – avait-elle été tuée simplement pour s'être montrée telle qu'elle était, ou alors pour l'empêcher de partir ?

Chacune des réponses pourrait-elle aussi suggérer un tueur différent ? Ces questions tournaient encore dans sa tête lorsqu'un autre mail arriva, d'Alice, cette fois.

Passe me voir. J'ai trouvé quelque chose d'incroyable.

Cath se déconnecta et enfila son manteau, heureuse de la diversion, pleine d'énergie à l'idée de voir Alice. En arrivant à Westland Road, elle trouva la porte de la véranda ouverte et la porte d'entrée déverrouillée. Des habitudes îliennes qui déteignaient déjà sur Alice.

« Alice ? cria Cath, ne voulant pas lui faire une frayeur.

– Dans le séjour. » Manifestement excitée, elle se retourna prestement en souriant lorsque Cath entra dans la pièce. Pieds nus et jean skinny, pull shetland façon Fair Isle – encore les îles. Les ongles de ses pieds étaient peints en bleu irisé.

Cath retint son souffle. Devant elle, sur la table à manger, se trouvait la maison de poupée de Shirley.

« Incroyable, n'est-ce pas ? Il y a tous ces autres trucs à l'intérieur – de superbes tables, chaises, lits et autres miniatures. Ça pèse une tonne. J'ai dû demander aux gars qui nettoyaient le jardin de la descendre pour moi.

– Et tu l'as trouvée où ? » dit Cath. Elle jouait à fond la décontraction, mais en réalité elle avait largué les amarres. Si elle s'était seulement posé la question, ce qui n'était pas le cas, elle aurait présumé que la maison de poupée avait été détruite, donnée à quelqu'un, ou emportée par les gens du déménagement-débarras. Le mystérieux frère aurait peut-être pu la récupérer, mais Abigail Mercer n'avait pas dit que Susan avait un frère. Avec un temps de retard, Cath réalisa qu'Abigail avait parlé de Susan McClellan comme d'une enfant unique. En tout cas, l'idée que la maison de poupée soit encore là, à l'intérieur de la maison Craigie, était à la fois fantastique et effrayante. Cath se surprit à penser à un film d'horreur qu'elle avait vu avec Steve, précisément à ce moment horrible juste avant la fin où la femme avec le démon aux trousses se rend compte qu'elle tient toujours le bouton de manteau maudit.

Vachement génial, c'était.

Plutôt vachement stupide, si tu veux mon avis.

« Dans ce placard en haut de l'escalier, répondit Alice. Celui qui ne voulait pas s'ouvrir. Ça me turlupine depuis que j'ai emménagé. Finalement, j'ai dû faire appel à un serrurier. Il a découpé la vieille serrure à la scie à métaux, elle était complètement rouillée. Il a dit que c'était bizarre, parce que normalement il n'y a que les serrures d'extérieur qui rouillent comme ça. Il en a mis une neuve. Mais qu'importe. Tu ne trouves pas que c'est un bel objet ? » Elle baissa les yeux sur la maison. Fièrement, songea Cath, à croire qu'elle l'avait faite elle-même, *La Maison qu'Alice a faite*, comme dans la comptine. « J'ai presque peur d'y toucher.

– C'était celle de Shirley, dit Cath. Son père l'avait faite spécialement pour elle. Elle la gardait dans sa chambre, sur un vieux tabouret de piano. Une fois elle m'a dit qu'elle voulait la faire brûler, comme Twelve Oaks.

– Twelve Oaks ?

– La grandiose résidence de style colonial dans *Autant en emporte le vent*. Je n'arrive pas à croire qu'elle est encore là. »

Cath s'approcha de la table, s'accroupit. Le loquet en laiton qui maintenait la façade fermée était terni, mais intact. L'ensemble de la structure sentait légèrement le moisi, comme des panneaux de fibres mouillés, même s'il n'y avait aucun signe de dommage, du moins pas à l'extérieur.

« C'est incroyable, dit Alice. Ça me fait presque flipper, pour être honnête. C'est lui qui a fabriqué tous les meubles aussi ?

– Oui. Les poupées sont toujours là ? »

Les poupées n'appartenaient pas à la maison Craigie, pas à l'origine, elles appartenaient à Susan : un groupe de petites personnes disparates, dont aucune n'était exactement à la même échelle que les autres. Il y avait une poupée en particulier, Emmy, que Shirley avait l'habitude d'emmener avec elle en classe, cachée dans sa trousse à crayons. Shirley l'aimait beaucoup, contrairement à la maison elle-même. Parce que ces poupées appartenaient à sa mère ? Cath n'y avait pas pensé de cette façon à l'époque, mais cela semblait désormais évident.

La maison était hantée par John Craigie. Les poupées auraient mérité d'être secourues, comme Shirley.

« Je ne pense pas. Je n'en ai vu aucune. »

Cath se demanda ce qui était arrivé à Emmy, à elles toutes. Étaient-elles encore quelque part ici à Westland Road ou vagabondaient-elles dans le monde ? L'idée était glaçante, attristante, même si Cath n'avait pas pensé à Emmy depuis des années.

« Qu'est-ce que je dois en faire ? disait Alice.

– Tu as acheté la maison principale, donc la maison de poupée est à toi aussi, tu peux en faire ce que tu veux. Tu peux même la vendre si tu le souhaites. Elle a probablement de la valeur.

– Je ne veux pas la vendre. » Alice hésita. « Je pensais que je pourrais peut-être faire monter une étagère pour elle, ici dans le séjour. Qu'est-ce que tu en penses ?

– Tu demandes ma permission ?

– Non, pas vraiment. Je ne veux simplement pas que tu penses que je lui manque de respect, par exemple. À ton amie, je veux dire. Tu n'as pas l'air très convaincue.

– Shirley trouverait ça hilarant de voir sa maison de poupée exposée comme ça. J'adorais jouer avec à l'époque. Les lumières fonctionnent toujours ?

– Je ne savais pas qu'il y avait un éclairage.

– Il y a une pile sous le plancher. De toute façon, elle doit être morte maintenant.

– À mon avis, il vaudrait mieux ne pas parler de ça à Saheed. De l'origine de la maison de poupée, je veux dire. S'il savait qui l'a faite, il deviendrait fou. Il voudrait que je m'en débarrasse. Je dirai que je l'ai trouvée chez un antiquaire. Tu es d'accord avec ça ?

– Pas de problème », dit Cath. Donc elles allaient partager un secret qu'elles cacheraient à Saheed. Pas de problème du tout. « Il y avait autre chose dans ce placard, par hasard ?

– Juste un carton de lessive plein de bric-à-brac. Des décorations de Noël. Il est là-haut dans la pièce inoccupée si tu veux voir ce qu'il y a dedans. »

PERSIL AUTOMATIC : les capitales bleues en italique étaient délavées mais toujours visibles ; un morceau de guirlande argentée dépassait d'entre les rabats. À l'intérieur, au-dessus de la guirlande, le renne en plastique lumineux qui trônait sur le rebord de la fenêtre du séjour chez les Craigie du 1er décembre jusqu'aux Rois, calé entre le rideau et la vitre pour qu'on puisse le voir briller dans l'obscurité quand on remontait le chemin. Des boules de verre – vertes, rouges, dorées – et un sac en papier rempli de vieilles cartes de Noël, certaines déjà découpées pour en faire des étiquettes cadeaux – un sapin enneigé, un rouge-gorge sphérique. Le toucher doux et amolli de la correspondance ancienne.

La plupart des cartes étaient sans enveloppe, mais le nom de l'expéditeur devait figurer au verso. Peut-être que le nom du témoin de John Craigie – Matt ou Matty? – serait parmi eux. Cath prit subitement conscience que la police n'avait selon toute vraisemblance jamais examiné le carton ou son contenu : si elle l'avait fait, elle l'aurait sorti du placard et emporté les cartes comme pièces à conviction. Peut-être que les flics avaient essayé sans succès d'ouvrir le placard, puis avaient tout oublié. Quelle qu'ait été la suite des événements, il était vraisemblable que personne n'avait touché aux cartes ni aux décorations depuis que Susan Craigie les avait rangées pour la dernière fois, donc huit mois avant sa mort. Le dernier Noël de Shirley.

« Ça te dérange si je les emporte chez moi? dit Cath. Il y a peut-être d'autres affaires de Shirley là-dedans. Je me souviens de ce renne, pour commencer.

– Je t'en prie. J'allais de toute façon emporter le carton à la décharge.

– Sérieusement?

– Comment étais-je censée savoir à qui il appartenait? Cela me paraissait être un rebut, un truc que les locataires avaient laissé derrière eux. À propos, j'ai trouvé le document que tu cherchais, le contrat de vente de la maison. Le vendeur s'appelait Roger Blair. Ça te dit quelque chose?

– C'était la personne qui vendait la maison, ou l'homme qui est mort?

– Le vendeur. Le type qui est mort s'appelait Vernon, Vernon Blair.

– Le nom de jeune fille de Susan était McClellan, son père était Maurice McClellan. Je n'ai jamais entendu parler de quelqu'un qui s'appellerait Blair.

– Se pourrait-il que ces Blair aient représenté la famille de la mère de Susan? Je veux dire que, théoriquement, c'est la famille de John Craigie qui héritait de la maison, puisque le tribunal a convenu que Susan, Shirley et Sonny étaient tous décédés avant lui. Mais s'il n'avait plus aucun membre de sa famille en vie, tout serait allé à la famille de Susan. Ce ne sont que des hypothèses, mais la chose est possible.

– Je pense que tu as peut-être raison. Le père de Susan est décédé peu après les meurtres, je l'ai su par Abigail. Et c'était la mère de Susan, Emily, qui avait ce frère, pas Susan. Ç'aurait pu être Vernon. Peut-être que Roger était le fils de Vernon, et donc le cousin de Susan.

– Ou son enfant secret. » Alice sourit. « Avec en vue la maison que son oncle âgé détenait en fiducie pour lui. Il voudrait vendre, bien sûr, dès qu'il aurait dix-huit ans. Il est probablement déjà en route vers l'Australie. Mais je plaisante. Comme je l'ai déjà dit, je ne l'ai jamais rencontré. Il pourrait avoir eu dix-huit ans comme il pourrait en avoir eu quatre-vingts.

– Les dates conviendraient pourtant, non ?

– Peut-être, mais si Susan avait été enceinte à l'époque, tu l'aurais remarqué, ou Shirley l'aurait remarqué. De toute façon, qui appelle son gamin Roger aujourd'hui ? »

Elles se mirent à rire toutes les deux. « Tu as déjà entendu parler de quelqu'un qui croit aux fées et aux lutins ? » dit soudain Cath, laissant échapper ces mots comme des billes de roulement lubrifiées qui rebondissaient et disparaissaient entre les fissures du parquet.

Putain, d'où ça sort ça ?

Alice cessa de rire. « Putain, d'où ça sort ça ?

– C'est un truc que Shirley m'a dit un jour, comme quoi son père avait peur d'aller dans les bois parce qu'il croyait qu'il y avait des fées et des lutins là-bas. J'ai pensé qu'elle plaisantait quand elle m'avait raconté ça, mais maintenant j'ai des doutes, j'ai idée qu'il se peut qu'elle m'ait dit la vérité. J'en suis sûre, en fait. Seulement ça ne cadre pas du tout avec lui.

– Mais ça dépend, non? Ma grand-mère au Sénégal croit aux esprits, au petit peuple. Elle leur laisse même des petits repas, pour les empêcher d'entrer dans la maison et de saloper ses affaires. Les bons voisins, comme elle les appelle, ou les *bakhna rakhna*. Mes frères et moi aimions bien nous payer sa tronche quand nous étions enfants, mais elle s'en fichait. Elle avait l'habitude de citer ce passage de Shakespeare où il est dit qu'il y a plus de choses dans le ciel et sur terre qu'on n'en peut rêver dans nos philosophies. Grand-mère adore Shakespeare, elle en connaît par cœur des tonnes. Elle a travaillé pour l'Organisation mondiale de la santé et a voyagé partout dans le monde. N'empêche qu'elle prend toujours ces vieilles croyances au sérieux. Prends soin des *bakhna rakhna* et ils prendront soin de toi, c'est ce qu'elle m'a dit un jour.

– Mais toi, tu n'y crois pas?

– Je ne sais pas quoi penser. En principe, je préfère les nombres, même si les nombres peuvent parfois faire peur. Quand on songe qu'ils n'ont littéralement pas de fin. Une certaine école de pensée affirme que les nombres sont une invention humaine, qu'ils n'existaient pas avant que nous spéculions sur leur existence. Je pense que c'est de la foutaise : nous n'avons pas inventé les nombres, nous les avons seulement découverts. Même après la fin du monde, il y aura encore des nombres. »

Alice sembla soudain fatiguée, ou bouleversée. Comme si une ombre flottait au-dessus d'elle, pensa Cath. Ou peut-être était-ce seulement la lumière qui avait changé.

« Il faudrait que j'y aille, dit-elle. Je suis sûre que tu as des choses à régler.

– Justement, j'ai quelques formulaires à remplir. J'ai déposé une demande pour un atelier d'été sur l'histoire des échecs. C'est Saheed qui a dégotté ça pour moi. C'est à Tolède.

– Tu joues aux échecs ?

– Saheed est bien meilleur que moi, mais il a pensé que je pourrais y trouver mon compte. Prendre le soleil, se faire de nouveaux amis, ce genre de choses. »

Des gens qui jouaient aux échecs et comprenaient les mathématiques avancées. Le genre de personnes que Saheed voulait qu'Alice rencontre. Des gens qui n'étaient pas Cath.

T'es jalouse. Avoue-le.

« Ça a l'air vraiment cool, dit Cath. Je ne suis jamais allée à Tolède.

– On pourrait aller prendre ce verre qu'on n'a pas pris la dernière fois, en attendant. Demain soir ? » Elle pressa les doigts de Cath. « Tu es sûre que tu vas pouvoir trimballer ce carton ?

– Il n'est pas lourd. Ne t'inquiète pas. »

En retournant à Argyle Terrace, le carton de Persil dans les bras, Cath pensa au renne en plastique à l'intérieur et eut envie de pleurer.

« Vilain salaud, l'avait baptisé Shirley. Vilain salaud, autrement connu sous le nom de Boris. »

Elles avaient hurlé de rire, pliées en deux. Pourquoi Boris ? Shirley ne l'avait pas dit, mais le prénom lui était resté, évidemment. Une fois chez elle, Cath le sortit du carton et l'installa sur le rebord de la fenêtre du séjour. Elle se disait que l'ampoule devait être cassée, mais le jouet s'alluma dès qu'elle le brancha sur le secteur.

C'est parti, vilain salaud ! Fonce, Boris, fonce, le Père Noël va être en retard !

Cath déballa le reste du carton sur la table : encore des guirlandes, un paquet de serviettes de table rouges, une nappe en coton à carreaux verts et blancs avec une bordure en dentelle. De modestes souvenirs, vraiment pathétiques – les ultimes traces de Susan, qui essayait de créer un lieu de sécurité et de confort, de rafistoler les choses en espérant ne pas se faire remarquer.

Sous la nappe se trouvait le coq mécanique du tableau de Melanie. Même après toutes ces années, ses couleurs étaient encore brillantes – ces tourbillons bleus et jaunes, ce rouge rubis brûlant. Les couleurs du phénix. La nappe avait dû le protéger, lui conserver son éclat. Cath fut estomaquée en le voyant par la petite clé ronde dans son poitrail, qu'elle n'osa pas toucher de peur de casser quelque chose, une pièce d'horlogerie fragile, le ressort qui reliait le présent au passé.

Elle eut envie de serrer l'objet dans ses bras, mais, coincé à côté du coq, il y avait autre chose, un carnet à spirale avec une couverture mouchetée, comme un cahier d'écolier, mais en plus petit. Les pages étaient bourrées d'écriture. Pas l'écriture de Shirley, sauvage et chaotique – une vraie chienlit, avait dit leur ancien professeur principal, M. Sullivan. Cette écriture-là était plus carrée et plus droite, petite mais néanmoins audacieuse et curieusement sereine. Pas du tout le genre d'écriture auquel Cath aurait pu s'attendre de la part de Susan, et pourtant, de qui d'autre pourrait-elle être ? L'essentiel de ce qu'elle avait écrit là semblait être des listes – fleurs sauvages, livres, rois et reines d'Écosse avec leurs dates de naissance et de mort, les édifices construits par Alexander Thompson, dit le Grec, et leurs différents emplacements à Glasgow et d'un bout à l'autre de l'Argyllshire. Insérés çà et là entre les pages du carnet se trouvaient un certain nombre de documents isolés : la moitié retour d'un billet de train pour Glasgow, un calendrier imprimé pour une saison de conférences sur l'archéologie locale au musée de l'île, une page repliée de ce qui avait dû être un carnet d'un format inférieur avec le texte manuscrit d'un poème. L'écriture était différente de celle du carnet principal – plus grande et plus lâche – mais le poème lui-même était familier.

Hier, dans l'escalier,
J'ai rencontré un homme qui n'était pas là !
Il n'était plus là aujourd'hui,
Oh comme j'aimerais qu'il s'en aille !

Quand je suis rentré cette nuit à trois heures,
L'homme m'attendait là
Mais quand j'ai regardé dans le couloir,
Je ne l'ai pas vu du tout là-bas !
Va-t'en, va-t'en, ne reviens plus !
Va-t'en, va-t'en, et s'il te plaît, ne claque pas la porte…

Hier soir, j'ai vu dans l'escalier,
Un petit homme qui n'était pas là,
Il n'était plus là aujourd'hui
Oh, comme j'aimerais qu'il s'en aille…

Comme le poème de William Allingham sur le petit peuple, celui de W. H. Means était connu de la plupart des gens – un de ces textes qu'on apprenait par cœur et qui avait été repris et adapté tellement de fois que les paroles en devenaient souvent confuses, quand elles n'étaient pas complètement modifiées.

Un petit homme, pensa Cath avec inquiétude. Car elle était mal à l'aise avec ce qui touchait au petit peuple. Elle n'était pas sûre qu'il s'agisse d'un petit homme dans la version du poème dont elle se souvenait, mais lorsqu'elle consulta le texte en ligne, elle vit que c'en était bien un après tout. Les choses qu'on oublie sont souvent plus étranges que ce qu'on en a retenu. Elle découvrit que ce poème faisait à l'origine partie d'une pièce de théâtre, et qu'il y avait un nombre vertigineux de références à son texte dans d'autres œuvres littéraires ultérieures et dans la culture populaire. Il y avait même une chanson. Cath la chercha sur YouTube : elle n'eut aucun mal à retrouver des enregistrements de cet air de danse enjoué, écrit dans une tonalité mineure, popularisé par Glenn Miller puis repris par de nombreux groupes de swing moins connus les années suivantes. Cath l'écouta plusieurs fois et en mémorisa rapidement les paroles, tout en sifflant. C'est comme siffler dans le noir, se dit-elle. Une mélodie dynamique et énergique pour couvrir la froideur étrange des paroles qui l'accompagnent.

Qui avait recopié ce poème pour Susan, et pourquoi l'avait-elle conservé ? Susan avait-elle provisoirement glissé ces documents dans le carnet, par mesure de sécurité, ou avaient-ils été délibérément cachés ?

Le soin qu'elle avait mis à dissimuler ce carnet semblait confirmer la deuxième hypothèse, mais quelle signification, en ce cas, pouvait-on y attacher ? Le carnet et son contenu pouvaient-ils être une sorte de code ? Un code au fond d'un carton que personne ne regarderait pendant des années, remisé au fond d'un placard qui ne voulait pas s'ouvrir.

De toute façon, pourquoi John Craigie n'avait-il jamais réparé la serrure du placard ? On aurait pu penser que cela le rendrait fou, un travail bâclé comme celui-là.

Question de chance – la chance est aveugle. C'était ça, ou alors ce vieil adage selon lequel les cordonniers sont toujours les plus mal chaussés. Tout ressemble à un secret si on y regarde assez attentivement.

Mais ces allusions répétées au petit peuple, alors ? C'était évidemment une coïncidence, pensa Cath, même si l'explication n'était pas de celles qu'elle trouvait consolantes ni même convaincantes.

La reine Mab et son serviteur Johnny, leur histoire dans la sauvage nature

Faut que tu te barres d'ici, mon pote Johnny, avant que tu butes quelqu'un. Et je blague pas.

C'est ce que Finn a dit et Johnny faisait confiance à Finn, qui l'appelait toujours le vendredi à six heures pile à la cabine en haut du village, exactement comme convenu. Appelle pas chez moi ça vaut mieux, l'avait prévenu Johnny. Papa y mettra son pif que si tu le fais. Solide comme le roc il était, Finn. Johnny avait toujours secrètement espéré qu'il épouse Denise pour qu'ils soient frères pour de vrai. Mais Denise, elle avait d'autres idées et maintenant elle était morte. Ce con avec qui elle avait baisé, Iain Fletcher, avait bien failli lui claquer dans les pognes, et tout le monde disait que c'était la faute à Johnny s'il s'était décroché des vacances en soins intensifs, avec infirmières qui se trémoussaient à son service 24 heures sur 24 et plus de nichons en vue qu'on en pourrait rêver la queue en l'air. Quel veinard il était, quand même.

Tu peux rien faire ici à part attirer les emmerdes, avait dit Finlay, sur ta pomme, je veux dire, alors mieux vaut te barrer. Finlay était maintenant parti à Ardrossan, il bossait sur les ferries. Il avait dit que Johnny était le bienvenu pour crécher avec lui pendant qu'il récupérait, c'est pas le boulot qui manquait. Ça sert à ça, les potes, pas vrai ? Ben oui, lui et Finlay étaient amis, ils l'étaient déjà avant de savoir marcher, le cul serré comme deux grenouilles dans les hautes herbes, culbutant et jappant comme des renardeaux, se branlant juste pour le plaisir, pour voir jusqu'où ils pourraient juter. Ils auraient pu être pédés, mais comment on peut être pédés quand on est des putains de frères ? Et Finlay qui rigolait comme une renarde. Yip yip yip.

Ces mois d'été torrides avant la mort de Denise. La reine Mab et sa glorieuse suite s'agitent dans les buissons. Ils foncent avec leurs attelages sur les pavés en bas de la grand-rue et sur le vieux chemin secondaire noyé dans la gadoue en automne, gelé dans les ténèbres de janvier, sec comme poussière en août mais pas encore, toujours limoneux, toujours collant comme le pain d'épice de Mamie Lin ou la sueur entre les cuisses d'une fille quand on lui arrache son jean.

Comme du verre, elle était sa reine, elle criait non ! non ! non ! quand le vent se levait, quand il lui sifflait entre les jambes et lui chatouillait la craquette. Le petit valet de pied qui la conduisait, ce lutin avec une sale gueule, des collants de tapette et un chapeau d'arlequin. Il jouait de la flûte comme un démon, celui-là, une musique qui se transformait en eau comme si ce petit morveux crachait de la pluie pour de vrai. Johnny savait qu'on pouvait trouver ça ridicule, n'empêche que c'était là. Une musique à vous mettre la cervelle en compote si vous l'écoutiez trop.

Sa reine, comme du verre. Johnny jurait que si jamais elle le regardait droit dans les yeux il se ratatinerait comme une mauvaise herbe, rejoindrait les zombies du royaume des élus et avec joie en plus. C'était à cause de Mab, peut-être, que Johnny n'en avait vraiment rien à foutre de Tassie Hutchens, la nana dont Finn jurait qu'elle était pétée d'amour pour lui. Pétée d'amour pour ta bite, plutôt, alors vas-y mec, elle en a des haut-le-cœur.

Des yeux violets et le rouge à lèvres de sa mère et c'étaient ces yeux qui l'avaient bluffé, mais juste une seconde ? Tacita, quel prénom à la con de pouffe de la haute, c'est pour ça que tout le monde l'appelait Tassie, supposait Johnny.

C'était la soirée disco de fin d'année et il s'était déjà envoyé trois canettes avant même qu'ils mettent la musique parce que c'était plié, ce serait la dernière fois que Johnny passerait les portes du bahut et, putain de chance, il avait survécu à ces interminables années de merde sans crever l'œil à personne, sans se faire expédier en maison de redresse comme ce vieux tordu de môssieur Harvarden avait juré de le faire. Johnny en était quand même passé près une ou deux fois et il pouvait penser haut et clair maintenant qu'il avait pas fait le truc et que la voie de la sortie était libre. Savourer lui-même par avance le goût du sang qui lui pisserait du nez au menton. À môssieur Harvarden ou n'importe quel autre abruti, le crâne fracassé sur le bitume et puis rideau, les lumières s'éteignent. Johnny savait comment ça se passerait. Il en aurait rien eu à branler non plus d'être envoyé en maison de redresse, s'il y avait Mab. Mab et les collines. En maison de redresse, comme l'avait dit un jour un petit futé, aucun connard ne t'entendra crier.

Johnny soupira. Ils passaient des trucs douteux de Kool and the Gang et voilà enfin Tassie Hutchens qui s'amène avec son jean skinny et un haut violet brillant qui montrait qu'elle avait pas de soutien.

Hé Johnny, c'est comme si elle attendait que toi depuis un moment, pétée d'amour, comme disait Finn, ce qui serait bien seulement il avait horreur de danser, il savait pas où se mettre, passait pour un idiot.

Les amies de Tassie le tenaient pour une racaille, rien qu'à voir la manière dont elles se donnaient des coups de coude. Ça te dirait d'aller dehors ? suggéra Johnny, et une fois qu'ils furent à l'air libre, il sentit qu'il pouvait enfin respirer. Ils se dirigèrent vers le fond de la cour, et là, près des W.-C. des garçons, il la mordit violemment au bras – le morceau charnu entre le coude et l'épaule. Il savoura le goût de sa sueur, comme le sel qu'on laisse au fond d'un sac de chips, mais en plus sucré, comme un poison qu'on aurait envie de lécher, lécher et lécher jusqu'à en tomber dans les pommes et crever.

Hé, fais gaffe, dit Tassie. Elle baissa les yeux sur son bras mordu, les marques de dents disposées en demi-cercle comme s'il avait mordu dans une pomme ou une tranche de pain de mie. Johnny la poussa contre le mur des W.-C., puis ils s'embrassèrent; ses dents frottaient crac-crac contre celles de Tassie, tandis que leurs chopes s'entrechoquaient. Johnny sentit le goût du sang – de sa lèvre ou celle de Tassie, pas facile à dire. Elle s'éloigna un peu de lui ou du moins elle essaya, mais il la laissa pas faire, et puis elle voulait pas vraiment. Dans la grande salle, ils étaient passés à ABBA et, bordel, sa bite le tuait. Tass, marmonna-t-il, Tass. Il lui attrapa la main et la fourra dans son entrejambe. Il l'entendit haleter puis rire, et crut qu'il allait mourir tellement il bandait. Il tira sur la fermeture Éclair du jean de la fille puis baissa le sien et quand il lui mit son truc, il transpirait déjà comme un putain de cochon, comme un sanglier en rut et la tête lui tournait. Lui rentrer dedans comme se plonger la tête dans le torrent et puis le doux soulagement qui allait avec. Il lui enfonça ses ongles dans les épaules et putain bon Dieu les cris qu'elle poussait, comme des petits sanglots, et le voilà qui vient en elle, comme un train de marchandises comme un putain de camion.

Après, à travers la brume, il vit que le haut violet de la fille était arraché à l'endroit où elle était tombée sur le béton. « Ça va ? » dit Johnny. Tass hocha la tête et recula un peu, remonta son jean. Maintenant que c'était fini, il avait aucune idée de ce qu'il devait faire. Lui parler? Mais de quoi?

Je pense que je vais aller voir où en est Jillie, dit Tassie. Elle sourit, enfin presque, ce qui voulait dire que tout baignait en principe. Ben alors vas-y, dit Johnny en haussant les épaules. Puis un petit moment gênant de silence total. Lui dire merci ? Pas vraiment correct à son avis, mais t'as dit quoi au juste ? Son attention fut attirée par un bruit, un branleur qui sifflait des nanas comme un putain d'obsédé et quand il se retourna pour faire face à Tassie, elle avait disparu.

Il la revit la semaine d'après, elle attendait à l'arrêt du bus avec deux ou trois copines. Cette Jillian Murphy, qui était une vraie garce, le regarda de haut comme s'il était une merde, et tout ça parce que son vieux était un putain de conseiller municipal. Miriam Milosz aussi, qui plaisait à tout le monde vraiment tout le monde, ils l'avaient coursée comme des bouledogues seulement elle allait entrer dans un couvent ou un truc du même genre. Quel gâchis.

Johnny traversa la rue et passa tout fiérot juste devant elles. Tassie lui jeta un coup d'œil puis regarda par terre, les deux autres l'entourèrent comme si elle avait besoin de protection. Pauvre conne. Comme si ça avait été génial. Comme si ça l'intéressait de savoir ce qu'elle et ses salopes de copines pensaient de lui. Rien à foutre.

La vie était tellement plus facile dans les collines et maintenant que l'école était finie, il pouvait faire ce qu'il voulait. Les collines avaient toujours été son salut et pendant que son papa était sur les chantiers, Johnny parcourait quinze bornes et plus certains jours. Il avait l'habitude d'être dehors par tous les temps, mais cet été-là, l'été d'avant la mort de Denise, était brillant et d'un bleu flashant comme un paquet de Daz-lave-plus-blanc. Il faisait une chaleur d'enfer, les gens s'inquiétaient rapport aux feux d'herbes et aux incendiaires locaux. Pas besoin de s'inquiéter avec Johnny dans les parages. Au moindre soupçon d'une intention de foutre le feu dans ces coins, le gusse en question aurait affaire à Johnny. Contrairement à cette lope qui se disait flic, Johnny n'avait aucun scrupule à se servir de ses poings.

L'idée d'un incendie dans les collines refroidissait Johnny jusqu'au bout des ongles, mais il ne parlait jamais de cette sinistre obsession à personne. Le film dans sa tête lui montrait des flammes qui déchiraient les sous-bois et sabraient dans les nids des rossignols et des pluviers, des engoulevents, des vanneaux et de la grouse, le célèbre coq de bruyère, et puis ceux des malheureux qui nichaient au sol et Johnny se souvenait encore de la fois où il avait croisé les pilleurs de nids, des pédés irresponsables de la ville avec leurs blousons mort-aux-cons et leurs tatouages tête de mort. Au moins dix ans de plus que Johnny, mais tellement débectants qu'il leur avait filé une petite frousse et en avait envoyé un valdinguer – le sang pissait de sa grosse tête d'abruti comme l'huile d'un bidon.

Ils l'avaient traité de psychopathe, mais c'étaient eux les psychos – ils n'avaient aucun droit sur ces œufs, point barre. Johnny leur avait dit et il leur redirait, en plus percutant, s'ils étaient assez cons pour remettre ça ou même juste essayer.

Il était allongé face contre l'herbe, dans l'odeur de la bruyère, de la terre et de la pluie, salée comme Tassie Hutchens, séchée sous ses ongles, verdâtres et puants. Il avait pensé à Tassie pendant des jours après qu'ils avaient fait le truc : il se repassait la scène dans sa tête encore et encore, sa honte et son excitation s'emmêlaient comme des draps sales au fond d'un pieu. Elle l'avait désiré un max, elle l'avait voulu en elle, non ? Alors pourquoi cette Tassie Hutchens le détestait maintenant ? Et merde, va savoir ! La seule chose dont Johnny était certain, c'était que tout ce qui avait existé entre eux avant avait été récuré comme la moisissure d'un égout qui déborde.

Il se demandait comment ça serait s'il pouvait la baiser encore une fois, lui faire des trucs tellement dégueu qu'on n'était pas censé y penser et les images dans sa tête le rendaient dingue. Dans les collines, son esprit se sentait plus frais, comme qui dirait à jeun, même dans la chaleur cuisante du dernier été de Denise. La musique d'un torrent, le crépitement de l'eau qui tombe sur les pierres, invisible mais toujours là quelque part. Une veine dans la terre, une réserve secrète de vie, les têtards qui se transforment en grenouilles, le bétail à moitié sauvage qui erre de partout, ivre de liberté et de soleil, l'abattoir une mythologie cruelle, des histoires d'horreur que personne répète au cas où le petit dernier les entendrait.

C'était Mamie Lin qui lui avait parlé la première de Mab, la mère de son père qui avait été instit à l'ancienne école avant qu'elle ferme. Son père avait aidé à construire la nouvelle école, avant même que Johnny soit une lueur dans les yeux du monde – c'était sa manière à elle de parler, Mamie Lin. Mamie Lin se servait des mots de la même manière que le père de Johnny, Kenny Craigie, se servait des briques et du mortier : ils construisaient quelque chose à partir de rien, c'était comme si tous deux avaient le chic pour voir ce qui n'existait pas là avant. Mamie Lin n'avait jamais eu de télé. J'ai jamais vu l'intérêt, elle disait. Pas quand il y avait des livres à lire.

Elle avait lu ces livres à Johnny, des livres sur les oiseaux, les insectes, les rois et les reines, le voyage de Darwin à bord du *Beagle* et la bataille de Culloden Moor ; les détails fermentaient dans l'esprit de Johnny comme les éléments d'une grande histoire unique. Des hommes planqués la nuit dans les champs, leurs culottes détrempées de rosée et de pisse, et qui pourtant n'osaient pas bouger à cause des soldats. Les chiens qui aboient dans une ferme au loin, l'arôme affolant des pommes de terre et du ragoût de mouton.

Oh, alors, je vois que la reine Mab était avec toi, lisait Mamie Lin dans son livre. Elle est l'accoucheuse des fées et dans la forme sous laquelle elle se présente elle n'est pas plus grosse qu'une pierre d'agate au doigt d'un échevin. C'est dans cet état qu'elle galope nuit après nuit dans le cerveau des amants, et alors ils rêvent d'amour. Mamie Lin posa le livre de côté, avec un regard lointain comme si elle rêvait elle aussi. Imagine-la, Johnny. Avec toute sa glorieuse suite, ses maîtres et ses commandants, ses bouffons, ses cuisiniers et ses marmitons, tous les chevaux de la reine et tous les hommes de la reine, les bons voisins qui gouvernaient ce pays avant nous et les humains trop bornés pour les voir, que ce soit des militaires, des avocats ou des dames, ou de simples vieux ouvriers. Trop figés dans leur réflexion, trop lents dans leurs habitudes.

Mais toi, Mamie Lin, tu peux la voir, pas vrai ?

La veille de la Saint-Jean, peut-être, dit sa grand-mère en riant. Ouvre l'œil, Johnny.

Et pendant les interminables après-midi de cet été interminable, Johnny, allongé sur le dos dans l'herbe, rêvait de la façon dont elle pourrait venir à lui, la reine Mab avec ses yeux violets et ses membres comme du verre. Ses cheveux noirs étaient emmêlés là où elle avait dormi dessus, mais qu'est-ce qu'elle en aurait à foutre de ce que les autres pensent ? Elle n'est pas belle comme Tassie Hutchens avec son haut violet, même si ce haut ressemblait plutôt à ce qu'une salope porterait, une pute, ouais, c'est pour ça que tout a mal tourné après sans doute, et aussi pourquoi Tassie puait comme une boîte de sardines. Et surtout elle n'était pas belle comme Miriam Milosz, avec des cheveux comme une foutue cascade et des yeux à vous envoyer paître. Mab était comme son nom – brutale et vaguement sale, sale sous les ongles et nue au-dessus de la taille comme les gars sur le chantier, elle s'en foutait que ses nichons soient à l'air et se moquait ouaf ouaf comme une hyène de quiconque faisait pareil.

Oui mais à l'intérieur d'elle ça serait comme de la soie, lisse et collant comme des toiles d'araignée. Johnny s'y glisserait, sortirait carrément de ce monde-ci pour entrer dans un autre, et sa reine de verre bloquée sous lui grognerait comme un chien privé de son os. Ton fidèle serviteur, il respirerait alors, comme dans une de ces dramatiques à la télé, avec des clodos classieux pomponnés pour ressembler à Henri VIII le chaud lapin et ses six femmes sans tête. Il jette son manteau, déboutonne sa culotte, lui rentre dedans raide comme un pal dans la boue. Ton fidèle serviteur, ton fidèle serviteur ton fidèle putain de service cette salope cette connasse cette reine comme s'il allait mourir et encore mourir juste après il voulait pouvoir mourir ici sur place dans l'herbe et pour toujours avec de la terre sur son froc ses genoux l'arrière de ses putains de cuisses juste ici.

La tête lui tournait comme sur un manège de fête foraine, comme après trois verres du Macallan de son papa qu'il avait goûté une fois quand son papa était absent et qui lui avait valu une raclée après, oui, mais putain, ça valait le coup. Le parfum lilas du vent et de l'herbe qui brûle. Comme si Tassie n'avait jamais existé et que le monde était neuf.

Johnny Craigie deviendrait menuisier quand il serait grand. Il le savait depuis son enfance, dès ses huit ans, alors à quoi servait l'école, ce machin ennuyeux à mort, un vrai supplice ?

T'es mieux avec du bois, mon garçon, disait son papa, papa et ses trois doigts cassés en permanence, tordus là où ils ne s'étaient pas bien remis et le poignet pareil. Sa main gauche, Dieu merci, était encore capable de supporter le poids d'un bloc de pierre, n'empêche qu'elle n'était pas très futée maintenant. Y a aucun instinct là-dedans, disait papa, qui s'y connaissait. Des ongles tellement fendus qu'ils ne repoussaient jamais complètement, les coussinets des doigts calleux comme des carapaces de crabe, les cuticules cassantes comme du verre quand déboulait l'hiver avec ses gelées. Rouges comme de la viande tout l'été et tout ça à cause de la pierre, de la pierre qu'il se coltinait et de la pierre qu'il taillait, de la pierre qu'il mettait soigneusement en place comme s'il faisait un puzzle. Son père était comme un dieu, du moins c'est ce que Johnny avait cru quand il était plus jeune. On pouvait lire les années sur les épaules de son père et dans ses genoux repliés. La pierre, ça vous épuisait, comme le climat, comme le rugissement noir du temps.

Johnny à quatre ans, qui glisse sur les marches de granit devant l'église du village et s'ouvre une entaille au front comme un couteau qui tranche dans la soie. Le sang coule et se répand comme de l'encre sur un buvard, sa tante Jennie qui gueule vite allez chercher le docteur, Johnny cligne des yeux, il ne sait pas ce qui se passe, il ne sent rien, rien du tout.

Johnny à huit ans, qui essaie de sauter par-dessus le ruisseau, et son talon de morveux bute sur une pierre qui dépasse. Il s'étale sur le ventre, à moitié dehors et à moitié dedans, la douleur dans son pied tellement raide rouge qu'il en claque des dents. Son visage plaqué par terre dégoulinait encore de l'eau du ruisseau et de ses propres larmes boueuses. Quelqu'un l'a emmené à l'hôpital dans son pick-up. Son pied planté dans le plâtre comme une foutue moon boot, toute l'école avait signé dessus, certains avec des cochonneries qu'ils n'auraient pas dû connaître mais qu'ils balançaient comme des drapeaux.

Johnny pas-de-chance Craigie, à treize ans, s'amusait sur le chantier avec des potes quand les hommes étaient partis pour la journée, ils jouaient sur l'échafaudage à ce qu'ils appelaient le Supplice de la planche comme chez les pirates. Johnny s'accrochait à sa boucle de ceinture juste assez longtemps pour trouver sa prise, sinon ça serait fini pour sa pomme. Ils ne savaient pas que le contremaître, Mickey-le-Dingo, était planqué dans le préfab en train de boire du thé et de vérifier les factures. Le Dingo avait tout vu – j'vous en foutrais, moi, ça va être votre fête, qu'il hurlait comme un taureau déchaîné, comme un cochon embroché qui gigote. Il a appelé le père de Johnny le lendemain matin et juré qu'il irait voir la direction si Craigie n'arrivait pas à tenir son gamin. Pas question que je risque mon boulot pour ça, disait le Dingo. Qui sera responsable s'il s'écrabouille la cervelle ? Vous avez déjà pensé à ça ?

Papa a travaillé Johnny à la ceinture jusqu'au sang. Les dents serrées contre la rage contre les larmes, six lignes parallèles de marques qui allaient se durcir au fil des jours en croûtes plissées. C'est bien fait pour toi espèce de bouche inutile. Si tu crois que je veux perdre mon boulot à cause de toi, t'as intérêt à trouver autre chose.

Mamaaan ! chialait Johnny. Il n'avait pas pleuré pour appeler sa mère depuis l'âge de trois ans.

Tu crois que cette salope va venir te sauver ? Tu peux toujours crier, mon petit gars.

Un autre coup, une autre nappe de feu, qui fait des ravages dans les fourrés de ses nerfs comme une cigarette mal éteinte qui enflamme les feuilles et les détritus du sol forestier. Sa jeune carcasse craquait et pliait comme un arbrisseau tarabusté à mort, ou presque, par le premier orage de l'été. Sa mère Ruth s'était enfermée dans le garde-manger, elle mordait un torchon en boule comme si elle voulait s'étouffer.

Putain je parie que t'as appris ta leçon, dit son père. Trois jours plus tard, il laissa Johnny monter avec lui dans le pick-up pour faire les courses pour le contremaître. Sur le parking de l'entrepreneur, Johnny était resté près de son père sans rien dire.

C'est pas ton gamin, par hasard, Kenny ? dit Darren Fawcett, l'un des camionneurs – son frère Minty était toujours accusé de s'être battu avec son patron et de lui avoir cassé le bras.

Y va pas tarder à me rattraper, répondit Kenny Craigie. Il ébouriffa les cheveux de Johnny et le poussa. Johnny chancela sur ses jambes encore douloureuses et essaya de ne pas sourire. Sourire montrerait qu'il était heureux et heureux, c'était un truc de pédé.

Brave petit, ajouta son père. En revenant de chez l'entrepreneur, ils firent une pause fish-and-chips au Maisie's Café.

Le bois était plus chaud que la pierre, et le bois était généreux. Johnny avait appris les noms des arbres comme si c'était un alphabet : aulne, bouleau, cèdre, châtaignier, cyprès, douglas, frêne, hêtre, orme, sureau, tremble, appris à les reconnaître à la forme de leurs feuilles, à leurs silhouettes sur l'horizon comme les silhouettes des dieux. En été, quand ils chatoyaient du chant des oiseaux, en hiver, quand ils se dressaient nus contre le ciel, ivrognes gris, maigres et grelottants. Johnny pouvait reconnaître un arbre rien qu'à son odeur, à l'odeur de l'écorce lorsqu'on appuyait son visage contre le tronc, à la sève qui montait à travers le grain comme la sueur à travers les pores. Chaque arbre était un château, une forteresse – un bastion, comme disait Mamie Lin.

Autrefois, toute l'Écosse était une forêt, lui avait dit Mamie Lin. La majeure partie de l'Angleterre aussi. Nous avions des loups, des chats sauvages et des rennes. Nous avions même des ours.

Il y a mille ans, le lynx rôdait à l'état sauvage dans les Borders, la forêt de Kielder et le Northumberland. Si les humains disparaissaient, les forêts repousseraient. Comme si les Américains lâchaient la bombe ou anéantissaient tout le monde avec des missiles, comme on voulait nous faire croire dans les journaux. Les loups reviendraient aussi – les loups et la neige. Et pourquoi pas ? se demandait Johnny. C'était leur forêt, nom de Dieu.

Johnny se surprenait parfois à presque pleurer de joie à l'idée du retour des loups et des castors, sans trop savoir pourquoi. À cause du petit peuple, probablement – c'était aussi leur forêt. Aucun lutin ni aucune fée n'a jamais piégé un loup ni empoisonné un arbre.

Il pensa à la reine Mab dans son chariot-noisette, fonçant de cime d'arbre en cime d'arbre, avec ses valets qui lançaient des hourras et sifflaient comme des cavaliers de rodéo, minuscules cascadeurs non conformistes à cheval sur le dos noir des fourmis. La reine Mab verrait tout ça, frémissant de plaisir sous ses paupières violettes. Là-haut sur le mont venteux, en bas dans le val bruissant, nous n'osons aller à la chasse, par peur des petits hommes. Mamie Lin lui avait appris la chanson quand il était petit. Johnny savait chanter, et il chantait juste, parfaitement, seulement personne ne le savait. Chanter, comme sourire et être heureux, c'était encore un truc de pédé.

Johnny savait que son père le regardait, il le regardait apprendre à scier, à raboter, à assembler et finalement à fabriquer des choses. Plutôt modestes au début, mais il a vite fait des progrès.

Il fait des merveilles avec ses mains, ton gars, entendit-il dire à son père par quelqu'un un jour devant la boucherie. Papa avait acquiescé silencieusement, une seule fois. Johnny avait baissé la tête et changé de trottoir, en espérant que son père n'avait pas réalisé qu'il était là. Anticipant l'anniversaire de Ken Craigie, Johnny lui avait confectionné une boîte pour ranger ses allumettes. En bois de cèdre, avec un couvercle coulissant, comme le plumier qu'il avait déjà fait pour Denise. Les côtés de la boîte étaient parfaitement alignés, le couvercle coulissait d'avant en arrière avec un bruit sourd satisfaisant.

C'est du bon bois, ça, dit son père en plaçant la boîte au bout de l'âtre. Pour pouvoir l'atteindre depuis son fauteuil, supposa Johnny. Où qu'on était dans la pièce, on voyait la boîte briller.

Le soir du jour où on a trouvé le corps de Denise pendu dans la grange, Johnny s'est pointé chez Iain Fletcher et a traîné ce petit crétin dans la rue. Ça gueulait de tous les côtés, et un gros connard – le père de Hamish McAllister, à en juger par sa masse – essayait de le décoller de Fletcher comme s'il était un pitbull. Tu peux toujours rêver, pépé, mais lâche-moi la grappe. Johnny lui a enfoncé un coude dans le bide, McAllister a chancelé et est tombé. Il jurait comme un soudard, et du lourd – une bedaine de buveur de bière et des tripes de lard, ça vous arrange pas. Molly McLintoch criait allez chercher mon Davey ! Mais oui, sauf que tout le monde savait où se trouvait l'agent David McLintoch, il était au Whytbank, comme d'hab, en train de tailler une bavette avec le reste des vieux birbes. Personne mentionnait la sœur de Johnny par son nom mais tout le monde pensait bien que si c'était pas Iain Fletcher qui l'avait engrossée, alors qui ça pouvait bien être, hein ?

Les bouclettes blondes de Fletcher, c'était son piège à nanas, cette façon qu'elles ondulaient et sautaient contre son front comme des vrilles de fougères. Un petit ange à la gueule de pédé. Éthéré – dirait Mamie Lin. Peut-être que si Iain Fletcher avait été moins éthéré Denise aurait pas fini par se balancer au bout d'une corde sous les chevrons comme un quartier de viande.

Ce premier coup l'avait soulagé, comme dans la baise, comme le moment où il avait défoncé Tassie pour la première fois et avec ce même arrière-goût sucré. Le sang de Fletcher, épais comme de la sauce, lui coulait sur ses jointures avec une odeur chargée de fer, comme celle du granit après la pluie, comme celle d'un sac de clous mouillés. Il avait envie de le lécher, d'aspirer le jus de Fletcher sur ses doigts comme de la graisse de poulet – l'impulsion était si intense qu'il pouvait à peine la retenir.

Il beugla toi je t'aurai mais peut-être qu'il l'avait pas dit. Peut-être que ces paroles venaient de quelque part en dehors de lui, peut-être même du diable. Fletcher essayait de se relever, alors merde qu'est-ce que Johnny pouvait faire à part lui cogner dessus encore, l'envoyer s'étaler dans le caniveau pour qu'il y reste ?

Il y eut un bruit comme quand McKeown le boucher aplatit un steak avec son maillet, et Fletcher s'avachit net. Le sale petit truqueur ! Johnny lui plaça un bon coup de pied dans le ventre qui aurait dû le faire bouger, seulement le coup de pied a atterri comme une botte dans une belle bouse de vache. Quelqu'un le tirait par l'épaule, essayait de toutes ses forces de le retenir.

Mais laisse-le, Johnny, laisse-le ! Ce connard est K.-O.

Allez chercher le docteur, appelez les secours, criait quelqu'un. Johnny se dégagea brusquement, pivota pour régler son compte à celui qui essayait de le retenir, mais c'était Jimbo, le grand frère de Finn. Six ans de plus que Finn, et une jambe douteuse suite à une chute d'un tracteur, mais il était toujours un homme. Il avait un môme maintenant, ce Jimbo, sa femme venait d'Allemagne ou de Suède, d'un pays dans ces coins. Avec ses cheveux comme des embruns, elle flanquait pour de bon la frousse à Johnny, elle avait tout l'air d'une sorcière. Seulement Jimbo Matheson était une légende. S'il y avait quelqu'un sur cette malheureuse planète que Johnny écouterait, ça serait Jimbo.

Johnny, dit Jimbo. Il répétait son nom comme s'il récitait une formule pour calmer un cheval, et c'est là seulement que Johnny s'aperçut que personne le regardait plus, ils dansaient tous le fandango autour de ce connard au sol.

Le gars a eu son compte, dit quelqu'un.

Mais non, il respire bien, il est juste K.-O.

Becky Fletcher était assise sur le trottoir, les guibolles tendues devant elle comme les jambes en plastique d'un mannequin de magasin de fringues, comme si elle avait été abandonnée là momentanément parce qu'on savait pas quoi faire d'elle.

Tu ferais mieux de venir chez nous, dit Jimbo, et Johnny le suivit. Il marchait comme un zombie, comme s'il n'était pas vraiment là. Comme s'il se regardait à la télé, se rappelait Johnny, et le plus étrange dans tout ça était qu'il faisait encore jour. Cette étrange lumière couleur carton qu'on voit qu'au plus fort de l'été, à croire qu'il y avait plus d'obscurité nulle part sur Terre et que c'était tout ce qui restait en réserve.

Il est mort, tu crois ? demanda Johnny une fois qu'ils furent à la ferme. Jimbo lui avait préparé du thé dans la grande tasse de son père George, à l'effigie des *Bus en folie*. George était encore debout et actif quand ils arrivèrent. Il fit un signe de tête à Johnny puis l'ignora comme si c'était un jour comme un autre, comme si ça l'intéressait pas de savoir qui Johnny avait tué ou failli tuer tant qu'il l'avait pas fait sur les terres des Matheson. George avait été dans la police il y avait une paye. Il en parlait jamais beaucoup, mais c'est ce que vous auriez fait à sa place, non ? On entendait marcher dans la pièce du dessus – Julie, la mère de Finn, qui ressemblait à une vedette de cinéma et regardait toujours Johnny de haut comme s'il était de la merde.

Il est pas différent de son voyou de père, Johnny, l'avait-il entendue dire une fois à Finn, pourtant elle aimait bien Denise, cette Julie Matheson, elle lui avait prêté des livres et tout, des livres qui étaient toujours sur l'étagère dans la chambre de Denise.

À la fin, George monta également à l'étage et il n'y avait plus que lui et Jimbo.

Fletcher s'en tirera, dit Jimbo. Il s'est cogné la tête contre le trottoir, c'est tout. Les toubibs vont s'occuper de lui. Seulement il faut que tu te calmes un peu. C'était ta sœur et je sais que tu es en colère, mais il faut que tu te calmes. Reste chez nous ce soir. Laisse un peu retomber la pression. Et Johnny avait donc dormi dans la chambre de Finn, la pièce sur le palier du premier étage où Finlay dormait depuis l'âge de sept ans. Toujours pleine des affaires de Finn, l'OVNI sur une affiche gigantesque fixée au mur avec des punaises de couleur, le galion en allumettes toujours sur la cheminée. Il avait fallu à Finn presque un an pour construire cette monstruosité déséquilibrée et ça ressemblait toujours à de la merde. Finlay Matheson était peut-être son frère de sang, mais il connaissait que pouic au bois, point final.

Il était allongé sur le lit de Finn, sans chaussures mais toujours en jean. Jimbo lui avait dit qu'il devrait se nettoyer et c'est ce qu'il avait fait. Il s'était au moins débarrassé du sang de Fletcher, mais se déshabiller complètement ressemblait trop à une capitulation. Comme s'il fermait le livre le jour où il avait perdu sa sœur.

La lune passa ses doigts crochus à travers les rideaux ouverts. Denise avait toujours été une épine dans sa chair, elle, ses foutus bouquins et ses innombrables façons de lui dire qu'il était un con sans dire un mot. Oui mais, si vous enlevez une épine, le trou qui reste vous fera toujours mal comme un enculage, il arrêtera pas de vous rappeler son existence. Johnny avait envie de hurler et il voulait tuer quelqu'un. Chaque fois qu'il fermait les yeux, il entendait encore sa mère crier, son père qui la gifle et lui dit arrête, s'il te plaît, c'est fini, y a rien à faire. Ils se regardent comme s'ils se connaissaient pas, les cheveux de sa mère lui cachent la moitié du visage comme dans un film d'horreur.

Denise, pauvre connasse. Quand ils étaient mômes, ils passaient des journées entières ensemble, à faire des randonnées dans les collines, à explorer les maisons abandonnées où on pouvait encore trouver un peu n'importe quoi. Des pièces de monnaie tellement encroûtées de ternissure qu'elles ressemblaient à des crottes de chauve-souris, des couverts égarés et des morceaux de porcelaine, des vieilles photos dans des cadres dorés rouillés. Il se rappela qu'une fois Denise avait perdu une godasse tombée dans la boue quelque part et qu'ils auraient dû pouvoir repêcher sans problème, mais ni lui ni elle avaient été foutus de la retrouver. Ils riaient tous les deux comme des loups-garous. Tais-toi ou je vais chier dans mon froc.

Tout avait changé avec la mort de Mamie Lin, pensa Johnny. Mais comment, au juste ? C'était comme si l'autre monde se dressait pour le réclamer, pour le ramener à elle. Il aurait juré entendre la voix de Mamie Lin parfois, là-haut sur les collines, quand le vent soufflait. Mab et Lin, Lin et Mab, qui couraient sur la rivière comme si elles étaient sœurs maintenant et comme elles l'avaient toujours été sans doute.

Il refusait de croire que lorsqu'il allait rentrer chez lui le matin, Denise serait pas là. Qu'elle serait plus jamais là, qu'elle était avec les autres maintenant, disparue dans ce tumulte d'obscurité qui était vraiment une sorte de lumière particulière. Une lumière noire, la lumière du pays des fées et des lutins. La lumière du trou de l'épine dans sa chair qui ne voulait pas guérir.

10

Cath se réveilla tard, beaucoup plus tard que d'habitude, d'un sommeil si profond et si implacable qu'elle avait dû se secouer pour se réveiller. Elle avait rêvé d'Alice, réalisa-t-elle, ou alors de Shirley. Elle était confuse, vidée, assez pour que ça lui rappelle ses maladies infantiles. Elle se doucha et était sur le point de prendre son petit déjeuner lorsque Steve appela.

« Neil Furness était là tout à l'heure, rapport à sa commande. Où elle est, bordel ?

– C'est une importation japonaise, je lui ai déjà dit – ça peut mettre des mois à arriver. Tu peux appeler Meridian si tu veux, mais ils te diront la même chose. Je lui ai proposé l'enregistrement NMC, seulement il veut Della Armitage comme soliste, alors il faudra qu'il attende.

– Comment tu fais pour te souvenir de toute cette merde ?

– C'est mon boulot, Steve : me souvenir de la merde. C'est pour ça que tu me paies. Je suis contente que tu aies appelé, en fait. J'ai besoin que tu m'envoies quelque chose.

– On l'a en stock ?

– Ça l'était quand je suis partie. *In the Faery Hills*, d'Arnold Bax. C'est chez Chandos. Tu mets ça sur mon compte, et voilà.

– Encore les fées et les lutins ? »

La question de Steve la surprit un instant. Puis elle se souvint qu'elle lui avait déjà envoyé un mail à propos du single de Mud.

« C'est une longue histoire. Juste un truc sur quoi je travaille.

– C'est toute cette merde folk que tu écoutes. D'ailleurs, comment ça se passe pour toi sur l'île ? T'as l'air un peu déconnectée.

– J'étais sous la douche. Et vivre sur l'île, ça me va très bien. C'est différent de l'époque où je vivais ici, avant.

– Différent comment ?

– Pas facile à expliquer. Des trucs que je n'appréciais pas quand j'étais môme, je suppose. Je prends surtout des photos de natures mortes ces derniers temps. J'ai trouvé un vieux carnet qui appartenait à la mère de ma meilleure copine et j'ai essayé de le photographier. Pas l'objet lui-même, mais ce qui est écrit dedans. Comme si c'était un collage. C'est intéressant.

– Quel rapport avec les fées et les lutins ? »

Elle prit une profonde inspiration. « Il y a eu un crime ici – un triple meurtre, quand j'avais quinze ans. C'était dans tous les journaux. J'ai découvert que l'homme qu'on soupçonnait d'être l'auteur du crime croyait aux fées et aux lutins. » *Des êtres dans les bois. Des kelpies, des bonnets rouges ou des trucs du même genre.* « C'est ce qui se dit, en tout cas. J'ai fait quelques recherches générales. »

Elle se surprit à regretter de ne pas en avoir dit plus à Steve, de ne pas lui avoir déjà tout raconté. À l'époque où ils avaient commencé à devenir amis, ou même quand elle avait débuté au magasin. La version condensée était une manière d'éluder le problème. Elle n'était pas tout à fait conforme à la vérité.

Qu'est-ce qui t'arrête, alors ? Tu lui dis maintenant.

Ça me prendrait toute la matinée. Plus tard, peut-être.

« Sérieusement ?

– On dirait. Je me demandais si ça pourrait aider à expliquer ce qui s'est passé – pourquoi il a fait ça. Disons, s'il croyait entendre des voix ou quelque chose dans ce genre. Peut-être qu'il était schizophrène et qu'il n'a jamais été diagnostiqué.

– C'est le diable qui m'a poussé à faire ça, ce genre de chose ?

– Oui. Si un individu a ce genre de pensées – des croyances qu'il estime ne pouvoir partager avec personne – cela constitue une pression terrible, presque au point de mener une double vie, son monde intérieur contre le monde réel. Il se sentirait très seul.

– Ce mec, il est encore sur l'île ? J'espère que non.

– Il est mort. Il a percuté un mur avec son camion. La police pense qu'il s'agissait d'un suicide.

– Je trouve cette affaire douteuse. Tu devrais rester en dehors de tout ça. »

Cath rit. « Je prends des photos, Steve, je ne traque pas des tueurs en série.

– Eh bien, si t'as besoin d'aide pour combattre les démons, compte pas sur moi.

– Ça me va. »

Cath raccrocha sans lui dire au revoir, comme elle le ferait si elle savait qu'elle le verrait le lendemain au travail. Il lui manquait, pensa-t-elle. Elle se demanda comment il s'en sortait sans elle, s'il avait essayé de s'envoyer Norah ou autre chose d'aussi stupide. La ville semblait lointaine, comme un autre pays. Ce qu'elle avait dit à Steve pouvait-il être vrai, à savoir que John Craigie souffrait d'une maladie mentale au moment des meurtres ? Cela avait du sens, d'une certaine manière : la lente usure de la raison, l'explosion soudaine de violence.

Une crise psychotique, ça s'appelle.

N'empêche que ça n'explique toujours pas l'arme.

Chaque chose en son temps.

Cath prépara un bol de céréales puis se fit du café. Elle passa l'heure suivante à parcourir divers articles en ligne sur la mythologie dite féerique, des traités bizarrement arides sur les lieux sacrés et les chênes enchantés, ou sur le moyen le plus efficace de lever une malédiction. Apparemment, on ne pouvait pas, pas vraiment, on ne pouvait qu'offrir réparation à la créature qu'on avait offensée et espérer que tout se passe pour le mieux. Il y avait beaucoup d'horreurs sur les procès de sorcières, plusieurs articles sur Bridget Cleary, brûlée vive par son mari, qui pensait qu'elle était une changeline. Cath se souvenait vaguement d'avoir entendu parler de cette affaire auparavant, lors d'une des leçons d'histoire du Moine. Le plus choquant était que cela s'était passé en 1895 et donc presque de mémoire d'homme.

Le mari, Michael Cleary, avait purgé quinze ans de prison. Le juge avait refusé de prononcer un verdict de meurtre parce que, selon lui, Cleary croyait sincèrement que Bridget n'était pas Bridget, mais une fée. Il avait tué sa femme, mais il n'avait pas tué sa femme. Il n'en avait pas eu l'intention, en tout cas. Le verdict était homicide involontaire.

En cherchant plus d'informations sur Bridget Cleary, Cath tomba sur un article de journal archivé du *Cleethorpes Chronicle* au sujet d'un homme de la région accusé d'avoir noyé sa fille de neuf ans dans un lac. L'accusé pensait que l'enfant était un imposteur, une entité surnaturelle maléfique envoyée pour l'espionner.

Le médecin de l'homme avait affirmé – comme le juge dans l'affaire Cleary – que le père de la jeune fille décédée ne devait pas être reconnu coupable de meurtre parce qu'il croyait ardemment que sa fille n'était plus sa fille. Le procès eut lieu en 1926. L'accusé, qui avait combattu dans les tranchées pendant la Première Guerre mondiale, fut initialement accusé de meurtre et condamné à mort.

La condamnation à mort fut annulée en appel, le meurtre requalifié en homicide involontaire et la peine commuée en réclusion à perpétuité.

Le coupable, qui s'appelait David Coulter, se pendit dans sa cellule un an plus tard.

Il y avait eu quelques cas de femmes s'attaquant à des enfants qu'elles soupçonnaient d'être des changelins, mais c'était rare. Il s'agissait principalement d'hommes – des hommes endettés, des hommes bigames, des hommes dont les femmes avaient débuté dans un nouvel emploi ou s'étaient fait de nouveaux amis qu'ils n'approuvaient pas. Des hommes qui croyaient que leurs femmes avaient des aventures.

Du quatorzième au dix-septième siècle, les hommes qui tuaient leur femme ou leur fille étaient acquittés. Si vous disiez ou même insinuiez qu'une femme était une sorcière ou une fée, les hommes qui rendaient la justice en général vous croyaient. Au dix-huitième siècle, une telle défense est devenue plus difficile à mettre en œuvre. Le progrès de l'alphabétisation y a contribué – pour commencer, moins de gens croyaient aux sorcières. Moins de juges étaient convaincus par le prétexte d'un enlèvement par une fée pour excuser un meurtre. Il y eut néanmoins des exceptions, comme Bridget Cleary aurait pu en témoigner, si elle n'avait pas été aspergée de pétrole et brûlée vive.

Selon le médecin de Cleethorpes, les délires de David Coulter étaient le résultat d'un stress post-traumatique. Des bruits inexpliqués, certaines couleurs, les contours autrefois familiers d'un visage bien-aimé – pareilles choses pouvaient frapper l'individu traumatisé d'une terreur que les personnes mentalement saines seraient en peine d'imaginer. Pour sa défense, l'avocat de Coulter avait cité le cas de Richard Dadd, le peintre victorien qui avait tué son père en croyant qu'il était le diable. Dadd avait été jugé pénalement irresponsable, confiné à l'hôpital de Bethlem puis à

Broadmoor. Ses délires ne l'ont jamais quitté, même si ses médecins affirmaient que pour le reste il était un patient modèle.

Cath se rappelait avoir vu des reproductions du tableau le plus célèbre de Dadd, *Le Coup de maître du magicien bûcheron*, mais sinon, elle ne savait rien de lui. En cherchant plus d'informations, elle découvrit que Dadd était un prodige, admis à la Royal Academy à l'âge de vingt ans. De l'avis de tous, c'était aussi un homme admirable – amical, généreux, ouvert d'esprit, adoré autant par sa famille que par ses amis. Il a commencé à souffrir de délires psychotiques alors qu'il voyageait en tant qu'artiste au Moyen-Orient. De retour chez lui, son état s'est aggravé, aboutissant au meurtre de son père, qu'il avait autrefois beaucoup aimé.

En ce qui concerne la facette publique de sa vie, Dadd était surtout célèbre pour ses tableaux de fées et de magiciens, mais quand on les examinait de plus près, estimait Cath, on voyait immédiatement à quel point ils étaient troublants, voire pervers, n'ayant aucune ressemblance, même lointaine, avec le monde décoratif et idéalisé représenté par ses collègues de l'Académie. Les couleurs de Dadd étaient souvent ternes, ses textures incrustées et indigestes, comme de la purée de pois froide. Ses bons voisins étaient susceptibles, inaccessibles, difformes. C'étaient des êtres qui baisaient et faisaient des cabrioles, ce n'étaient pas des gens sympas. Vous n'aimeriez pas du tout les trouver au fond de votre jardin.

La médecine moderne a suggéré un diagnostic de schizophrénie.

Dad(d), pensa Cath, comme si son crime était inscrit dans son nom depuis le jour de sa naissance.

Cath prépara des sandwichs, les fourra dans son petit sac à dos avec le Canon de poche et se dirigea vers la ville.

Elle prit le bus pour Kilchattan Bay depuis l'arrêt près du terminal des ferries. Ces jours d'été exceptionnels où la température dépassait les vingt degrés, le village prenait un aspect méditerranéen, le front de mer poudré de sable et grouillant d'enfants. En hiver, Kilchattan Bay était magistralement lugubre ; ses villas de grès à la mâchoire carrée, accrochées au rivage, contemplaient l'eau d'un regard de pierre, les dents serrées.

Cath se souvenait d'être venue ici une fois avec Shirley. C'était en décembre, Shirley avait voulu acheter du massepain pour Susan. « C'est son péché mignon », insistait-elle. Tallis Carruthers lui avait dit qu'ils en vendaient dans la boutique de cadeaux à côté de la poste – de la vraie pâte d'amande, friable et pâle, fabriquée en Allemagne. Les Allemands mangeaient toujours du *marzipan* à Noël, disait Tallis. Ça faisait partie de leur tradition.

Elles y étaient allées en bus après l'école, juste à temps pour se rendre à la boutique. Il faisait déjà nuit noire et les guirlandes de Noël scintillaient dans les maisons le long de la route côtière. À Kilchattan Bay, un vent froid mordant soufflait de l'est, parsemé de cristaux de glace. La boutique de cadeaux avait de la fausse neige dans sa vitrine, on étouffait à l'intérieur, chauffé par un antique radiateur à convection. Le massepain était empilé sur une étagère près de la caisse ; chaque barre était enveloppée dans du papier d'aluminium doré et attachée avec un ruban. Elles coûtaient trois livres pièce, soit plus ou moins tout l'argent que Shirley avait sur elle. Elles passèrent une quinzaine de minutes à examiner les différents bibelots exposés, jusqu'à ce que Mme Caister derrière le comptoir leur dise de se décider en vitesse, elle avait envie de fermer la boutique.

Cath acheta une broche pour Moira – un terrier écossais argenté avec un œil de verre émeraude. Elle savait que ça ne plairait probablement pas à sa mère, mais c'était mieux que rien. Elles mirent en commun leur monnaie pour acheter deux chocolats chauds, ce qui leur permettrait de garder leurs mains au chaud jusqu'à l'arrivée du bus.

« J'ai oublié mes gants, dit Shirley. Il fait un putain de froid. » Elle referma ses jointures sur sa tasse en polystyrène.

« Prends un des miens, dit Cath. On peut mettre l'autre main dans la poche du manteau. »

Elles trouvèrent ça hilarant. C'était le Noël avant que Cath rencontre Vicky. Des lumières éparses scintillaient de l'autre côté de la baie, le chocolat trop sucré lui collait délicieusement sur la langue.

John Craigie était resté sur le continent toute la semaine pour finir la cuisine chez quelqu'un à Dunoon.

Aujourd'hui, le temps était plus clément, le vent moins pressant. La surface de l'eau était lisse et limpide, le rivage une pente douce incurvée vert céladon. Debout sur la jetée, Cath mangeait ses sandwichs et pensait à Alice tout en scrutant l'île de Great Cumbrae de l'autre côté de la baie, dont le dos se bombait au soleil comme un ours endormi. Une fois qu'elle eut fini de manger, elle commença à prendre des photos, non pas du panorama, mais de petites choses, des choses abandonnées. Sa bouteille d'eau renversée sur le côté, les galets bien visibles à travers le plastique. Un vase chinois derrière une fenêtre au rideau entrouvert, avec son bord ébréché brillant, doré sur un fond bleu pâle.

Shirley aurait adoré ce vase. Elle aimait tout ce qui venait de l'étranger, tout ce qui lui offrait la preuve d'une vie au-delà de l'île. La boutique de cadeaux où elles avaient acheté le massepain avait fermé, le bâtiment avait été transformé en appartements. Cath regarda le bus descendre jusqu'au terminus et le reprit lorsqu'il passa devant le bureau de poste. La lumière avait changé, était devenue plus dense et moins transparente. Cath pensa à Shirley avec son gant unique, qui riait comme une folle. Ce gant était noir, ou alors bleu marine foncé. Bleu marine à rayures roses.

Le souvenir lui revenait intégralement, immuable comme un film. De retour à l'appartement, elle décida de prendre une douche et de se laver les cheveux avant de retrouver Alice. Pendant que ses cheveux séchaient, elle se remit à étudier les reproductions en ligne du *Coup de maître du magicien bûcheron*. Le tableau représentait ledit bûcheron, entouré de spectateurs, s'apprêtant à fendre une noisette dont la coquille servirait à la construction d'un carrosse pour la hautaine reine Mab. Fracturer cette noisette, comme tailler un diamant ou opérer la fission de l'atome, était une tâche précise et difficile avec un risque de catastrophe omniprésent. L'atmosphère de tension dans le tableau était palpable – on pouvait presque sentir la foule de gobelins agités retenant leur souffle. Cath se demanda si les spectateurs espéraient en leur for intérieur que le bûcheron échouerait, s'ils étaient jaloux de son statut – si le titre du tableau n'était pas sarcastique.

Dadd avait laissé des parties de la toile inachevées, notamment la hache du bûcheron, dont les détails étaient à peine esquissés. Comme s'il ne pouvait pas supporter de laisser tomber son sujet, ou alors, ainsi que le suggéraient certains commentaires en ligne, comme si sa concentration sur le tableau avait été une sorte de tampon mental le préservant de prendre pleinement conscience du crime qu'il avait perpétré en tuant son père.

Avant d'éteindre l'ordinateur, Cath passa un moment à examiner un autre tableau de Dadd, le portrait de sir Alexander Morison, qui avait été son médecin à l'hôpital de Bethlem et l'avait encouragé à poursuivre son activité artistique. Dadd avait peint Morison debout dans le parc de sa maison à Newhaven, sur l'estuaire du Forth. Derrière Morison, à mi-distance, se trouvaient deux fermières, robustes et austères, qui parlaient secrètement entre elles.

Ce pouvait presque être des fées, pensa Cath, de sinistres petits personnages tout droit sortis du *Coup de maître du magicien bûcheron*. Les couleurs du paysage – ce vert nuageux, ce gris nacré – étaient celles de l'île, typiquement écossaises. Or d'après la documentation consultée par Cath, Dadd, incarcéré à l'asile, avait entièrement peint la scène à partir de photographies en noir et blanc.

« J'ai appelé ma grand-mère hier soir », dit Alice. Elles étaient dans le bar du Ghillie's. « Je l'ai questionnée sur les *bakhna rakhna*.

– Et alors ? Qu'est-ce qu'elle a dit ?

– Elle voulait savoir pourquoi ça m'intéressait. J'ai dit que j'avais une amie qui étudiait le folklore, et là elle m'a conseillé de dire à mon amie d'être prudente. Je lui ai demandé si elle plaisantait, mais elle était absolument sérieuse. Elle a dit que les coutumes ancestrales existaient pour une certaine raison et que nous n'avions pas intérêt à nous en moquer. Elle est spéciale, ma grand-mère. Elle a habité chez nous à Londres pendant un an, quand j'étais encore à l'école. Elle me manque vraiment.

– Ta grand-mère du côté de ton père ou de ta mère ?

– Du côté de ma mère. Maman est venue à Londres pour faire ses études, comme ma grand-mère, seulement elle a rencontré mon père et elle a décidé de rester. Elle a passé plus de la moitié de sa vie en Angleterre, mais je sais que grand-mère lui manque encore, tous les jours.

– Les maths, c'est de ta mère que tu tiens ça ?

– Maman est nulle en maths. Elle est prof de français. Grand-mère a toujours été convaincue que je ferais mieux de m'inspirer d'elle.

– Qu'est-ce que tes parents pensent de ton installation sur l'île ?

– Ils pensent que je délire, manifestement. Si je ne rappelais pas la base au moins une fois par semaine, ils enverraient un hélicoptère. Je n'ai jamais parlé des meurtres à maman. Elle flipperait complètement.

– Et les *bakhna rakhna* ? Qu'est-ce qu'elle t'a dit au juste, ta grand-mère ?

– Elle a dit qu'ils n'étaient pas dangereux en général, mais que si on essaie de s'en débarrasser ou si on endommage leurs cachettes, ils peuvent devenir méchants. Il ne faut jamais, jamais les insulter. » Alice fit tournoyer le reste de sa bière au fond de sa chope. « Je me suis rendu compte que je n'avais jamais parlé avec grand-mère de ses croyances, pas sérieusement, pas depuis que j'ai quitté le foyer familial. C'était comme si du jour au lendemain je ne savais plus qui elle était. J'ai appelé maman juste après et je lui ai demandé si grand-mère avait toujours pensé comme ça. Maman a dit que ça vient de la manière dont elle a été élevée et que je ne devrais pas trop me faire de souci à ce sujet. N'empêche que maman ne voulait pas en parler, je le voyais bien, et c'était bizarre. En temps normal, on n'arrive pas à la faire taire.

– Les gens croient vraiment à des tas de trucs », dit Cath. Elle parla à Alice de ce qu'elle avait trouvé sur Internet : l'affaire Bridget Cleary, David Coulter, Richard Dadd. « Toutes ces histoires datent d'il n'y a pas si longtemps que ça. Et ça ne se passait pas uniquement dans les communautés rurales.

– Grand-mère dit que toute la mythologie dite féerique vient de la même racine, comme la religion. Une grande idée unique qui est tirée dans différentes directions selon l'endroit où elle aboutit et la personne qui raconte l'histoire. Les croyances centrales, elles, ne changent jamais. Elle dit qu'il y a un schéma au cœur de tout cela, une logique secrète que nous ne comprenons pas encore et que nous ne comprendrons peut-être jamais. C'est grand-mère qui m'a expliqué pour la première fois la suite de Fibonacci. Elle disait que le nombre d'or était la preuve vivante de ce dont nous parlions l'autre jour, à savoir que les nombres existent indépendamment de la connaissance humaine, que les nombres sont intégrés à tout, que toute vie et toute matière sont en fin de compte l'expression d'un code – des nombres qui se parlent entre eux dans leur propre langue.

– Comme les coquillages et les pommes de pin qui respectent toujours les mêmes proportions ? »

Alice hocha la tête. « C'est ça, c'est le nombre d'or. Quand j'étais petite, à Lambeth, je me précipitais dehors en pyjama pour aller compter les toiles d'araignées. Nous avions un bout de jardin derrière la maison, planté de rosiers. C'était les gens qui habitaient là avant nous qui les avaient plantés. Grand-mère disait que si on voulait voir les toiles d'araignées sous leur meilleur jour, il fallait se lever très tôt, avant que la rosée ne se soit évaporée. J'avais, disons, six ans, et j'étais émerveillée de les voir apparaître comme ça quand il faisait encore nuit. Les motifs des toiles me fascinaient. Comment les araignées s'y prennent-elles ? Je n'arrêtais pas de poser la question. Il a fallu une éternité avant que maman me dise que personne n'a jamais pu y répondre. »

« Et tiens, regarde ça », reprit Alice. Elle sortit quelque chose de la poche de son manteau et le posa sur la table – un petit objet en bois. Lorsque Cath l'examina de plus près, elle reconnut le bureau miniature en acajou trouvé au premier étage de la maison de poupée de Shirley. Ce secrétaire à pente avait deux tiroirs, dotés chacun de minuscules poignées en laiton, d'un volet qui s'ouvrait pour former un plan de travail, un peu comme sur la version grandeur nature dans le vestiaire à Westland Road. *Ceci n'est pas un secrétaire*, pensa Cath. Si semblable au meuble authentique et en même temps si parfaitement inutile qu'il en était incongru.

« Si ça te choque, tu me le dis, ajouta Alice, mais à mon avis, celui qui est capable de faire une chose pareille doit être une sorte de génie. »

L'idée la choquait, s'aperçut Cath, probablement parce qu'elle n'avait jamais pensé à John Craigie de cette façon. John Craigie avait fait ce secrétaire, comme tous les meubles à l'intérieur de la maison de poupée, et pourtant personne n'avait semblé y réfléchir à deux fois. Il en allait de même pour tous les objets qu'il avait fabriqués. Les gens disaient : c'est un bon menuisier, ou bien, il est habile de ses mains, mais personne n'avait signalé le caractère inhabituel de son travail. C'était simplement ce qu'il faisait, son fonds de commerce.

« Il était toujours occupé, dit Cath. Il se déplaçait, il allait chez les gens, il leur faisait des cuisines, des armoires encastrées, de nouveaux escaliers. Il pouvait faire tout ce qu'on voulait.

– C'est une œuvre d'art, dit Alice en tapotant de l'index le secrétaire miniature. Sa place est dans un musée. »

Le seul moment où il n'est pas de mauvais poil, c'est quand il travaille. Cette observation amère, Shirley l'avait formulée en maintes occasions. Cath se souvenait d'une histoire en particulier, une sortie que John Craigie avait gâchée, une rare excursion sur le continent. Au loch Fyne, non ? Il avait ronchonné toute la journée, disait Shirley, puis insisté pour partir tôt alors que la famille était encore en train de pique-niquer. Typique, avait pensé Cath à l'époque, mais elle se rendait compte maintenant que Shirley avait mis dans le mille : John Craigie n'avait vraiment été heureux que lorsqu'il travaillait.

Tout ce qui comptait quand il travaillait, c'était le bois. Ses silences, son incapacité à s'exprimer clairement ne signifiaient rien, personne n'y prêtait attention d'ailleurs – rien à foutre. Il n'avait même pas besoin de se considérer comme une personne. Il était l'outil qui travaillait le bois, qui le comprenait le mieux, et cela suffisait.

« Toujours aucun signe des poupées ? » demanda Cath.

Alice secoua la tête. « Euh… je n'ai jamais eu de poupée quand j'étais môme. Elles me flanquaient la frousse. »

Parce qu'elles nous ressemblent, mais ne sont pas nous, songea Cath. Comme le secrétaire miniature qui ressemblait tellement au vrai meuble mais n'était vraiment qu'un ornement inutile, une imitation.

11

« Elle a beaucoup changé ? demanda Moira. La ville, je veux dire.

– Ils ont fermé le vieux lycée. Il y a un nouveau campus polyvalent près de la piscine. Et ils ont retapé le Pavilion. Mais en gros, elle est comme avant.

– Je parie qu'il fait toujours aussi froid. »

Cath éclata de rire. C'était la première fois qu'elle appelait sa mère depuis son retour sur l'île. Moira était au courant de son projet, les maisons du crime. Cath lui avait même parlé de la maison de Mary Chant, mais ni elle ni sa mère n'avaient encore mentionné Shirley Craigie. Moira se préoccupait plutôt des moyens d'existence de sa fille : comment pouvait-elle se permettre de s'absenter si longtemps de Sounds of the Suburbs ?

« C'est mon travail personnel, maman.

– Ça serait différent si tu étais payée pour.

– Je ne le serai jamais si je ne prends pas de risques. »

Ce genre de ping-pong verbal pouvait dégénérer en dispute à tout moment. Cath savait à quel point ce serait déprimant si elle cédait à la tentation de se défendre. Non merci, elle avait déjà donné, et pas qu'une fois. Ce serait du temps perdu, alors autant arrêter là. N'empêche que ses parents étaient fiers de ce qu'elle faisait – ils avaient trois de ses photos de la série fish-and-chips accrochées dans leur entrée, et correctement éclairées, en plus. Des fragments de Glasgow bénéficiant du chauffage central au cœur de la bonne ville de Haywards Heath. Seulement, avec Moira, c'était toujours « oui, mais » – c'était dans sa nature. Une portion intrinsèque et inaliénable de son ADN.

Il se pourrait qu'elle ait envie de parler de ce qui s'est passé, pareil que toi, seulement elle a peur que tu piques ta crise.

J'ai déjà piqué ma crise, moi ? Quand ça ?

Tu rigoles, ou quoi ? Pour piquer ta crise, t'es bien la reine. C'est pas parce que t'es experte dans l'art de garder ton sang-froid que t'es pas une petite garce à tes heures. Fais-moi confiance.

Waouh. Tu me scies, là.

Miss Fute-Fute.

Fute-Fute c'est mon deuxième prénom, t'es pas au courant ?

« Écoute, maman, ce n'est pas pour ça que je t'ai appelée. Je voulais te demander deux ou trois choses. Par exemple comment nous en sommes arrivés à habiter sur l'île, au départ. Nous avions hérité de la maison de grand-mère, ça je le sais, mais alors pourquoi avoir fini par nous installer ici ? C'était l'idée de papa ? »

Moira renifla, et Cath l'entendit passer le combiné d'une main à l'autre. « Ton père n'avait rien à voir là-dedans. Tout cela était de ma faute. Mon travail m'ennuyait et je voulais changer. Je pense que personne n'envisage de rester dans l'administration médicale jusqu'à la fin de sa vie. J'en avais marre, surtout après que Martin Brewster a embauché ce nouveau collaborateur – un vrai petit Hitler, celui-là. Nous avions prévu de vendre la maison de ta grand-mère, mais ensuite il y a eu ce poste vacant chez IBM. Le salaire était nettement supérieur à ce que ton père gagnait alors, et je l'ai encouragé à postuler. Je croyais que ça serait bien pour nous trois, donc une occasion à saisir. J'ai compris plus ou moins immédiatement que j'avais fait une erreur. J'avais l'impression d'avoir été exilée au bout du monde.

– Tu ne m'as jamais dit que tu étais si malheureuse. Pourquoi ?

– Tu avais treize ans. La dernière chose que je voulais, c'est que tu sois perturbée : tu avais déjà assez de problèmes, t'intégrer à une nouvelle école, te faire de nouveaux amis. Je croyais sincèrement que les choses s'amélioreraient, mais ça ne s'est jamais produit. C'était comme si ma vie s'était arrêtée, et je ne pense pas que je réalisais à quel point j'étais en colère – pas contre ton père, je veux dire envers moi-même, pour avoir tout gâché. Il n'y avait pas de travail sur l'île, rien qui me convienne, en tout cas. J'aurais pu chercher un emploi à Glasgow, mais l'idée était trop intimidante. Le pire, c'était de ne pas avoir d'amis proches sur place.

– Tu aurais pu te faire des amis.

– Ce n'est pas si facile que ça, Catherine. Les gens ont leurs propres intérêts, leurs cercles de relations. Ils n'ont pas toujours le temps pour les étrangers, et puis je devais faire tache. Cette fille, cette amie à toi qui a été assassinée… j'ai invité sa mère à prendre le café une fois, tu le savais ?

– Absolument pas. Jamais je n'aurais pensé que tu avais parlé à Susan.

– Deux fois, une fois au musée et une fois à l'école. Mais elle ne voulait pas venir. Elle disait qu'elle était trop occupée avec le bébé, mais en réalité je pense qu'elle avait peur que son mari s'aperçoive qu'elle était allée chez nous et lui fasse une scène. J'avais la chair de poule rien que de le voir. Je suis sûre qu'elle avait peur de lui. Je n'arrivais pas à croire que personne ne voyait ce qu'elle subissait. Ça me faisait bouillir de rage.

– Et c'est pour ça que tu n'aimais pas Shirley ?

– Oh, Catherine, ne sois pas ridicule. Ce n'était pas que je ne l'aimais pas, c'était juste que vous n'aviez rien en commun. Et puis il y avait leur affreuse maison, et cet homme. J'avais horreur que tu ailles là-bas. Je voulais y mettre un terme, mais ton père a dit non, qu'il fallait te laisser te faire des amis. Il avait raison, je suppose, mais jamais je n'oublierai le jour où ils ont été tués. J'étais au supermarché quand je l'ai appris. Je ne pensais qu'à une chose – qu'il fallait que je sorte. J'étais dans la file d'attente avec mon chariot et j'ai failli faire demi-tour et foncer vers la sortie, mais je savais que si je le faisais les gens se demanderaient ce qui se passe, et ça, je ne pouvais pas y faire face, alors j'ai tenu bon et j'ai attendu qu'on me serve. Mais je voulais à tout prix rentrer à la maison pour m'assurer que tu étais là avec ton père et pas avec eux. Je ne pense pas avoir jamais eu aussi peur de ma vie. Il faisait si chaud, ce jour-là, j'ai cru que j'allais m'évanouir.

– Comment se fait-il que tu ne m'aies jamais rien dit de tout cela ?

– Tu ne m'as jamais posé la question.

– Maman, je suis désolée.

– Tu es là-bas pour photographier cette maison, n'est-ce pas ? La maison des Craigie ? »

Cath hésita. « Je l'espère. J'ai déjà vu la maison, en fait. Il y a quelqu'un qui y habite maintenant, une femme. Elle s'appelle Alice.

– Catherine, fais attention. »

Un rire lui échappa. « Attention à quoi ?

– Tu vas probablement dire que depuis l'eau a coulé sous les ponts, mais c'étaient des années difficiles. Ce ne sont pas de bons souvenirs.

– Je suis heureuse d'être revenue. Je trouve l'île différente.

– Pourquoi ? À cause de cette Alice ? »

Cath se sentit rougir. « Ça n'a rien à voir avec Alice. Je veux dire que je me plais ici. Je fais du bon travail, je crois.

– Peut-être, mais je sais comment tu es. Tu t'engages trop et ensuite tu en souffres. Ça a toujours été comme ça, toi et tes rapports avec autrui.

– Je ne m'engage dans rien.

– Bon, je dis ça comme ça. Je me fais du souci pour toi, tu le sais bien.

– Merci.

– Mais pourquoi donc ?

– Pour m'avoir raconté ce qui s'est passé, ce que tu as ressenti.

– Oh, mon Dieu, ne sois pas stupide, c'était il y a si longtemps », dit Moira. Et pendant un bref instant, Cath songea à lui parler de Boris, le renne en plastique trouvé dans un carton de Persil, puis elle décida que c'était probablement une mauvaise idée.

« Tu crois que c'est lui qui a fait le coup ? John Craigie ? dit-elle à la place.

– Bien sûr que c'est lui. Les hommes comme lui n'ont pas besoin de raison, ils empoisonnent tout ce qu'ils touchent. »

Cath commanda un bouquet pour Moira chez le fleuriste de Montague Street – des fuchsias roses et jaunes, *Merci de m'avoir parlé Je t'aime Cath.* Le fleuriste lui assura que les fleurs seraient livrées le lendemain. Moira serait ravie et surprise. Elle finirait sans doute par parler à Colin du coup de fil de Cath. Ils iraient peut-être dîner en ville, auraient une de ces conversations où ils déploreraient que Cath se soit retrouvée coincée dans un travail sans avenir et se demanderaient s'ils pouvaient y faire quelque chose.

Peu après sa première exposition chez Mildred Marks, Colin lui avait téléphoné un soir pour lui dire qu'avec Moira ils avaient discuté de la situation et avaient décidé que si elle voulait quitter son travail à Sounds of the Suburbs et étudier à plein temps à l'École des beaux-arts, ils feraient de leur mieux pour la soutenir financièrement.

« C'est une offre merveilleuse, papa, mais je vais très bien, avait dit Cath. Ça va marcher pour moi. »

Elle n'avait jamais regretté d'avoir refusé leur proposition, mais avait en revanche regretté de ne pas avoir accepté la bourse du Scottish Arts Trust qui lui avait été proposée, deux ans plus tard, pour une résidence d'un semestre à Berlin. Elle s'était dit que les perturbations et l'incertitude liées à un déménagement à l'étranger seraient trop difficiles à gérer, qu'elle avait plus à y perdre qu'à y gagner. En vérité, si elle n'avait pas voulu prendre le risque, c'était à cause d'Adam, parce qu'elle craignait qu'une aussi longue absence signe la fin de leur relation.

Quand elle annonça à Adam qu'elle avait refusé la résidence, c'est à peine s'il avait réagi. Il avait lâché une remarque désinvolte sur le fait que Cath se serait sentie dépassée dans ce genre d'environnement.

Cath n'avait pas parlé de la résidence à ses parents. Elle savait que Moira surtout lui en aurait voulu de ne pas avoir accepté.

« Je ne peux pas supporter qu'ils essaient de me contrôler », avait-elle dit à Melinda Stiles, la chroniqueuse gastronomique. Cath avait trouvé plus facile de se confier à Melinda qu'à Mildred Marks. Mildred ne pouvait pas encaisser Adam et ne le cachait pas.

Melinda l'avait regardée par-dessus le bord de son verre de vin, sans rien dire. Cath savait tout de même ce qu'elle pensait – que ce n'étaient pas ses parents qui la contrôlaient, mais Adam, et qu'il n'en valait pas la peine.

Il y avait eu un soir en particulier où Cath avait été presque certaine que Melinda la draguait. Elle avait feint de ne rien remarquer, et ce moment était passé sans incident ou conséquences. Comme la résidence à Berlin, c'était une chose à laquelle elle avait réfléchi après coup, et qu'elle avait regrettée.

Après avoir payé les fleurs, Cath se rendit à la bibliothèque dans l'espoir de trouver plus d'informations sur la vie de Richard Dadd. Il n'y avait rien en rayon dans la section Biographies, mais elle trouva dans la section Arts un ouvrage généreusement illustré sur la peinture féerique victorienne où un chapitre entier était consacré à Dadd, avec notamment un récit détaillé de son voyage au Moyen-Orient :

En juillet 1842, sir Thomas Phillips, un aristocrate autodidacte, propose à Dadd le poste d'artiste en résidence lors de sa tournée des monuments culturels du monde antique. Dadd, explique sir Thomas, doit documenter leur voyage à travers ses croquis et ses tableaux, afin de transmettre la grandeur et l'insolite des contrées étrangères. Déjà obsédé par les Grecs et les Égyptiens, Dadd accepte la proposition comme la chance de sa vie.

Il travaille quasi littéralement comme un démon : il dessine fébrilement, incapable de se ménager, incapable de fixer sur la toile un centième de ce qu'il voit. On le met en garde contre le soleil et son éprouvante brutalité, mais c'est à peine s'il écoute. Ce qu'il voit le pétrifie. Il n'a jamais imaginé – et encore moins rencontré – des juxtapositions aussi choquantes de beauté et de violence. Le monde tel qu'il le connaît est vide. Il embrasse le vide, il fuit le vide. La chaleur est meurtrière, envoûtante, et il ne peut toujours pas s'arrêter.

Son collapsus, lorsqu'il finit par arriver, est vu comme une délivrance. Une insolation, insistent ses amis, il s'en remettra.

Maintenant il va enfin se reposer, ranger ses pinceaux. Tout ce qu'il nous reste à faire, c'est le ramener chez lui.

Sir Thomas, qui voyage avec Dadd depuis tant de mois, n'est pas si optimiste. Il a vu des aspects du génie de son protégé – *un dieu, il se prenait pour un dieu* – auxquels il préfère ne pas penser. Malgré tout, ses amis ont raison : quelle que soit la gravité de son état, il leur faut rapatrier Dadd en Angleterre le plus rapidement possible.

Chez lui dans le Kent, pourtant, l'état de Dadd empire. Il semble perdu dans son propre monde, incertain de ce qui est réel ; il répète au hasard des bribes d'idées arabes singulières. Il est le serviteur du dieu Osiris ici sur Terre. Ses amis se demandent de quoi il peut bien parler et son médecin presse son père de le faire hospitaliser.

Dadd ne veut rien entendre. Il se retire dans ses appartements, ne mange que des œufs. *Laissez-moi tranquille.*

Le meurtre, lorsqu'il survient enfin, se déroule comme un rituel : son père Robert le Diable est affronté, nommé, détruit sous le soleil de midi.

Ce récit était vivant et utile, mais encore plein de lacunes. Cath se surprit à se demander si Dadd avait jamais été amoureux, et si oui, de qui. Certaines allusions laissaient entendre qu'il aurait pu être gay, mais sans aller plus loin. Plus déconcertante encore était la façon dont les médecins de Bethlem et de Broadmoor semblaient avoir activement encouragé l'obsession de Dadd pour le pays des fées et des lutins. Ça l'empêche de penser à Osiris, insistaient-ils. C'est inoffensif. Qu'est-ce que la peinture dite féerique sinon une diversion inoffensive, un mode d'expression qui fournit un exutoire à son génie sans s'attaquer à ses nerfs vulnérables ?

Une diversion inoffensive ? À voir ce qu'avaient peint les autres artistes étudiés dans l'ouvrage – menues figures vêtues de robes vaporeuses et dotées d'ailes chatoyantes, cités aux couleurs vives couvertes de fleurs sur un mode miniature éblouissant – Cath aurait pu se convaincre d'accepter cette interprétation. Or les tableaux de Dadd n'étaient pas du tout comme cela. Ses visions du monde féerique – déformées, oppressantes – étaient une sorte d'enfer. Comment se pouvait-il que ses aliénistes, hommes respectés de la médecine victorienne, n'aient apparemment ni remarqué, ni compris cette différence ?

12

« Je crois que je suis enceinte », dit Alice. Elles étaient dans la cuisine à Westland Road. Alice avait appelé Cath et lui avait demandé de passer la voir. En arrivant, Cath avait trouvé Alice sur le pas de sa porte, qui l'attendait. Elle avait l'air agitée, pleine d'une énergie nerveuse. Cath pensa d'abord qu'elle avait parlé à son mari, qu'elle avait quitté Saheed.

« Tu crois? qu'est-ce que tu veux dire? » hasarda piteusement Cath, qui avait mal interprété la situation, même si Alice ne pouvait pas le savoir. Alice qui en cet instant semblait ne lui porter presque aucune attention en tant qu'être distinct.

« J'ai fait un test. Je l'ai commandé sur Internet. Je ne voulais pas en acheter un à la pharmacie pour éviter que quelqu'un en parle. C'est stupide, n'est-ce pas? » Elle donnait la même impression qu'au téléphone : préoccupée et légèrement affolée, comme si on lui avait posé une question à laquelle elle ne pouvait pas répondre.

« Tu l'as déjà dit à Saheed?

– Mon Dieu, non. Je viens tout juste de faire le test. Qu'est-ce que tu en penses? »

Elle montra à Cath le kit de prévision, la fenêtre en plastique transparent avec ses deux lignes roses jumelles.

« Ça m'a l'air assez net », dit Cath. Elle se rendit compte qu'elle n'avait jamais vu de kit de test de grossesse en vrai. Seulement dans les films, en général ces drames relationnels avec recherche en paternité à la clé. Cath avait une seule fois et très brièvement cru qu'elle était enceinte – un week-end tendu et surréel où elle pensait que quelque chose devait forcément se produire, conclu par le déclenchement de ses règles après son départ au travail le lundi matin. Elle avait pleuré dans l'affreux petit W.-C. au fond du magasin, ne sachant pas si elle était soulagée ou déçue ; elle avait honte de ses sentiments, si contraires soient-ils, parce qu'elle avait réalisé qu'Adam serait horrifié à l'idée qu'elle porte son enfant, pétrifié par la responsabilité, lui qui la considérait à peine comme une femme à cet égard. Les bébés, c'était pour les épouses, ces femmes qu'on exhibait en public et dont on se souciait un minimum officiellement. Seulement Miranda ne pouvait pas avoir de môme, donc dans le cas d'Adam cette partie du contrat ne s'appliquait pas.

Elle avait pensé à Shirley à l'époque, comme ça ne lui était pas arrivé depuis une éternité.

Ce mec est un putain de connard, une vraie merde. Le môme s'en tirera mieux sans lui, tu verras.

Y a pas de môme en vue, alors laisse béton.

Mais si y en avait un, hein ? Pas la peine de me gueuler dessus.

Excuse-moi, mais je suis contrariée.

Avec un con pareil, t'as pas le choix. Je dis ça, je dis rien.

« Comment te sens-tu ? dit Cath.

– Tu veux m'interviewer ou quoi ? dit Alice avec un rire forcé. Je ne sais pas. C'est comme si je n'étais pas là. J'ai arrêté la pilule il y a un an parce que je commençais à avoir des effets secondaires. À cause des autres médicaments que je prenais. Nous étions censés être prudents. Nous étions prudents. Ça fait presque une semaine que je flippe, mais mes règles sont souvent en retard, alors j'essayais de me persuader que c'était une fausse alerte. Tout ce qui m'inquiète, et je n'arrête pas d'y penser, c'est si je peux encore aller à cet atelier d'échecs. Tu crois que je pourrai prendre l'avion ?

– Bien sûr. Tu n'en seras qu'au deuxième mois environ à ce moment-là. » Cath hésita. « Tu penses que tu vas le garder ? »

La question, si claire et si logique dans son esprit, sonnait différemment quand elle était formulée à voix haute. Flagrante, intrusive, importune. Ça ne regardait pas Cath, après tout, et pourtant Alice l'avait appelée, alors ça la regardait quand même. D'une manière inattendue et mystérieuse, elles étaient ensemble dans cette aventure.

« Je garde l'enfant. » Alice hocha la tête avec véhémence et continua de hocher la tête. « Je n'y avais jamais pensé avant cette semaine – pas sérieusement, en tout cas – mais dès que j'ai vu la ligne s'afficher sur le truc du test, j'ai su. Je veux dire que je n'avais aucun doute. Ça te paraît dingue ? »

Cath secoua la tête. « Pas du tout.

– Il va falloir que… oh mon Dieu, je ne sais pas. » Alice leva les mains pour couvrir son visage. Elle pleurait, ou était au bord des larmes.

« Ne t'en fais pas. Tout ira bien. » Elle passa ses bras autour des épaules d'Alice et la serra contre elle. Alice tremblait de tout son corps. L'idée vint à Cath qu'elles pourraient élever l'enfant ensemble, ici dans cette maison, qu'Alice pourrait se remettre aux mathématiques tandis qu'elle-même pourrait tenir un journal photographique détaillé de leur vie îlienne. Cent matins, tel en serait le titre. Les choses s'arrangeraient d'une manière ou d'une autre. Pourquoi pas ?

Où tu vas, là ? Tu te rappelles quand ta mère te disait que tu t'engageais trop ?

Depuis quand t'es devenue Mère Supérieure ?

Moi je pense que tu vas peut-être souffrir, c'est tout. Tu risques d'être pas mal paumée dans ce genre de contexte.

Tu penses qu'Alice va me faire du mal ?

J'ai peur que tu te fasses du mal toute seule.

« Il faut que j'appelle Saheed », dit Alice. Elle se dégagea, rejeta ses cheveux en arrière. « Il faut vraiment que je l'appelle. Ça te dérange ?

– Pourquoi ça me dérangerait ? » dit Cath. Mais bien sûr, ça la dérangeait. Le moment était passé, voire gâché. Elle venait de comprendre que, pour Alice, lui apprendre la nouvelle avait été un test, une répétition. C'était Saheed qui comptait.

« Mais tu resteras quand même ? » dit Alice. La souplesse de son dos, les encoches de ses vertèbres clairement visibles sous son tee-shirt comme dans un schéma du squelette humain tiré d'un manuel. Alice passa dans le séjour pour téléphoner ; Cath perçut l'assonance assourdie de sa voix à travers la porte entrouverte lorsque la communication s'établit. « Hey ! » dit Alice – une interjection familière plutôt qu'un mot. Cath s'efforça de ne pas écouter la suite, mais de toute façon la distance qui les séparait rendait la compréhension impossible. La communication ne dura pas longtemps.

Lorsque Alice revint, elle était plus calme. « Je ne le lui ai pas dit. Je ne pouvais pas, pas au téléphone. J'ai dit que j'avais décidé d'aller à Londres pour le week-end. Je le lui dirai à ce moment-là. »

Elles allèrent à Scalpsie Bay en voiture et se promenèrent le long de la plage. La marée était basse, le rivage désert. Elles ôtèrent leurs chaussures et se dirigèrent vers l'eau ; les empreintes de pas de Cath étaient carrées et nettes, celles d'Alice allongées et cursives comme de la calligraphie en taille-douce. Il ne faisait pas vraiment assez chaud pour marcher pieds nus, mais elles n'en avaient cure. Alice avançait la tête baissée, apparemment fascinée par le mouvement de ses propres pieds.

« Peut-être qu'il a raison, dit-elle. Saheed. Si je voulais vraiment que nous soyons séparés, j'aurais dû avoir le cran de le dire au lieu de m'enfuir à l'autre bout du pays. Quel gâchis.

– C'est ça que tu veux, alors ? Que toi et Saheed soyez séparés ?

– C'est ce que doit vouloir une partie de moi, non ? Sinon pourquoi serais-je ici ? Et maintenant j'ai l'impression que dès que je lui parlerai du bébé, il aura le prétexte idéal pour me forcer à revenir à Londres. Il dira que ce n'est pas prudent pour moi de rester ici toute seule.

– C'est des foutaises. Et puis, de toute façon, tu n'es pas seule. » Elle songea à dire à Alice ce qu'elle avait envisagé plus tôt, qu'elles élèvent le bébé à deux, ici sur l'île.

Alors vas-y. Chiche. Rien que pour voir.

« Je me sens bien ici, dit Alice. Je pense que j'aimerais que le bébé naisse ici, sur l'île. Ça te semble une idée folle ?

– Absolument pas. »

La mer inspirait et expirait. « Il y avait ce garçon, dit Alice. Quand j'avais, disons, quatorze ans. Il s'appelait Ezra. On allait tous les deux dans un camp d'été de maths près d'Aberystwyth. On passait la matinée à résoudre des problèmes de maths, et l'après-midi, on allait jouer sur la plage. Ezra avait peur du sable. Il disait qu'il ne pouvait pas s'empêcher d'essayer de calculer combien de grains de sable il y avait dans un seul mètre carré de plage. Il savait qu'il ne pourrait jamais y arriver, pas avec précision, car le véritable total dépendait de la profondeur et pas seulement de la surface et il ne pourrait jamais le savoir avec certitude sans creuser la plage. Le fait est que dans n'importe quelle école, Ezra aurait été persécuté à mort en tant que matheux, mais pour nous, il était normal. On savait tous ce qu'il ressentait – mais, pour la plupart, nous avions appris à mieux contrôler nos obsessions. À les cacher, en tout cas. Je pense que j'étais amoureuse de lui. D'Ezra, je veux dire. On avait l'habitude de prétendre qu'on était jumeaux pour ne jamais être séparés.

– Qu'est-ce qu'il est devenu ? »

Alice secoua la tête. « Il n'arrêtait pas d'avoir des problèmes. Je crois qu'il a été interné dans un hôpital psychiatrique pendant un certain temps. Ensuite je suis allée à l'université et on s'est perdus de vue. C'est compliqué. L'autre jour, je pensais que je n'avais plus vraiment d'amis. Il y a des gens que j'ai rencontrés au travail, mais aucun d'entre eux n'a pris contact avec moi depuis que j'ai emménagé ici, et à part ça, il n'y a que les amis de Saheed, des gens que nous connaissons en tant que couple et qui étaient d'abord ses amis à lui. Je ne dis pas que je ne les aime pas, mais moi et tous mes vrais amis – les gens que je connaissais à l'université, ceux du camp de maths – nous nous sommes progressivement perdus de vue et je ne sais même pas comment ça s'est produit. Ça a commencé bien avant que je tombe malade. Ça fait peur de voir à quelle vitesse la vie peut nous échapper.

– Tu n'es pas obligée de lui dire, tu sais. Pas tout de suite. Donne-toi le temps de déterminer ce que tu veux faire, où tu veux être. Une semaine ou deux ne feront pas de mal.

– Je ne peux pas ne pas lui dire. Nous sommes mariés. Et je lui ai dit que je venais maintenant. Qu'est-ce qu'il va croire si j'annule brusquement ?

– Tu n'annules rien du tout. Tu lui dis que tu voulais lui éviter de venir ici pour une fois, que tu voulais faire du shopping, que tu avais envie de changer de décor. Il peut y avoir des tas de raisons.

– Il faut qu'on rentre », dit Alice. Elle détourna la tête, mouvement appuyé qui montrait clairement que la discussion était close. Elle pourrait penser ce qu'elle voudrait maintenant, Cath n'y aurait aucune part. « Si je dois y aller, il faut que je prépare mes affaires.

– Tu es sûre que ça ira ?

– Ce n'est que pour deux jours. Je rentre lundi. »

Elles se dirigèrent en silence vers la voiture et rentrèrent en ville.

« Je t'enverrai un SMS pour te dire comment ça se passe », dit Alice. Elle déposa Cath à mi-chemin de Westland Road, près de l'intersection avec Academy Road. Elles s'étreignirent, mais maladroitement, comme si quelque chose de décisif s'était produit, quelque chose à quoi ni l'une ni l'autre ne voulait penser. De retour à l'appartement, Cath réalisa qu'elle n'avait jamais pris de photos d'Alice, pas une seule fois. Une fois Alice partie, Cath n'aurait aucune preuve de son existence. Aucune image, aucune adresse à Londres, aucun nom de parents ou d'amis. Rien que quelques mails. Le lendemain matin, elle se réveilla en se demandant si Alice était toujours sur l'île. Elle se doucha rapidement et enfila son jean, en pensant qu'elle irait à pied jusqu'au terminal des ferries pour avoir une chance de la rattraper avant son départ. Pour lui dire au revoir, pour vérifier qu'elle allait bien, pour dire quoi ?

Elle se reprit juste à temps. Mauvaise idée. Le fait qu'elle ne soit pas sûre que ça marche prouvait que c'était une mauvaise idée. Qu'est-ce qui n'allait pas chez elle ?

T'es amoureuse d'elle, voilà. Tu fais une fixation.

Comment tu saurais ça ?

Avec toi, la question est pas de savoir comment, mais quand. Quand on commence à se demander ce qui est normal et ce qui peut paraître bizarre. Quand on a peur d'appeler quelqu'un au cas où on dirait une connerie. Ou même de lui envoyer un SMS. C'est à ce moment-là qu'on sait. Et ça peut arriver du jour au lendemain. Ça peut arriver lorsqu'on est assis en tailleur chez quelqu'un en train de boire du thé avec lui ou elle. C'est comme attraper un virus. Et ce qui est con avec un virus, c'est qu'avant même qu'on sache qu'on l'a attrapé, il incube déjà à l'intérieur et investit le corps comme dans une apocalypse zombie. Je sais – j'ai regardé sur le site Internet de la Santé publique. En gros, on est foutu.

Cath alluma la radio, se fit du café et décida qu'elle ferait mieux de passer la matinée au musée de la ville. Au lieu de traîner dans l'appartement à s'inquiéter de ce qu'Alice pouvait raconter à Saheed. Mieux que de cultiver une fixation. Elle se souvint de sa dernière visite au musée avec le lycée, où un type de l'université de Glasgow leur avait fait un exposé sur les invasions viking. Les vitrines d'oiseaux empaillés étaient toujours là, le gobelet de l'âge du bronze, les monnaies romaines, la collection de cartes postales et de souvenirs qui célébraient la ville à son apogée. L'archéologue avait barbé Shirley à mort. Elle avait passé la majeure partie de l'exposé à gratter un fil détaché dans le tapis, à l'enrouler autour du bout de son petit doigt, emprisonnant le sang. Mais elle avait adoré les vieilles cartes postales.

« Imagine un peu à quoi devait ressembler la ville, avait dit Shirley sur le chemin du retour au lycée. On a eu jusqu'à trois cinémas et la plus grande piste de danse à parquet flottant de toute l'Écosse. Imagine-toi pomponnée pour une soirée au Pav. C'est mieux qu'une beuverie générale au Golfers, je parie. »

Il y avait eu comme un pincement dans sa voix, un authentique sentiment de nostalgie, et Cath songea que Shirley se serait très bien intégrée alors, qu'elle aurait pleinement profité de la gaieté de la ville telle qu'elle était autrefois. Elle imaginait ces jeunes hommes et ces jeunes femmes qui débarquaient en foule de Glasgow, la paie de la semaine en poche. Les filles cavalaient après les bons moments comme des ménades puis rentraient chez elles à minuit pile comme si de rien n'était.

Comme les personnages de ces films en noir et blanc que Shirley adorait. *Assurance sur la mort. L'Inconnu du*

Nord-Express. Ces blondes hitchcockiennes qui brillaient comme de l'argent sous les réverbères mais finissaient humiliées et jetées comme de vieux papiers dès le lever du soleil.

Cath avait décidé d'apporter les impressions de ses scans au dernier moment : la photo de mariage prise devant St Ninian's, Susan et les trois demoiselles d'honneur, John Craigie avec son témoin anonyme. Ce témoin était devenu crucial dans son esprit, le candidat le plus probable pour être l'amant de Susan et la quatrième victime prévue de John Craigie. Abigail Mercer avait dit que le témoin n'était pas de l'île, que lui et Susan ne se seraient plus jamais revus, mais Abigail ne pouvait pas le savoir avec certitude, elle ne pouvait même pas se souvenir de son nom de famille. Cath pensa qu'elle pourrait poser la question aux employées du musée. Il y avait toujours une chance que l'une d'entre elles le reconnaisse, même si elle n'étaient pas au courant des meurtres.

Elle progressa lentement autour des vitrines, exposant des photographies anciennes. Toutes ces vieilleries qui signifiaient quelque chose pour quelqu'un, du moins pour le moment. Ces reliques avaient besoin de souvenirs pour les entretenir, d'un lien avec les vivants. Sans souvenirs, elles devenaient des objets fortuits, des enveloppes vides. D'une génération à la suivante, ce ne sont plus que des détritus à enlever et à mettre à la benne. Cath attendit d'être seule dans le musée, puis s'approcha de la femme à l'accueil.

Elle posa la photo du mariage sur le comptoir.

« Je me demandais si vous pourriez reconnaître l'une de ces personnes, dit-elle. Je fais quelques recherches », ajouta-t-elle avec raideur. Quelle raison pouvait-elle donner pour vouloir savoir, autre que la vérité ?

« C'est donc vous la demoiselle qui s'intéresse aux meurtres, la photographe ? dit aussitôt la femme. Jeannie Morris a dit que vous habitiez ici. Comment ça se passe pour vous ?

– Je ne sais pas vraiment », dit Cath. Elle était prise au dépourvu, non parce que les gens avaient parlé d'elle – elle n'avait rien à cacher – mais parce qu'elle ne s'en était pas doutée. Parce que pour elle, c'était ainsi depuis toujours : toujours la dernière à être informée, celle qui regardait les choses de l'extérieur, l'éternelle observatrice. Elle n'était pas vraiment dans le circuit, elle gravitait à la périphérie, elle essayait de rester dans le coup à la force du poignet.

Mais personne n'en avait rien à foutre, en fait. Elle arriverait à ses fins quand même. Y arriver, c'était son truc, à Cath.

« J'ai besoin de savoir qui est cet homme », lâcha-t-elle brusquement. Elle désigna le témoin. L'élégant complet gris ardoise, le sourire ensoleillé.

« Ce jeune homme ? » La femme parlait lentement, pensivement, comme si elle fouillait dans sa mémoire. Sa main trembla légèrement quand elle toucha la photo pour l'attirer vers elle. « Je dois avouer que son visage me dit quelque chose. Je pourrais demander à Iris de votre part, c'est elle notre comptable. Ça ne vous fait rien d'attendre un moment le temps que j'aille la chercher ? Elle est dans le bureau à côté.

– Pas du tout, dit Cath. Merci. » La femme ouvrit une porte et disparut, laissant Cath examiner les images sur les murs du hall : hommes ternes en uniforme militaire, affiches touristiques des années 1930 annonçant des excursions en bateau à aubes vers l'île d'Arran et l'hôtel Hydro Spa – le visage de jeune fille de l'île, sémillante vieille dame qui faisait des heures supplémentaires pour minimiser les multiples façons dont son corps défaillait.

De quoi tu causes, là ? Continue, t'adores ça. L'île, c'est toi.

La femme du musée réapparut, émergeant d'une autre des portes peintes en vert. Il y avait une femme plus âgée avec elle – cheveux gris relevés en chignon, regard perçant derrière des lunettes métalliques. Et superbement habillée : robe à motifs cachemire en coton peigné, escarpins en cuir verni. Elle marchait avec une canne.

« Je vous présente Iris Docherty, dit la femme de l'accueil. Elle a vécu ici, sur l'île, la majeure partie de sa vie.

– Je l'ai connu, ce jeune homme », dit Iris, la photo en main. À ses longs doigts, les jointures rougies et enflées par l'arthrite, brillaient des bagues. « Il s'appelait Finlay Matheson. Il travaillait sur les ferries. »

Abigail Mercer avait parlé d'un Matt, ou Matty – c'était donc du nom de famille qu'elle se souvenait. Cath fut d'abord submergée par une vague d'allégresse : elle l'avait retrouvé, enfin ! Un moment plus tard, elle commença à avoir des doutes. Si ce Finlay avait été encore de ce monde, Shirley aurait parlé de lui, non ? Il y avait eu d'autres amis de son père dont elle parlait de temps en temps.

Tous des cons.

Oui, peut-être, mais même dans ce cas elle aurait su qui ils étaient. Elle avait dû savoir qui était Finlay Matheson, lui surtout. Il avait été le témoin de son père.

Aye, mais j'ai jamais posé les yeux sur lui.

Cath n'en était pas plus avancée.

« Il n'était pas de l'île non plus, disait Iris. Ils étaient tous les deux de Galashiels, je crois. Ou alors de Hawick, quelque part dans les Borders. Finlay avait un frère qui est venu ici une fois après sa mort. Jimmy, il s'appelait. Plus vieux que Finlay, mais il lui ressemblait parfaitement. Un garçon charmant, ce Finn. Pas comme l'autre. N'empêche qu'ils étaient inséparables, Dieu sait pourquoi.

– Après sa mort ? Vous voulez dire John Craigie ? »

Elle commence à tout mélanger, se dit Cath, elle confond John Craigie avec Finlay Matheson, ou l'inverse. Elle se demanda si Iris travaillait au musée à l'époque où elle et Shirley, assises côte à côte sur le tapis, avaient écouté cet universitaire de Glasgow les endormir sur les pillages des Normands. Cela semblait tout à fait possible.

Mais ça veut pas dire qu'elle est gaga. Écoute donc.

« Pas ce Craigie. Finlay Matheson. Il s'est noyé. Environ deux ou trois ans après ce mariage. » Iris agita la photo. « Une véritable tragédie. Lui et quelques amis étaient en train de pêcher dans les Kyles. Finlay a été emporté par-dessus bord et traîné sous l'hélice. On ne parlait que de ça dans le journal local. Comme j'ai dit, son frère est venu ici faire les démarches pour que le corps soit rapatrié chez lui pour les obsèques. Une histoire affreuse. J'espère que vous ne m'en voudrez pas si je vous pose la question, mais pourquoi ça vous intéresse ?

– Shirley Craigie était mon amie », dit Cath. Il y avait du défi dans sa voix, mais elle ne s'en rendit compte que plus tard. Elle avait brandi sa relation avec Shirley comme une sorte de passe-partout. Parce qu'elle était en colère, sans doute. En colère à cause de tout, pas seulement de ce qui était arrivé à Shirley, mais aussi de ce qui lui était arrivé à elle. Elle n'était pas si différente de Moira, après tout. « Je suis allée au lycée ici. »

Iris ne sembla pas surprise. « Je connaissais sa mère, dit-elle. Susan, c'est ça ? Assez pour lui dire bonjour, en vérité. Elle venait souvent ici. Elle s'intéressait à l'Histoire. Je l'aimais bien. Mais je ne peux pas en dire autant de son mari. »

La minceur de ses poignets, l'aspect fragile, presque comme du papier, de la peau autour de ses yeux. Iris Docherty était vieille, mais elle se souvenait de tout, elle se souvenait des Craigie. Pour autant que Cath le sache, Iris se souvenait aussi d'elle, l'avait presque certainement regardée en la croisant dans la rue, et Cath avait détourné les yeux sans plus réfléchir.

« Ça va peut-être vous paraître inhabituel, dit Cath, mais j'aimerais que nous parlions de vos souvenirs plus en détail. Et prendre quelques photos, peut-être. Est-ce que ça serait possible ?

– Des photos, maintenant ? Vous me confondez avec Helen Mirren ? » Iris et la femme de l'accueil échangèrent un regard. Elles devaient trouver Cath amusante et très vraisemblablement inoffensive. Cath sourit et rit même un peu, ce qui était apparemment la bonne réaction, car Iris lui rendit son sourire. « Vous êtes la bienvenue chez moi, mon petit, même si je ne suis pas sûre de pouvoir vous être utile. Le mieux, ce serait un de ces soirs… disons vers sept heures. J'habite sur Shore Road, dans le quartier du port. Vous m'appelez, et vous me dites quand vous voulez venir. »

Elle plaça la photo à l'envers sur le bureau de la réception et écrivit son numéro de téléphone au dos. Un numéro de fixe. Évidemment. « Charmée d'avoir fait votre connaissance, mademoiselle. Je vais partir maintenant, Myra, si ça te va. »

13

Cath quitta le musée toute ragaillardie. Iris Docherty avait déjà confirmé qu'elle connaissait Susan, qu'elle lui avait parlé en de nombreuses occasions. Même si l'amant de Susan s'avérait ne pas être Finlay Matheson, il y avait de fortes chances qu'Iris détienne la clé de son identité. Son premier réflexe fut d'envoyer un mail à Alice pour lui faire savoir qu'elle était sur une nouvelle piste, mais elle décida d'attendre. Alice était probablement encore dans le train. Elle aurait des choses en tête. Cath se dit qu'elle pourrait peut-être retourner à la bibliothèque, voir ce qu'ils avaient au chapitre histoire locale, mais elle était fermée durant la pause déjeuner. Elle alla chez Print Point, où elle s'acheta un stock de feutres et de Post-it de toutes les couleurs, et deux feuilles format A1 papier à dessin blanc. Dans le séjour d'Argyle Terrace, elle fixa l'une des feuilles de papier à dessin au mur avec des punaises juste au-dessus de la table. Elle avait décidé de faire un mur du crime, comme ceux qu'elle avait vus dans les salles des opérations de toutes les séries policières. Un mur du crime vierge, comme tous les murs du crime doivent l'être au début, avant que le générique démarre.

Shirley aurait adoré ça. Elle aurait adoré plus que n'importe qui d'autre.

Qu'est-ce qu'on essaie de prouver ici, la détective ?

Je veux savoir pourquoi tu es morte, c'est aussi simple que ça.

OK, alors on va jouer à l'avocat du diable. Tu penses que c'est mon père qui a fait le coup ?

Forcément. Personne n'a jamais trouvé d'autres suspects, même pas des jokers. C'est forcément lui l'assassin.

Ça y est, tu joues encore à Sherlock : on élimine toutes les autres possibilités et celle qui reste est forcément la solution. Et si l'unique raison pour laquelle il y aurait pas d'autres suspects était parce que personne les a cherchés ? Et papa a jamais été un psychopathe. Un cinglé et un salaud, oui – il m'a même cognée une fois. Mais avec lui c'était toujours dans le feu de l'action, de l'improvisé. Il ruminait pas, il préparait rien. Si tu l'avais mis en rogne, soit il te tapait dessus, soit il te parlait plus. Il se plongeait dans le boulot. Il cherchait quelque chose à fabriquer ou à réparer. Il a jamais tellement aimé les gens, mon père. Tu vas me prendre pour une idiote si je dis ça, mais je crois qu'il se sentait seul.

Des tas de gens se sentent seuls. Mais ils ne fracturent pas les poignets des autres ou se font pas éjecter des pubs pour avoir déclenché des bagarres.

J'essaie pas de le défendre, seulement de poser les questions. C'est bien plus ou moins en ça que ça consiste, le boulot de détective, hein, poser des questions ?

Justement, en voilà une, de question : est-ce que ta mère avait une liaison ?

Déconne pas. Maman était pas comme ça. Si papa s'en était aperçu il l'aurait tuée.

Eh bien voilà. Et ça ne tient pas debout, à ton avis ?

Qu'est-ce qui tient pas debout ?

D'abord tu dis qu'elle n'était pas comme ça, après tu dis que ton père l'aurait tuée s'il s'en était aperçu. Il faut choisir.

Je veux simplement dire, si elle en avait eu une. De liaison.

Alors faisons comme si c'était le cas. Tu dis que John Craigie l'aurait tuée ?

J'ai pas voulu dire ça au sens propre – je voulais dire qu'il deviendrait fou. Les gens disent ça sans le penser sérieusement : si tu lui racontes ce que je t'ai dit, moi je te tue, si tu pètes mon iPhone, moi je te tue, des trucs comme ça. En réalité personne a l'intention de tuer quelqu'un pour de bon.

OK, mais tu dois admettre qu'il est plus logique que ton père soit l'assassin que n'importe qui d'autre. Il découvre que Susan a une liaison. Sur le moment il a un coup de folie et il fait un carnage. Puis il saute dans son pick-up pour aller tuer l'autre type, l'amant de Susan. C'est pour ça qu'il s'éloignait du terminal des ferries. Et tout s'explique.

Ça explique pas l'arme du crime. On est pas à Détroit, tu sais. Même si quelqu'un au Golfers lui avait donné un nom, il aurait fallu que papa aille à Glasgow et il avait horreur de Glasgow. Il y aurait réfléchi cinq minutes et puis il aurait laissé tomber. Les flingues, c'était pas son truc à papa. S'il avait voulu tuer quelqu'un, ç'aurait été à coups de poings.

Tu connaissais Finlay Matheson ?

Je t'ai déjà dit que j'ai jamais posé les yeux sur ce type. T'es en train de me dire qu'il avait le béguin pour ma mère ?

Je ne te dis rien du tout. C'est juste une hypothèse.

Ton hypothèse, c'est que maman était amoureuse de ce mec, ce Matheson, qui est mort noyé y a une trentaine d'années. Papa s'en est aperçu plus tard, il est devenu fou et nous a tous tués. Ça se tient, j'imagine, si tu y crois mordicus et tant que tu oublies de te demander comment il a eu l'arme, mais là, tu oublies autre chose. Papa aurait pas tué Sonny. Il aurait pu tuer maman parce qu'elle l'avait trompé, il aurait même pu me tuer moi parce que je lui aurais tenu tête mais il aurait plutôt retourné l'arme contre lui au lieu de tuer son Sonny adoré. Tu sais ce que disait le rapport sur la scène de crime ? Que Sonny était dans le séjour, il jouait avec ses putains de briques emboîtables. Papa l'adorait, ce petit morpion. Probablement le seul être sur Terre qu'il ait jamais aimé. C'est pas possible qu'il l'ait tué.

Et l'autre hypothèse, alors ?

Quelle autre hypothèse ?

Celle qui circulait juste après. Que ton père est rentré pour midi et vous a trouvés tous morts. Que lorsque son camion est sorti de la route il était à la recherche du type qui avait fait le coup. C'est pour ça qu'il s'éloignait du terminal des ferries : parce qu'il savait qui était l'assassin et qu'il avait l'intention de le tuer.

Là tu déconnes. Qui aurait voulu nous tuer, pour commencer ? Qui aurait pris cette peine ? On était rien du tout.

Et l'amant de Susan ? Et si elle l'avait largué et qu'il ait voulu se venger ?

Tu crois que c'est le genre de type avec qui maman voudrait se mettre ?

Elle a bien épousé John Craigie, non ?

Touché ! Mais là, tu te goures. Je veux dire que tu regardes pas où y faut.

Je dois regarder où, alors ?

C'est à moi de le savoir et à toi de le trouver, la détective.

J'aimerais tellement que tu sois là, Shirl.

Et moi donc ! Ce qu'on a pu se marrer, toi et moi, pas vrai ? Tu te rappelles la fois à Glasgow quand j'ai piqué ces boucles d'oreilles et que je les ai accidentellement balancées dans les chiottes de ce bar à burgers dégueu ?

Mon Dieu, je l'avais oublié. On aurait pu mourir de botulisme.

Le beau couple qu'on faisait.

Absolument.

T'acharne pas trop sur mon père, hein ? Il était quelque part ailleurs quand il a fait ça. Il était parti avec les fées et les lutins.

Je ne comprends toujours pas ce que tu veux dire par là. John Craigie croyait vraiment à tout ce folklore, c'est ça ? Ça ne me paraît pas possible.

C'est comme chez ce mec tordu, ce peintre sur qui t'as fait des recherches : des fois c'est pas facile de sonder ce qui se passe dans la tête de quelqu'un. Y a des gens qui voient plus de choses que d'autres, c'est aussi simple que ça.

Oui mais ce qu'ils voient n'existe pas vraiment.

Comment on pourrait le savoir, si on le voit pas ?

Cath nota le nom de Finlay Matheson sur un Post-it qu'elle colla sur le mur du crime à côté de celui de John Craigie ; elle les relia par une flèche, comme un couple marié. Des inséparables, avait dit Iris Docherty. Comment se fait-il qu'ils aient atterri ici, sur l'île ? Pas pour gagner de l'argent – s'ils avaient voulu gagner de l'argent, ils auraient visé Glasgow. Étaient-ils venus séparément ou ensemble ? Souvent, les gens qui venaient sur l'île fuyaient quelque chose.

PROBLÈMES, écrivit Cath. Pour l'un des deux, au moins. Iris aimait bien Finlay Matheson – un garçon charmant, disait-elle. Finlay Matheson avait des amis, des gens avec qui il allait pêcher, sa mort était une tragédie. Un frère – Jimmy – était venu sur l'île pour rapatrier son corps. Personne n'était venu récupérer John Craigie. Personne n'avait jamais dit du bien de lui. Or Finlay Matheson était son ami – il avait été témoin à son mariage. Inséparables, le marié et son témoin. Et puis Finlay était mort.

Cath commençait à comprendre pourquoi l'idée d'un mur du crime s'était banalisée. Qui n'aimerait pas voir ses pensées prendre littéralement forme, devenir quantifiables ? Et le pli était pris. Concevoir un mur du crime obligeait Cath à séparer ses propres souvenirs des faits tels qu'ils s'étaient produits. Au début, elle avait cru qu'ils n'étaient qu'une seule et même chose, mais à mesure que s'étendait le réseau de Post-it et de flèches, elle était obligée d'admettre que ce n'était pas le cas, ou du moins pas obligatoirement. Les problèmes de John Craigie avaient commencé bien avant qu'elle le rencontre, et même avant son mariage.

John Craigie devait être très jeune lorsqu'il était arrivé sur l'île pour la première fois. Un jeune homme très loin de chez lui. Un homme dont l'unique ami était mort dans un tragique accident. Shirley avait peut-être raison après tout : John Craigie avait-il souffert de la solitude ?

Les hommes seuls ne sont-ils pas parfois sujets au désespoir ? Ou n'ont-ils pas tendance à commettre des actes désespérés ?

T'as besoin de faire une pause. Tu te rappelles Robert Downey dans Zodiac*?*

Ce cinglé de journaliste ? OK, t'as gagné.

Cath laissa tout en plan, ferma l'appartement à clé et sortit. Elle fut surprise de voir qu'il allait être huit heures. Il y avait plus de touristes à présent que le temps s'était amélioré et le Black Bull était plein à craquer. Elle se rabattit sur le Ghillie's, commanda un croque-monsieur et regarda si elle avait des messages sur son portable. Rien. Elle but un verre, puis un autre. Finalement, juste avant neuf heures, elle envoya un SMS à Alice : j'espère que tu es bien rentrée. j'étais au musée – des trucs intéressants ! je pense à toi xxxx. Elle cliqua prestement sur Envoi, avant de pouvoir changer d'avis. De retour à l'appartement, elle mit le CD envoyé par Steve qui avait été livré en début de journée, quand elle était sortie – les poèmes symphoniques d'Arnold Bax. Elle ne se rappelait pas si elle l'avait déjà écouté, mais c'était le genre de musique orchestrale passe-partout qu'elle mettait souvent sur la sono du magasin et qu'elle oubliait ensuite.

In the Faery Hills durait une quinzaine de minutes. L'ouverture se signalait par un leitmotiv de trois notes à la clarinette – ta-ta-TA ! – descendant puis montant, deux lutins messagers qui s'appelaient avec leurs petites trompettes d'un bout à l'autre d'une large vallée. On ne les voyait pas, mais on entendait leur musique ; les appels augmentaient en force et en fréquence avant d'exploser dans un rythme ternaire rapide impliquant tout l'orchestre.

Le petit peuple en liesse sortait en masse de la forêt et entraînait l'auditeur dans une danse frénétique.

La section centrale était plus lente, comme pour raconter une histoire, un conte indolent chargé de magie qui se terminerait sur un enlèvement par les fées la veille de la Saint-Jean. Ensuite, tandis que les cordes atteignaient un ardent crescendo, la danse reprenait. Le petit peuple se dispersait, et l'observateur mortel restait seul et désorienté au cœur de la forêt. Les notes sur la pochette du CD suggéraient que Bax s'était inspiré de la légende d'Ossian le barde et guerrier. Il était tombé amoureux d'une fée appelée Niamh, au royaume de laquelle il vécut trois années de bonheur. À son retour dans le monde des humains, Ossian découvrit que trois cents ans s'étaient écoulés. Ses proches étaient morts. Personne ne se rappelait plus qui il était.

Le revoilà donc, le dangereux schisme entre notre monde et le leur. Séduction et abandon, attrait du pouvoir mystique, effondrement catastrophique. Richard Dadd avait souffert d'un collapsus mental dévastateur, tout comme John Craigie. Craigie aurait-il pu être schizophrène comme Dadd ? Leur obsession pour le petit peuple était un signe indicateur classique, au même titre qu'entendre des voix, voir des extraterrestres, et croire que votre père est l'émissaire du diable. Cath trouvait particulièrement intéressante leur obsession du détail portée jusqu'à la névrose, dans une sorte de fierté délirante quant à leur capacité à réduire, à miniaturiser.

Or il y avait toujours eu des gens pour soutenir que les toubibs se trompaient, que certaines formes de maladie mentale étaient elles-mêmes le symptôme d'une sensibilité surnaturelle. Une conscience accrue, chez ces schizophrènes, des événements psychiques et des êtres invisibles, la capacité de percevoir des univers parallèles – la description si réaliste du pays des fées et des lutins dans leur littérature et leur art.

Comme la maison de poupée de John Craigie, songea Cath, tout en sachant bien que ces dissidents étaient en minorité, et des excentriques pour la plupart.

Elle se coucha vers minuit. Toujours pas de message d'Alice. Lorsqu'elle éteignit la lumière, elle eut la vision de la maison de Westland Road, silencieuse et obscure, avec la maison de poupée de Shirley silencieuse et obscure elle aussi sur sa table à l'intérieur. Une maison à l'intérieur d'une maison, un monde bizarrement enchâssé dans un autre. À l'image du monde féerique du petit peuple blotti à l'intérieur du nôtre, comme certains le croyaient encore.

Que se passait-il dans une maison quand personne ne regardait ? Quelle vie menaient-ils, se demandait Cath dans un demi-sommeil, tous ces objets silencieux, quand les ombres voletaient au clair de lune comme des gobelins à travers les pièces désertes ?

14

« Thrifts Farm.

– Je voudrais parler à James Matheson.

– Il est au travail, dans le champ du haut. Qui est à l'appareil, s'il vous plaît ? » Un très léger accent. Allemand, peut-être, se dit Cath.

« M. Matheson ne me connaît pas personnellement. J'essaie de me renseigner sur un ami de son frère… qui est décédé il y a assez longtemps. J'espérais que M. Matheson pourrait peut-être m'aider.

– Vous parlez de Johnny Craigie. » La femme l'énonça comme un fait, et non une question ; la pointe d'anxiété dans sa voix fut remplacée par un ressentiment sourd. « Je ne veux pas que vous parliez de Johnny Craigie à mon mari.

– Je ne veux contrarier personne. C'est juste deux ou trois questions. Je ne suis pas une journaliste. Je n'aurai pas besoin de citer ses propos, par exemple.

– Il n'y a plus rien à dire sur cet individu. C'était un vaurien, un fauteur de troubles, et il a eu une mauvaise influence sur Finlay. Vous ne pouvez pas vous imaginer à quel point Jimmy a été malheureux après la mort de son frère. Il n'aime pas parler de cette époque.

– Mais John Craigie a grandi à Clovenfords, non ?

– Lui et sa sœur, oui. Ruth et Kenny ne sont plus. Ruth était une sainte, mais vous savez ce qu'on dit des bienheureux fous du Christ.

– Ruth ? C'était la sœur de John ?

– Ne me rappelez pas, c'est préférable.

– Pourriez-vous juste me dire… ? »

Silence sur la ligne. Cath contempla bêtement l'écran en s'imaginant Shirley à plat ventre dans un accès de fou rire.

Beau travail, la détective ! C'est pas pour rien qu'on t'appelle Seccotine.

Hé, attends, elle vient quand même de me donner des infos précieuses.

Des informations inédites pour elle, en tout cas. James Matheson était toujours en vie, il habitait toujours à Thrifts Farm. John Craigie avait grandi à Clovenfords, près de Galashiels. Il avait une sœur, qui s'appelait peut-être Ruth, ou peut-être pas. Ruth et Kenny ne sont plus, avait dit la femme de Matheson – pourraient-ils être les parents de John Craigie ? Pourquoi Shirley n'avait-elle jamais mentionné l'existence d'une tante ?

Cath écrivit les nouveaux noms sur des Post-it et les ajouta au mur du crime. Tout en haut, Kenny et Ruth, chacun avec un point d'interrogation – père ? mère ? – et puis un autre, en majuscules – SŒUR ? – à la droite de Johnny. Ruth était une sainte, avait dit l'épouse, une folle-en-Christ. Cela signifiait-il qu'elle souffrait en silence, ou alors qu'elle… ?

Est-ce qu'elle était aussi cinglée que papa, c'est ça que tu veux dire ? Me pose pas la question, je l'ai jamais rencontrée. Tous ces gens-là, je les ai jamais vus.

Le soleil était au rendez-vous, il y avait des bateaux sur l'estuaire, plus que jamais depuis début avril. L'île était différente une fois la saison touristique commencée, plus ouverte, moins vigilante, enveloppée de douce tranquillité.

Lorsque Cath ouvrit la porte pour sortir, son téléphone sonna dans son sac. Elle batailla avec la fermeture Éclair, certaine que c'était Alice qui l'appelait. Quand elle finit par mettre la main sur son portable, c'était un numéro non répertorié dans ses contacts. Un démarcheur, pensa Cath, qui ne reconnaissait pas la voix, avant de réaliser avec un sursaut qu'il s'agissait de Saheed.

« C'est Cath ?

– Est-ce que vous allez bien ? » dit Cath, c'est-à-dire Est-ce qu'Alice va bien. Son cœur battait à tout rompre. Le soulagement d'entendre la voix de Saheed – une voix qui avait parlé à Alice, qui savait où elle était. Il ne répondit pas immédiatement. Cath l'entendait respirer, comme s'il se demandait ce qu'elle savait et qu'il pesait ce qu'il devait lui dire.

« Alice est là avec vous ? dit-il finalement.

– Quoi ? Elle est censée être à Londres. Elle est partie d'ici hier.

– Elle était ici. Elle va bien, mais nous nous sommes un peu disputés. Elle est partie quelque part. Son portable est resté éteint toute la journée. Je me demandais seulement si vous… si vous aviez de ses nouvelles.

– Vous vous êtes disputés à propos de quoi ?

– De rien. Vous savez comment les choses peuvent tourner. Elle était contrariée et moi, il fallait que j'aille travailler. Depuis, je l'appelle toutes les heures et je suis parti tôt de mon travail exprès, mais je n'ai toujours pas de nouvelles. »

Il était inquiet. Et pour de bon. Il ne l'aurait pas appelée s'il n'était pas désespéré. Surtout qu'il ne l'aimait pas tellement.

« Vous voulez que j'aille faire un tour chez elle. Pour voir si elle est là ?

– Vous feriez ça ? » Il était apparemment soulagé, comme libéré d'un grand poids. Comme s'ils étaient amis. « Ça serait génial.

– Je vous rappelle. »

Cath mit fin à la communication et enregistra le numéro de Saheed, en se demandant comment lui, Saheed, avait eu le sien. Par Alice, sans doute, en cas d'urgence. Alice savait-elle qu'il risquait d'y avoir une situation d'urgence ? Cath tenta de l'appeler, initiative qui semblait soudain autorisée, voire exigée. Elle tomba directement sur la messagerie vocale. Elle essaya d'imaginer ce qu'Alice ferait si son voyage à Londres s'avérait être une erreur, où elle irait. La réponse était évidente, non ? Elle retournerait sur l'île. Lorsqu'elle arriva à la maison de Westland Road, Cath était pratiquement persuadée qu'elle allait y trouver Alice, qu'elle avait éteint son portable uniquement pour empêcher Saheed de la joindre. Qu'elle s'attendait à voir arriver Cath. Bref, qu'elle l'attendait.

La maison était silencieuse, aucun signe de vie. La voiture était dans l'allée, mais pour autant que Cath puisse s'en rendre compte, elle n'avait pas bougé depuis qu'elles étaient allées à Scalpsie deux jours plus tôt. Cath ouvrit la véranda et appuya sur la sonnette. Elle l'entendit sonner dans le couloir, sans résultat. Elle laissa s'écouler environ une minute, puis essaya à nouveau. Elle était certaine que cela ne servirait à rien, mais il fallait qu'elle fasse quelque chose. Elle regretta de ne pas avoir songé à demander un double de la clé à Alice – afin qu'elle puisse éventuellement garder un œil sur les lieux en son absence, aurait-elle pu dire, même si cela aurait pu paraître étrange, voire intrusif. Elle se souvint que les Craigie laissaient toujours un double de la clé sous un pot de fleur cassé devant la véranda. Ce pot de fleur était resté si longtemps au même endroit qu'il avait creusé sa place dans le sol. Quand on le soulevait, il se détachait en douceur comme le couvercle d'une marmite. Cath savait que la probabilité que la clé soit encore là était presque nulle, mais elle vérifia quand même.

Le pot de fleur était toujours à sa place, la clé en dessous, luisant sur la terre sombre, ternie par endroits, mais intacte.

La dernière personne à l'avoir touchée devait être Susan. Susan, ou alors Shirley. L'aspect à la fois miraculeux et macabre de la situation, les vieilles habitudes qui persistaient, ce qu'elles révélaient, tout cela prenait Cath par surprise. Elle ramassa la clé, remit le pot de fleur dans son logement et se redressa. Elle allait essayer la clé dans la serrure de la porte, c'était écrit. Parce que c'était ce que Saheed attendrait d'elle. S'il savait qu'elle avait une clé, il insisterait pour qu'elle s'en serve. Et si Alice était coincée à l'intérieur, blessée, incapable d'atteindre la porte ? Elle rappela son numéro, au cas où, mais il n'y eut toujours pas de réponse. Cath introduisit doucement la clé dans la serrure. Elle s'inséra facilement, comme si elle avait été utilisée quelques heures seulement auparavant. Les années reculèrent, s'éparpillant au vent comme des confettis. Comme les pages d'un journal, ouvertes, lues, digérées puis jetées.

« Alice ? » appela Cath, juste pour faire du bruit, pour s'annoncer. Elle savait que la maison était déserte, mais elle ressentait néanmoins le besoin de procéder ainsi. Elle se rendit compte qu'elle n'avait jamais été seule dans la maison des Craigie. Elle perpétrait une intrusion, ce qui était un délit, mais serait-ce considéré comme une effraction si on avait la clé ? Elle entra franchement dans le couloir, referma la porte derrière elle, appela Alice par son nom une fois de plus. Il régnait un calme, une quiétude, qui la confortait dans la certitude que la maison était déserte, qu'Alice n'était pas là – sa présence était tellement imperceptible qu'elle aurait pu être partie depuis des semaines.

Cath entra dans chacune des pièces l'une après l'autre, à la recherche d'indices. Aucun signe de quoi que ce soit d'anormal, aucune indication même qu'Alice était partie précipitamment. Dans la cuisine, la vaisselle lavée était soigneusement empilée dans l'égouttoir. Dans la chambre d'Alice, le lit était fait, l'armoire fermée; seul signe de désordre, une paire de baskets poussées d'un coup de pied sous une chaise. Sur la table de chevet, une biographie du prodige américain des échecs Bobby Fischer. Il pouvait sembler étrange qu'Alice n'ait pas emporté le livre avec elle, mais, là encore, elle lisait probablement sur sa tablette quand elle voyageait, comme tout le monde. Cath ouvrit le tiroir du haut de la commode puis le referma rapidement. Elle n'allait pas espionner.

Mais tu le ferais si t'étais flic. C'est une enquête sur une personne disparue, oublie pas. Tu devrais fouiller dans ses affaires, voir un peu ce qu'il y a. Un vrai détective sauterait sur l'occase.

Alice n'est pas une personne disparue et je ne suis pas flic.

C'est pas comme si elle allait s'en apercevoir un jour ou l'autre.

Cath rouvrit le tiroir : le parfum des articles de toilette d'Alice, cette odeur musquée de thé vert, un fouillis de slips en coton et de soutiens-gorge de sport, de couleur sombre pour la plupart – bleu marine, gris et bordeaux. Cath referma le tiroir et redescendit. La porte du séjour était légèrement entrouverte. Cath voyait la maison de poupée sur la grande table. Les fenêtres du premier étage semblaient la regarder avec des yeux écarquillés. À côté de la maison de poupée, des papiers, des feuilles arrachées à un bloc A4 ainsi que des impressions d'articles téléchargés sur Internet. Cath avait déjà lu celui du dessus – « Richard Dadd : fou, meurtrier, mystique ». L'auteur insinuait que les médecins de Dadd lui avaient fourni de l'opium afin de faciliter ses visions du royaume des fées – des foutaises, probablement. D'autres documents sur Dadd, dont une pâle reproduction du *Coup de maître du magicien bûcheron*. Ce tableau était vraiment très laid, se dit Cath. Plus on le regardait, plus il était laid. Un article sur l'art islamique, un ensemble de schémas illustrant le concept appelé l'escalier infini de Penrose. Un texte beaucoup plus long, intitulé « Les fées dans la dimension quantique : la cosmologie de l'impossible ». Elle survola les premiers paragraphes – à propos de scientifiques qui avaient démontré comment les mouvements de certaines particules subatomiques pouvaient s'interpréter pour suggérer l'existence d'univers parallèles. L'auteur de l'article était une certaine Mabel Konig.

Cath nota le titre, photographia avec son smartphone certains des autres documents, puis se tourna pour partir. Qu'est-ce qu'elle croyait qu'elle faisait ? Elle ne devrait même pas être là.

Comme je t'ai dit, elle le saura jamais.

Là n'est pas la question.

En redescendant la colline, elle appela Saheed. « Alice n'est pas ici. Sa voiture est dans l'allée, mais il n'y a aucun signe de sa présence. La maison est fermée à clé.

– Putain.

– Je viens d'essayer encore une fois de lui téléphoner. Toujours rien. Qu'est-ce qui s'est passé exactement ?

– Je me suis conduit comme le dernier des connards, voilà ce qui s'est passé. Elle m'a tout dit. Hier soir, à propos du bébé, je veux dire. Alors je lui ai fait face et je lui ai demandé si elle pensait que c'était le moment idéal pour tomber enceinte. Je crois que j'étais sous le choc, faut me croire. L'expression sur son visage, malheur ! J'ai essayé de m'expliquer, de m'excuser, mais c'était déjà trop tard, elle m'avait complètement zappé. Elle n'a pas écouté le moindre mot de ce que j'ai dit. Je suis salement inquiet pour elle. »

Il avait supposé que Cath était au courant pour le bébé, qu'Alice le lui avait dit. C'était ça, ou alors il était tellement anxieux qu'il n'avait même pas réfléchi à la question.

« Est-ce qu'elle pourrait être chez sa mère, par exemple ?

– Sérieusement, je ne crois pas. Sa mère a mis le turbo depuis qu'Alice est tombée malade, et Alice, ça la rend folle. Je ne veux pas appeler là-bas à moins d'y être absolument obligé. Ally me tuerait. » Il rit, d'un rire froid et sans joie. « Je continue d'espérer qu'elle franchira cette porte. Je deviens fou ici.

– Elle a dit quelque chose avant de partir ? La moindre chose ?

– Qu'elle avait besoin d'air. Mais c'était il y a des heures, ce matin… elle pourrait être n'importe où. Vous ne pouvez pas comprendre. Quand Ally était malade, elle était toujours en train de fuguer comme ça. Elle allait dans les galeries marchandes, les Burger King, des endroits où elle ne se ferait pas remarquer. Elle restait assise là pendant des heures. Parfois, quand je la rattrapais, elle faisait semblant de ne pas me connaître. C'était comme si elle était quelqu'un d'autre, une inconnue qui portait ses vêtements. Il y avait des moments où j'avais réellement peur d'elle, vous savez. Je sentais passer comme un froid sur moi. » Saheed renifla et Cath se demanda s'il pleurait. « Après, quand elle était redevenue normale, elle disait qu'elle ne se souvenait de rien, mais là, je sais qu'elle mentait, elle ne voulait pas en parler, tout simplement. Imaginez un peu qu'elle soit repartie comme ça. Et elle est enceinte. Nom de Dieu ! » Saheed s'était conduit comme un idiot mais ça n'annulait pas le fait qu'il était dans un état second. Cath ressentit un frémissement de sympathie. Elle savait ce qu'il ressentait.

« Elle va bien, dit-elle. Et je le pense. Elle a probablement besoin d'un peu de temps pour elle toute seule, du temps pour réfléchir. Si vous n'avez pas de nouvelles d'elle avant minuit, rappelez-moi. Je vais continuer d'appeler son numéro.

– Moi aussi, tous les deux, alors. » Il était gêné, finalement, de s'être livré si complètement à quelqu'un dont il se méfiait. L'heure écoulée aurait dû les rapprocher, mais elle savait que ce n'était pas le cas, ou alors pas durablement. Qu'est-ce qui la hérissait chez Saheed ? Le fait qu'il existe, ou quelque chose de plus perturbant ? Le fait qu'il lui rappelait – dans cette manière qu'il avait de l'effacer, de lui dénier son existence – un Johnny Craigie ?

Et pas seulement la façon dont il se comportait avec elle, mais aussi sa façon de se comporter avec Alice. Son besoin d'être la seule putain de personne dans sa vie. Après avoir pris congé de Saheed, Cath essaya encore une fois le numéro d'Alice puis se fit un sandwich. Elle avait une faim de loup. Ce sandwich englouti, elle s'en fit un autre, qu'elle mangea également. Elle se versa un verre de chianti. Elle l'avait presque terminé quand l'alerte SMS bipa. Cath bondit pour s'emparer du téléphone, manquant de faire tomber le verre de vin de la table.

Dis à Saheed que moi ça va.

Quelques instants plus tard, un deuxième SMS arriva.

Ça va vraiment. De retour bientôt. T'inquiète pas.

Cath contempla l'affichage pendant une trentaine de secondes puis composa le numéro d'Alice. La messagerie vocale lui répondit.

Elle appela Saheed.

« Je viens d'avoir de ses nouvelles », dit-elle quand il décrocha. Elle lui lut les SMS tout haut au téléphone. « Je pense que nous sommes obligés de lui faire confiance.

– Elle est toujours en colère contre moi. De retour où ça ? »

À Londres, ou sur l'île. Pas moyen de savoir. « Ça n'a pas d'importance, n'est-ce pas ? dit Cath. Au moins nous savons qu'elle va bien.

– Je suppose qu'elle a eu peur que j'appelle les flics si je n'avais plus de nouvelles d'elle. » Il était déjà moins anxieux ; finalement le soulagement inondait son organisme comme une dose de morphine.

« Je vous rappelle s'il y a encore du nouveau.

– Ouais, merci. » Il semblait déjà absent, ses pensées ailleurs. Cath avait servi ses desseins et maintenant il pouvait l'oublier, faire comme si leur conversation n'avait jamais eu lieu. Elle lui dit au revoir et raccrocha. Elle but le fond de son verre de vin, remit ses baskets et sortit. Le ciel commençait à s'assombrir, des tranches de couleur perle sur de la soie gris tourterelle, éclaboussée de taches bleu marine comme un test de Rorschach. Cath eut soudain la certitude que si elle allait maintenant à la maison des Craigie, Alice y serait. Elle reprit le chemin de la colline, progressant avec précaution, comme si la maison elle-même risquait de disparaître si elle faisait trop de bruit. Son cœur bondit – l'espace d'une seconde elle crut qu'elle avait vu juste, qu'il y avait de la lumière à l'une des fenêtres à l'étage. Elle comprit presque immédiatement qu'elle s'était trompée, que c'était simplement la lueur du soleil couchant qui se reflétait sur la vitre.

Elle se demanda où était Alice à présent. Quelque part dans une chambre d'hôtel, sans doute. Il lui vint à l'esprit l'image de Richard Dadd qui avait fui en France après avoir tué son père, accablé par ses propres obsessions, basculant peu à peu dans la folie.

Ça sert à rien de penser à des trucs comme ça. Elle repoussa cette vision. Elle laissa son portable allumé toute la nuit, mais il ne sonna pas.

15

« Eh bien, elle était vraiment comme une enfant, Susan. Même avec deux petits, elle donnait une impression d'impuissance. Non, ce n'est pas ce que je veux dire. » Iris but une gorgée de son thé. « De naïveté. Comme si elle ne comprenait pas le monde dans lequel elle vivait. Je ne veux pas dire qu'elle était stupide – absolument pas – mais trop intelligente pour son propre bien, c'est ce qu'on dit, n'est-ce pas ? Elle était trop intelligente pour lui, c'est tout ce que je sais. Vous pouvez parier que cette brute n'a jamais ouvert un livre de toute sa vie. »

Le salon d'Iris Docherty surplombait Kames Bay, vaste plan d'eau occupé par des voiliers, avec en arrière-plan les collines boisées de la presqu'île de Cowal.

« Cette vue, je ne m'en lasse jamais, dit Iris. Quel que soit le temps. » La pièce elle-même était lumineuse et encombrée. Le tic-tac des horloges, la disposition en empilements denses de toutes sortes de petits objets, reliques et souvenirs, acquisitions fortuites – les résidus accumulés d'une longue vie. Un hibou en porcelaine avec des lunettes de maître d'école et un mortier à pompons, un vénérable transistor Roberts, un bol en porcelaine de Satsuma débordant de cartes postales illustrées et de timbres arrachés. Une aquarelle d'un paysage de montagne avec le minuscule point blanc d'une métairie niché dans le coin inférieur droit. Ce tableau avait peut-être de la valeur, songea Cath, mais elle s'intéressa plutôt aux photos de famille qui se bousculaient sur la cheminée et dans les étagères de l'alcôve. Certaines personnes sur les photos ressemblaient à Iris.

« Les enfants et les petits-enfants de ma sœur, expliqua Iris. Je suis huit fois grand-tante, aux dernières nouvelles. Ils vivent pour la plupart en Angleterre maintenant, sauf la cadette d'Ena, Valentine, qui est à Perth. Elle vient me voir de temps en temps avec la petite Angela. » Iris toucha brièvement l'une des photos, une enfant à la peau foncée avec des tresses noires touffues qui dépassaient de sa tête à angle droit. Cath s'aperçut non sans surprise que la fillette ressemblait plutôt à Alice – Alice telle qu'elle aurait pu être à huit ans. « Drôlement futée, cette petite. Des fois j'ai peur pour elle, vu le monde tel qu'il est.

– Susan était trop intelligente pour son propre bien. Qu'est-ce que vous voulez dire par là ? » dit Cath. Iris lui plaisait, elle commençait à s'en rendre compte. Malgré la différence d'âge, elles auraient pu être des âmes sœurs. Elles étaient toutes les deux des observatrices plutôt que des participantes. Des investigatrices nées.

« Pour certaines femmes, vous savez qu'elles vont s'en sortir, tout simplement. Peu importe si l'homme qu'une telle a épousé s'avère être une brebis galeuse, elle fera sa vie malgré lui, si vous voyez ce que je veux dire. Susan Craigie n'était pas comme ça. Elle cherchait toujours des raisons. Quand on n'arrête pas de chercher des raisons avec un mari comme lui, on finit par y laisser sa santé mentale. Je me souviens qu'une fois Susan m'a demandé si je croyais qu'une maison pouvait être hantée – pas par des fantômes, elle disait qu'elle ne croyait pas aux fantômes – mais par ce qui y était arrivé dans le passé. Par exemple, si les souvenirs de quelqu'un pouvaient avoir une influence sur le futur. Je lui ai dit que le futur était plus souvent déterminé par ce que nous décidions d'en faire, et elle m'a lancé un regard méchant, comme si je lui avais coupé la parole, ce qui était probablement le cas. Plus tard, elle s'est intéressée à la géologie – le quartz, les fossiles et tout le reste. Elle a même apporté une trouvaille pour le musée, une pointe de flèche préhistorique qu'elle avait ramassée sur la plage à St Ninian's Point. Elle vivait dans son propre monde la plupart du temps, c'était son problème. Elle ne pouvait pas voir ce qui allait lui arriver, à elle ou à ses enfants. La fille était différente. Votre amie, je veux dire. C'était une casse-cou, mais c'était une survivante, on le voyait tout de suite. Une pure îlienne. »

Elle replaça sa tasse sur sa soucoupe. « Les recherches, c'est bien beau, mais vous ne pourrez pas la faire revenir.

– J'ai besoin de savoir pourquoi ils sont morts. Pour Shirley. Ça me semble important. » Parce que nous étions amies, songea Cath. Parce que je sais qu'elle ferait la même chose pour moi si les rôles étaient inversés. Cath ne doutait pas qu'Iris ferait de même, s'il s'agissait d'Angela.

« Je n'ai jamais vécu avec un homme, dit Iris. Je n'en ai jamais trouvé un qui en vaille la peine.

– Mais Susan, alors ? Vous croyez qu'il y a une chance qu'elle ait rencontré quelqu'un… quelqu'un pour qui elle aurait songé à quitter son mari ?

– Pourquoi vous me demandez ça ?

– Je ne peux pas m'empêcher de penser qu'il doit y avoir quelque chose là-dessous… une raison. Les gens ne se font pas assassiner comme ça. Enfin, normalement.

– Vous pensez peut-être à ce type, l'archéologue, non ? » dit Iris. Elle était brusquement sur ses gardes. Comme la détentrice d'un secret, penserait Cath plus tard. D'un soupçon qu'elle gardait pour elle depuis de nombreuses années.

« Ce type, il était de Glasgow, poursuivit Iris. Il retapait un de ces mignons cottages à Straad, en bas sur la plage.

Il donnait de temps en temps des conférences au musée, pour le compte des Amis de l'histoire de l'île, sur les Vikings, l'histoire locale, et cætera. Il y a des années que je ne l'ai plus vu. Il doit avoir pris de la bouteille maintenant, j'imagine, il devait avoir environ quarante ans à l'époque. Je me rappelle les avoir vus lui et Susan bavarder ensemble une ou deux fois, et j'avais trouvé ça inhabituel parce que normalement elle était hypertimide. Ce n'est pas grand-chose, je sais, mais j'avais ma petite idée sur lui. Ou plutôt sur eux. »

L'emploi du temps replié dans le journal de Susan, le programme de conférences. Cath éprouva une étrange et vertigineuse impression de disjonction, comme si elle avait tout retourné dans la maison en cherchant un objet pour s'apercevoir qu'il était là sur la table devant elle depuis le début. Le professeur de l'université de Glasgow, celui qui avait parlé des Vikings à sa classe. Serait-ce lui, l'homme que Susan voyait, l'homme du musée ? Cath essaya désespérément de se remémorer son visage, sa voix, la manière dont il était habillé même, mais rien ne lui revint, hormis le lointain souvenir d'un après-midi ennuyeux, d'être inconfortablement assise par terre, d'avoir été distraite par Shirley qui tripotait le tapis.

Hier soir, j'ai vu dans l'escalier
Un petit homme qui n'était pas là

Et les dates coïncidaient aussi, pas vrai ? Et comment !

« Personne n'a jamais dit quoi que ce soit, pour autant » poursuivait Iris. Elle se hissa hors de son fauteuil, grimaçant légèrement sous l'effort, se dirigea vers la fenêtre et s'y posta, les mains sur les hanches, le regard fixé sur l'horizon. « Mais la police a nettement indiqué lors de l'enquête qu'il s'éloignait du terminal des ferries, n'est-ce pas ? Le monstre, je veux dire. Comme s'il avait une furieuse envie de mettre la main sur quelqu'un... Attention, je ne veux pas vous donner l'impression que je sais quelque chose, parce que je ne sais rien. Il y a de fortes chances que vous ayez vu juste et qu'elle voyait quelqu'un. Dieu sait qu'elle aurait eu ses raisons. C'est juste dommage qu'elle n'ait pas eu l'intelligence de couper les ponts complètement.

– Mais ce n'est pas facile, n'est-ce pas, surtout quand on a des enfants. Elle avait toute sa vie ici.

– N'importe qui pouvait voir ce qui allait arriver, avec un homme comme ça, ça se voyait à des kilomètres. Ma grand-mère affirmait qu'on pouvait tous voir l'avenir si on y pensait très fort. Pas en détail, comme sur une photo, mais on en aurait une idée. Je n'ai pas de temps à perdre avec ce genre de bêtises, mais bon... Ma grand-mère est née en 1888. Ça fait réfléchir, n'est-ce pas ? L'Histoire, ce n'est pas seulement ce qu'il y a dans les livres d'histoire, c'est ce dont on se souvient. »

Elles se turent toutes les deux. Cath songea à demander à Iris si elle avait entendu parler de Richard Dadd, mais ce n'était plus le moment. « Merci de m'avoir parlé, dit-elle à la place. Vous m'avez beaucoup aidée. J'espère que ça ne vous a pas contrariée que je vous pose des questions sur toutes ces choses.

– Je suis trop vieille pour être contrariée. Vous reviendrez me voir, n'est-ce pas ?

– Ça me plairait.

– Prenez soin de vous, alors.

– Est-ce que par hasard vous sauriez son nom, à l'archéologue ? demanda Cath en partant.

– Livingstone. Ça, je le sais, parce que les gens plaisantent toujours là-dessus : Dr Livingstone, je présume. Son petit nom, c'était Aaron, je crois. Ou alors Angus. Ils ont sa fiche quelque part. Le musée je veux dire.

– Merci », dit Cath. Elle était consciente de la pulsation insistante du sang dans ses veines, comme un courant électrique dans une étrange machine. Elle se dirigea vers l'arrêt de bus, traversa la route au jugé, sans regarder – habitude dangereuse, qu'elle se reprocherait plus tard, mais dans ces instants après qu'Iris eut prononcé le nom de Livingstone, elle se déplaçait en pilotage automatique. Hier en descendant l'escalier… elle bougea silencieusement les lèvres, ébauchant les mots puis les saisissant comme pour se stabiliser… j'ai rencontré un homme qui n'était pas là.

Seulement il était là, patate ! Il était là tout le temps.

Le bus arriva dix minutes plus tard. La nuit commençait à tomber. L'île est pleine de bruits, songea Cath. C'était dans quelle pièce – *La Tempête* ? Elle était dépassée par l'improbabilité de toutes ces révélations. Angus Livingstone avait été un témoin clé lors de l'enquête, la dernière personne à avoir vu John Craigie vivant. Or ce même Angus Livingstone se trouvait être l'époux de Mary Chant, assassinée vingt ans plus tard à Maryhill – le genre de coïncidence qui ne se rencontre que dans les romans policiers. Le fait qu'il ait pu aussi être l'insaisissable amant de Susan Craigie portait la coïncidence à un niveau quasi terrifiant.

Tu ne cherches pas là où il faut, songea Cath en s'imaginant entendre la voix de Shirley dont les paroles voltigeaient dans sa tête comme des phalènes au crépuscule, comme des fantômes.

Un nom, c'est rien qu'un nom. T'as pas encore de preuves.

Pas de preuves, même pas une photo, juste ce portrait flou affiché sur le site de l'université et récupéré à l'époque par le journal, ce qui ne prouvait rien. Et il y avait encore John Craigie. Iris l'avait traité de monstre. D'autres – les voisins de Johnny – l'avaient décrit comme un danger imminent. Traiter un homme de monstre était une démission, le genre d'explication vers laquelle on se tournait quand on était à court d'idées. Mais c'était rarement toute la vérité, et cela s'appliquait à Craigie : Johnny était une vérité parmi d'autres, un maillon de la chaîne.

Cath aurait aimé parler à Alice, ou même juste savoir avec certitude où elle se trouvait. Son téléphone ne répondait toujours pas et Cath s'aperçut qu'elle avait presque cessé de croire qu'il répondrait un jour. Elle passa une demi-heure à se demander si elle devait lui envoyer encore un mail avant d'expédier finalement un message d'une ligne – j'espère que tu vas bien, dis-moi où tu es – et de se déconnecter pour la nuit avec cette crainte insidieuse et familière que le moindre mot de travers ou la moindre action mal interprétée mette fin à tout. Cath s'était juré de ne plus jamais se permettre de ressentir cela pour qui que ce soit, et voilà qu'elle était précisément dans cette situation. Elle songea à appeler Steve, ce qui était inhabituel, puisqu'elle ne lui téléphonait jamais sauf dans le cadre de son travail. Il était presque onze heures, mais elle savait qu'il allait rarement se coucher avant une heure du matin.

Qu'est-ce qu'elle lui dirait ? Je crois qu'il se pourrait que je sois amoureuse de quelqu'un, mais elle est mariée, et enceinte ? Et, PS, tu sais ce type qui croit aux fées et aux lutins, l'auteur des meurtres ? Ma copine morte semble vouloir me dire que ce n'est pas lui qui a fait le coup.

Ben oui, dirait Steve. Tous les gens de l'île sont fous, les vivants comme les morts, je te l'ai déjà dit. Tu rentres quand ?

Malgré son anxiété à propos d'Alice, Cath se surprit à sourire. Elle et Steve se comprenaient par une sorte d'osmose, un ensemble de règles qui n'avaient pas été fixées mais s'étaient progressivement imposées. Ils se connaissaient à la fois parfaitement et presque pas.

Cath avait mal dormi, se frayant bec et ongles un chemin à travers les couches denses de rêves qui refusaient de s'apaiser. Elle fut réveillée à huit heures et demie par la sonnette de la porte d'entrée. Elle passa un sweat-shirt par-dessus son pantalon de jogging, traversa le couloir et alla ouvrir. C'était Alice.

« J'ai pris le premier ferry. J'aurais dû rentrer hier soir mais le train a eu du retard et en définitive je suis restée à Glasgow. »

Elles s'étreignirent. Alice laissa tomber son sac dans le couloir – un sac différent de celui avec lequel elle était partie, songea Cath, avant de se rendre compte qu'elle ne pouvait pas le savoir puisqu'elle ne l'avait pas vue partir. Cath fit du café et elles s'installèrent sur le sofa, les pieds repliés sous elles. Tout était rentré dans l'ordre instantanément. Incroyable !

« Tu as déjà appelé Saheed ? dit Cath. Il est drôlement inquiet.

– Je lui ai téléphoné hier soir, depuis l'hôtel. Je lui ai dit que j'étais désolée d'avoir flippé et que j'étais en train de retourner sur l'île. Il s'est calmé maintenant… assez pour ne pas sauter dans le premier train pour Glasgow en tout cas. » Elle appuya sa tête contre les coussins du sofa. « Il est bizarre, cet appart.

– Bizarre, comment ça ? » Alice n'était encore jamais venue à Argyle Terrace et Cath venait de s'en rendre compte. Elle essaya de ne pas surinterpréter le fait qu'Alice ait appelé Saheed en premier et pas elle. Elle était obligée, supposa-t-elle. Saheed n'avait pas appelé Cath non plus, mais bon, il n'était pas obligé.

« Je ne sais pas. Peut-être que tous les apparts en location sont bizarres.

– Où tu étais ? Avant-hier soir, je veux dire.

– En Angleterre. À Carlisle. J'ai compris que j'arriverais trop tard pour retourner sur l'île, alors j'ai réservé une chambre sur Internet et je suis carrément descendue du train. J'ai pris un repas au restaurant de l'hôtel, ensuite je suis allée voir un film, et puis j'ai flâné un peu, j'ai pris un verre dans un pub. C'était étrange de penser que personne ne savait où j'étais. Incroyable, en fait. Je sais que j'aurais dû t'appeler, mais j'étais tellement soulagée de ne pas avoir à expliquer quoi que ce soit à qui que ce soit.

– Je suis allée voir chez toi. Saheed pensait que tu reviendrais ici. Il avait terriblement peur que tu croies qu'il ne voulait pas du bébé. »

C'était le moment ou jamais de tout lui dire – qu'elle avait trouvé la clé sous le pot de fleur, qu'elle était entrée. Mais Cath sut qu'elle se dégonflerait à peine l'idée lui en était-elle venue à l'esprit. Alice était revenue, c'était l'essentiel. Inutile de compliquer la situation.

« Il l'a dit. Hier soir, je veux dire. Je lui ai dit que c'était normal qu'il réagisse comme il l'a fait, que tout allait bien. Je savais qu'il ne le pensait pas.

– Mais toi, ça va vraiment ? »

Alice lui jeta un coup d'œil, rapide comme un oiseau, puis se concentra sur sa tasse. Ses cheveux étaient retenus par un bandana bleu et son odeur corporelle était perceptible, à croire qu'elle avait quitté l'hôtel de Glasgow sans prendre la peine de se doucher.

« Saheed veut que je rentre à Londres. Tout de suite, et pour de bon, je veux dire. Moi, je ne sais pas ce que je veux. » Elle se tourna pour regarder le mur du crime, comme si elle le remarquait pour la première fois. « On se croirait dans une série policière, ici.

– N'empêche que ça marche. J'ai découvert que c'est le meilleur moyen de présenter les preuves.

– Les preuves. » Alice ferma les yeux. « La connaissance des faits ne résout pas toujours un problème. Ça ne me plaît pas, mais c'est vrai. » Elle semblait préoccupée et surtout très fatiguée. « J'ai pensé à Ezra, le garçon avec qui j'étais dans ce camp d'été de maths. Je n'arrête pas de penser à quel point il était vulnérable, à quel point il avait besoin de moi. Et moi qui étais tellement absorbée par mes propres affaires que je l'ai carrément abandonné. Je ne sais pas où il est maintenant, ni même s'il est encore en vie. Il a dû traverser l'enfer. » Elle reprit sa respiration. « Et si je faisais encore une dépression ? Il ne s'agit plus seulement de ma petite personne, maintenant, pas vrai ? Si j'ai été capable de faire ça à Ezra, comment je suis censée faire pour m'occuper d'un bébé ?

– Mais tu n'étais pas responsable d'Ezra, dit Cath. Tu n'étais qu'une enfant. C'est comme moi et Shirley. » Elle prit la main d'Alice et la serra. Alice étreignit sa main et ne lâcha pas prise. Cath sentit son cœur se dilater dans sa poitrine dans une grande pulsation rouge, s'ouvrant et se refermant doucement comme un gant de velours. « Tu vas t'en tirer, tout ira bien. Tu as besoin de temps pour toi, c'est tout. Tu vas bientôt te sentir mieux maintenant que tu es de retour sur l'île.

– Je sais que tu as raison. » Alice bâilla. « Mon Dieu, je suis crevée. Il faudrait que je rentre.

– Tu peux rester ici si tu veux. »

Alice secoua la tête. « Il faut que je me remette en train. Que je prenne une douche, pour commencer. Je t'appellerai plus tard. »

Lorsque Cath lui proposa de l'accompagner, Alice répondit que ce n'était pas nécessaire. Après son départ, Cath repensa à leur conversation, à la comparaison qu'elle avait faite entre sa propre relation avec Shirley et la culpabilité qu'Alice semblait entretenir à propos d'Ezra.

On était que des mômes.

Oui, c'est vrai. Et alors ?

En somme tu dis que j'aurais pu en faire plus ? En quoi, exactement ?

Cath attendit une réponse, qui ne vint pas, juste une pression silencieuse, inflexible, dans sa tête – toute la réponse dont elle avait besoin, la seule possible. Comme le disait Alice, la connaissance des faits n'aidait pas toujours à résoudre un problème, tout comme savoir avec certitude qui avait tué Shirley ne pourrait effacer sa douleur de l'avoir perdue, de soupçonner au tréfonds de son cœur qu'elle avait laissé tomber son amie.

La connaissance était quelque chose, mais elle n'était pas tout et ne pourrait jamais l'être.

Mabel Konig

Mabel Konig (12 avril 1954-11 novembre 1989) est une linguiste et philosophe britannique. Initialement formée comme journaliste, Mabel Konig s'intéresse ensuite aux systèmes linguistiques codifiés qu'elle pensait incarnés dans la géométrie architecturale du Moyen-Orient et de l'Islam, comme les pavages girih. Après avoir suivi un temps l'enseignement du mathématicien Matthew Lord, elle commence à développer son interprétation personnelle de la théorie des mondes multiples en physique quantique proposée par Hugh Everett, dans laquelle des langages codifiés fonctionnent comme une méthode d'exploration des états parallèles de la réalité. Son essai de 1984 « Les fées dans la dimension quantique : la cosmologie de l'impossible » connaît brièvement le statut d'ouvrage culte auprès d'une nouvelle génération d'artistes et de théoriciens du langage, bien que son œuvre ait été largement rejetée par les physiciens comme étant philosophique plutôt que scientifique.

Contenu

6. Héritage
7. Les fées dans la dimension quantique

Jeunesse et formation

Mabel Konig est née à Croydon, dans le Surrey. Ses parents étaient Miriam Konig, médecin de famille, et Frank Konig, comptable agréé. Elle fréquente l'école primaire locale puis l'Addiscombe High School for Girls, où elle manifeste une aptitude pour les langues et exprime sa volonté de travailler pour les Nations Unies. Elle termine ses études supérieures à l'University College de Londres, où elle obtient une licence (mention Bien) en politique et philosophie, avec l'arabe et l'espagnol comme modules supplémentaires.

Égypte et Syrie

Une fois diplômée de l'UCL, Mabel Konig obtient un poste de rédactrice d'articles spécialisés pour le journal anglophone *The Egyptian Gazette* basé à Alexandrie. C'est en faisant des recherches pour un article sur le mathématicien persan Muhammad Al-Khwârizmî et les origines de l'astronomie arabe qu'elle est fascinée pour la première fois par la transition vers le symbolisme au sein de l'algèbre et par le concept des mathématiques en tant que langage codifié. Dans un essai ultérieur sur son séjour au Moyen-Orient, elle écrira :

« C'étaient des concepts entièrement nouveaux pour moi et mes progrès étaient lents. En tant qu'étudiante, je n'avais fait preuve que de capacités moyennes en mathématiques et je n'aurais jamais envisagé d'étudier cette matière à un niveau supérieur. Je trouvai une immense satisfaction dans l'étude des langues, dans l'acquisition de nouveaux vocabulaires, mais il ne me serait jamais venu à l'esprit à l'époque que les mathématiques soient elles-mêmes un langage, une langue qu'on pouvait apprendre et "parler" comme une autre, c'est-à-dire à travers l'analyse et l'interprétation de symboles codifiés. Cette prise de conscience fut comme une porte qui s'ouvrait. Je compris finalement que mon étude des langues modernes n'avait été qu'une préparation à ce qui allait devenir la principale passion de ma vie, de la même manière que se tenir sous un porche ou dans une antichambre pouvait par association suggérer l'entrée dans la salle de banquet décorée d'un somptueux château. »[1]

The Egyptian Gazette a financé un certain nombre de voyages de recherche de Mabel Konig, à la fois en Égypte et au-delà, vers d'autres sites historiques et culturels importants en Iran et en Syrie. Ses visites des mosquées du Caire et de Damas, en particulier, éveillent son intérêt pour les pavages girih, préoccupation qui a jeté les bases des théories exprimées dans sa série d'essais sur le langage codifié. Les motifs girih sont une forme d'ornements noués curvilignes abondamment représentée dans l'art et l'architecture islamiques du IXe au XVIe siècle. Des exemples ultérieurs de motifs girih montrent des niveaux de complexité géométrique, comprenant entre autres des conceptions à plusieurs niveaux et apériodiques créées à partir de pavages girih, ensemble de cinq formes de carreaux polygonaux eux-mêmes subdivisés par des ensembles de lignes droites qui se relient pour former des motifs encore plus élaborés à mesure que le pavage est mis en place.

À la fin du XXe siècle, l'analyse a révélé les similitudes et les parallèles entre les motifs girih, les algorithmes fractals et ce qu'on appelle les quasi-cristaux, dont la structure est stable bien qu'il lui manque l'espacement uniforme des atomes qu'on trouve dans les cristaux normaux. La principale caractéristique de cette forme avancée de motifs girih est que, contrairement aux motifs géométriques traditionnels, elle n'obtient pas ses effets par une répétition exacte. Mabel Konig a jugé les irrégularités inhérentes qui sont au cœur de la conception des motifs girih passionnantes et profondes sur le plan philosophique, suggérant une connaissance des mathématiques supérieures « câblée » en tant qu'universel dans les systèmes organiques et existant au-delà de la conscience individuelle.

En 2007, le physicien de Harvard Peter Lu a formellement lié les propriétés non répétitives des motifs girih aux pavages de Penrose développés par Roger Penrose à Oxford dans les années 1970.[2] La découverte de Lu a été capitale dans l'identification de modèles quasi-cristallins créés au Moyen-Orient cinq cents ans avant que de telles structures soient reconnues ou comprises en Occident. Les spécialistes des travaux de Mabel Konig insistent sur le fait que sa propre découverte du phénomène est antérieure de deux décennies à celle de Lu.[3] Pareilles affirmations ont été rejetées par la communauté scientifique comme étant non prouvées, en raison de la méthodologie chaotique de Mabel Konig et de l'absence d'examen par les pairs.[4]

Retour en Angleterre

Après avoir parcouru le Moyen-Orient pendant cinq ans, Mabel Konig retourne en Angleterre en 1976, où elle s'installe dans un studio au sous-sol de la maison familiale. À l'époque, elle est manifestement en mauvaise condition physique et ses parents insistent pour qu'elle consulte un médecin. On lui diagnostique un état d'épuisement et on lui conseille de se reposer. Les mois suivants montrent une amélioration significative de sa santé et, au printemps de l'année suivante, elle déclare son intention d'abandonner le journalisme et de reprendre des études supérieures. Elle s'inscrit à un cours de troisième cycle en philosophie de la linguistique au Queen Mary College de Londres.

C'est à cette époque qu'elle commence sa correspondance avec Matthew Lord, un mathématicien de Cambridge qui avait récemment donné une série de conférences publiques sur la géométrie dans la nature et le nombre d'or. Mabel Konig a abordé Lord après une conférence au cinéma Renoir à Londres. Plus tard, il la jugera comme très intelligente mais avec de grandes lacunes dans ses connaissances en mathématiques. Il trouve beaucoup de choses à admirer dans ses essais en tant que constructions écrites, tout en restant sceptique quant à une grande partie de leur contenu.[5]

Disparition

Au printemps 1980, Mabel Konig rompt sa relation avec Matthew Lord. C'est à cette époque que Miriam Konig commence à remarquer des changements substantiels dans le comportement de sa fille – « une tendance maniaque » dans sa façon de parler et d'agir.[6] Les deux parents soupçonnent alors que la décision de rompre avec Lord n'a pas été réciproque comme le prétend leur fille, et qu'elle a du mal à se remettre de la fin de la relation.

En mars 1981, Mabel Konig disparaît de son domicile durant une période inexpliquée de trois jours. Ses parents ne s'aperçoivent pas immédiatement qu'elle a disparu : Mabel leur a dit qu'elle passait la nuit chez une amie étudiante. Ce n'est que lorsqu'elle ne revient pas, et qu'un appel téléphonique à l'amie révèle qu'elle n'est jamais allée chez elle, qu'ils commencent à éprouver une certaine inquiétude. Lorsqu'une deuxième nuit s'est écoulée et que Mabel n'est toujours pas revenue, ils appellent la police, mentionnant comme motif de leur inquiétude les problèmes de santé mentale répétés de leur fille. Une recherche en règle a été lancée lorsque Mabel revient, marchant calmement jusqu'à la porte d'entrée et entrant dans la maison avec sa propre clé.

Un examen médical ne révèle aucun signe d'agression physique ou sexuelle et, hormis une légère déshydratation, Mabel est déclarée en bonne santé. Interrogée sur son absence, elle refuse de répondre.

Décès

Dans les années qui ont suivi sa disparition, Konig se retire presque entièrement des interactions sociales, préférant passer du temps seule dans son studio, à lire ou à travailler. Elle souffre de plus en plus de ce que son père Frank appelle des périodes de vide – des jours pendant lesquels elle ne parle ni ne communique, ou ne semble même pas consciente de la présence d'autres personnes.[7]

Mabel Konig meurt en novembre 1989 à l'âge de trente-cinq ans. La cause du décès a été certifiée comme étant une anorexie mentale, bien que cela ait été contesté par la suite.[8] En dépit du fait qu'il n'y a pas eu le moindre déclin vérifiable de sa fonction cognitive, un médecin consulté à propos de son cas a estimé qu'elle souffrait d'une maladie dégénérative du cerveau similaire à la MCJ.[9]

Héritage

Au lendemain de la mort de Mabel Konig, des centaines de pages manuscrites ont été récupérées dans sa chambre, y compris le texte intégral de « Fées dans la dimension quantique » et une partie substantielle du brouillon d'un ouvrage sur l'histoire et le symbolisme des pavages girih. Un certain nombre de ses amis et collègues du Queen Mary College se sont réunis pour collecter des fonds en vue de la publication d'un recueil de ses essais.[10] La première édition a été rapidement épuisée et l'ouvrage est resté rare jusqu'à ce qu'une publication ultérieure, au format électronique, rende l'œuvre de Mabel Konig plus largement disponible.

« Les fées dans la dimension quantique »

Dans son essai le plus connu, Mabel Konig postule que la réalité quotidienne observable n'est qu'une variante possible de ce qu'elle appelle la réalité personnellement vérifiable, et que certaines croyances folkloriques, par exemple la croyance en des êtres surnaturels tels que les elfes et les fées, peuvent être attribuées à une perception intellectuelle enrichie, synesthésique ou supérieure chez ceux qui les professent. Elle cite le « câblage » de concepts mathématiques avancés dans la matière même de l'univers connu comme preuve de la possibilité de domaines quantiques constituant toutes les variantes possibles de la réalité empirique. Son argument selon lequel le développement de la géométrie fractale avancée au Moyen-Orient, des siècles avant que les mêmes systèmes soient compris en Occident, suggère la théorie d'une « fausse route » de l'hégémonie culturelle, a été largement contesté.[11]

Dans cet essai, Mabel Konig a écrit assez longuement sur l'artiste et parricide britannique du XIXe siècle Richard Dadd, victime d'une dépression psychotique lors d'un voyage au Moyen-Orient et dont les dessins et aquarelles représentant des fées et autres êtres mythologiques, peints à l'hôpital de Bethlem et plus tard à Broadmoor, manifestent une complexité obsessionnelle et une intensité – vues par elle comme la détermination dans la poursuite d'un objectif – qui rappellent les systèmes linguistiques codifiés dont elle affirmait l'existence dans les motifs girih.

Dans sa fascination irrégulièrement répétée et sans fin pour le royaume des êtres féeriques, Dadd nous tire par la manche, nous implorant de reconnaître qu'il n'est pas fou, de voir ce qui est là devant nous si seulement nous pouvions nous résoudre à le remarquer. Comme dans les plans et les espaces fracturés d'un test chromatique d'Ishihara, observer une réalité alternative serait fonction de savoir non seulement où regarder, mais comment. Les imperceptions de la majorité d'aujourd'hui pourraient-elles être considérées par les générations futures comme un analogue psychologique du daltonisme ? L'œuvre de Richard Dadd semble suggérer que cela est tout à fait possible.[12]

Après le décès de Mabel Konig, Miriam et Frank Konig ont fait une donation au Queen Mary College pour la création d'une bourse commémorative portant le nom de leur fille. Le prix Mabel Konig est décerné chaque année à un étudiant qui fait preuve d'une pensée originale ou visionnaire dans le domaine de la linguistique. Parmi les récipiendaires notables à ce jour figurent la cryptographe Mariya Okonkwo et le mathématicien Ezra Goldacre.[13]

Références

[1] « To See the World in a Grain of Sand », Mabel Konig ©1986, in *Fairies in the Quantum Dimension and Other Essays*, Blueprint Press, 1995.

[2] « Islamic Tiles Reveal Sophisticated Maths », Peter Ball, *Nature,* février 2007.

[3] « The Tortoise and the Hare », Margarethe Geisler, *Die Schwelle,* mars 2009.

[4] « Not Proven », Paul Stack, *Portal,* juin 2011.

[5] Ch. 3 (Matthew Lord) in *Music of the Primes : tomorrow's mathematicians today,* ed. Julie Beynes, Backgammon Publishing, 2004.

[6] « Tragic death of Croydon Sybil declared natural causes », *London Evening Standard*, 14 décembre 1989 – consulté en septembre 2011.

[7] ibid.

[8] « Tragic mathematician "could have been CJD victim" claims doctor », *London Evening Standard*, 20 mars 1990 – consulté en septembre 2011.

[9] ibid.

[10] *Fairies in the Quantum Dimension and Other Essays*, Mabel Konig with Valerie Josephs & Kaden Josephs (eds.), Blueprint Press, 1995.

[11] « Suspicious Minds : a wrong road not taken », Melvyn Jacks in *How the West was Lost,* ed. Piers Novotny, Far to Go Books, 2011.

[12] « Fairies in the Quantum Dimension : the cosmology of the impossible », Mabel Konig in *Fairies in the Quantum Dimension and Other Essays,* Blueprint Press, 1995.

[13] « Check Mate : chess prodigy wins university prize », *Evening Argus*, juillet 2009.

Voir aussi

Grand Dessein (Théorie du)

Art brut

Géométrie apocryphe

16

Cath avait de plus en plus l'impression que Shirley essayait de lui parler à travers ses photographies.

Tout ça, c'est des preuves. Si tu peux pas voir ce qu'il y a sous ton nez c'est que tu le regardes pas comme il faut.

Ses photos de la maison de Mary Chant à Maryhill parlaient toutes de l'absence, de la lumière grise et fade qui s'insinue une fois que la signification d'un objet ou d'un lieu a été lessivée. Était-ce Ronnie Mackintosh qui était absent de la scène de crime, ou Angus Livingstone ? Ce nom, l'invisibilité d'Angus – dans la couverture médiatique comme dans les archives photographiques – assiégeaient l'esprit de Cath. Pourquoi personne ne parlait-il de lui alors qu'il semblait être partout ? Dans l'enquête, sur l'île, dans la ville.

Si t'as les fringues qu'il faut, tu t'intègres impec.

Qu'est-ce que c'est censé vouloir dire ?

Qu'il y a des gens qui sont doués pour ça. Pour être personne.

Les photos qu'elle avait prises depuis son retour sur l'île étaient presque à l'opposé : saturées de mémoire, d'allégorie, de présence. De ce qu'Adam Fairlie appelait le contexte, terme à la con peut-être, mais qui semblait s'appliquer dans le cas présent, Cath était obligée de l'admettre.

Chez Zavaroni, par exemple : Shirley debout devant le comptoir, le dos à la vitrine, le trottoir inondé de soleil, le claquement sonore des talons hauts sur l'asphalte brûlant. Cath avait photographié le glacier chaque jour pendant une semaine, à la même heure et sous le même angle. Comme si elle était en repérage, finalement. Il s'agissait d'observer quelque chose pour le connaître – le connaître assez bien pour détecter le moindre changement dès qu'il apparaîtrait.

Espaces vides, stores baissés, tables et chaises disposées sur le trottoir puis rentrées à l'intérieur. Cath se souvint d'une conversation qu'elle avait eue avec Steve une fois au pub après le travail. Il lui avait parlé du temps où il était môme. Un jour qu'il allait au parc avec sa grand-mère, elle l'avait brusquement pris par la main et l'avait emmené de force dans un quartier délabré de Glasgow, pour lui montrer des rues, des taudis et des enfilades de boutiques… qui n'étaient même pas là.

« Elle n'arrêtait pas de dire qu'elle voulait que je me souvienne. Elle ne pouvait plus marcher sur de longues distances, rapport à son arthrite, encore moins dans les montées, et elle soufflait comme si elle allait éclater. Elle pleurait aussi, et grand-mère ne pleurait jamais, en tout cas elle n'avait jamais pleuré devant moi. Elle m'a dit qu'ils avaient pris son monde et qu'ils l'avaient aplati au bulldozer. Une fois que c'est oublié, c'est parti pour de bon, disait grand-mère, et après ils nous disent qu'on est fous rien que d'en parler. Justement, il y a quelque temps, j'ai acheté sur Internet une vieille édition du *Plan-Guide A-Z* de Glasgow, et j'ai vu qu'elle avait raison, grand-mère, que ces rues avaient vraiment existé. Je le savais déjà, plus ou moins, mais les voir sur le plan a rendu tout ça réel. »

« Parle-moi de toi et Shirley, dit Alice plus tard. Sérieusement, je veux dire. Tu l'aimais ?

– On avait quinze ans, dit Cath. C'était ma meilleure amie. »

Cath passa la majeure partie d'une matinée à photographier la maison de poupée.

« Il y a une pièce à l'arrière qui n'a pas d'entrée, dit Alice. Tu le savais ?

– De quoi tu parles ?

– Regarde, ici. »

Alice lui montra la fenêtre du premier étage qui donnait sur le débarras, petite pièce carrée, non meublée à part un coffre à couvertures et une chaise de salle à manger orpheline. La porte était fermée, un unique cintre en fil de fer était accroché à une patère au dos.

« Il y a une porte, dit Cath en scrutant l'intérieur. Elle a toujours été là.

– Oui, mais regarde, cette porte ne donne pas sur le palier. Il y a une autre pièce devant, une des chambres. On la voit par cette fenêtre. »

Elle voulait dire la fenêtre perpendiculaire à celle du débarras, la fenêtre de la chambre en forme de L avec le papier peint rose. Il y avait une armoire à deux battants dans la chambre rose. Elle était dans l'alcôve, juste devant l'endroit ou devait se trouver la porte ouvrant sur le débarras.

Pourquoi Cath ne l'avait-elle jamais remarqué ? Pourquoi mettre une armoire devant une porte ?

Pour empêcher quelqu'un de s'enfuir. Qu'est-ce que tu crois ?

Shirley avait-elle connu depuis toujours l'existence de cette pièce condamnée ? Cath supposa que oui. Ce débarras, qu'elle avait trouvé mignon au début, était devenu un lieu sinistre et privé d'air.

« Et ce n'est pas le seul truc de ce genre, dit Alice. J'ai fait mon tour du propriétaire. L'escalier de derrière sort au mauvais endroit, pour commencer. C'est une erreur délibérée, comme dans les boîtes casse-tête. Il y a deux ou trois ans, Saheed m'avait offert pour Noël un livre sur les boîtes casse-tête chinoises. Elles comportent toutes sortes d'erreurs délibérées – des faux murs, des faux tiroirs, ce genre de pièges. Plus l'artisan est habile, plus les erreurs sont bizarres, plus on a de mal à les détecter – un peu comme ces œufs de Pâques dans les jeux vidéo avec des fonctions spéciales. Certaines des boîtes les plus complexes sont d'une valeur inestimable, paraît-il.

– Mais pourquoi ? Pourquoi investir tant d'efforts pour créer quelque chose qui risque de n'être jamais remarqué ?

– La géométrie étrange, dit Alice. Il existe toute une catégorie de la géométrie apocryphe qui s'intéresse à la manière dont l'espace peut être forcé à contenir d'autres espaces qui ne sont pas strictement possibles – bref, qui n'existent pas, si l'on s'en tient à la géométrie euclidienne. Ce n'est pas vraiment mon truc, mais c'est dans cette direction qu'œuvraient certains fabricants de boîtes casse-tête. Je me suis documentée. Tu connais M.C. Escher ?

– L'artiste ? »

Alice hocha la tête. « Escher était obsédé par les figures impossibles – des structures géométriques qui peuvent se représenter sous forme de graphiques en deux dimensions mais ne peuvent pas réellement exister en trois dimensions. Tu te souviens de ses scènes de rue qui sont aussi des natures mortes ? Ou des escaliers qui montent et descendent dans une boucle continue ? Sa principale inspiration venait de l'art islamique, les configurations de pavages qu'il avait vues au palais de l'Alhambra en Espagne dans les années 1920. La géométrie étrange est comme les lithographies d'Escher, extrapolées dans l'espace tridimensionnel – des choses qui ne devraient pas encore exister mais qui existent d'une manière ou d'une autre. Comme la maison de poupée de John Craigie. Je me demande s'il s'en rendait compte.

– Comme l'escalier de Penrose ? dit brusquement Cath.

– Ce serait un bon exemple, en effet. » Alice était surprise. « Tu connais l'escalier de Penrose ?

– Pas vraiment. J'en ai entendu parler quelque part, peut-être dans un magazine. Je ne m'en souviens plus. Sauf qu'Escher et Penrose se connaissaient. Qu'ils avaient collaboré. »

Cath songeait aux schémas qu'elle avait vus juste avant de feuilleter l'article de Mabel Konig le soir où elle était entrée dans la maison d'Alice avec la clé cachée. Mais ça, elle ne pouvait pas l'avouer à Alice. « Tu ne crois pas que ces anomalies dans la maison de poupée pourraient être de simples erreurs ? » ajouta-t-elle pour essayer de masquer son intérêt. Il y avait des sujets qui sortaient du domaine d'expertise de Cath – enfin, c'est ainsi qu'Alice verrait les choses. Roger Penrose et son escalier infini en faisaient probablement partie.

« C'est impossible de faire ce genre de trucs par erreur, c'est trop compliqué. Et rien dans cette maison n'a été fait par accident, ça se voit tout de suite, non ? C'est comme une maison idéale, le genre de maison qu'un enfant pourrait dessiner. La meilleure des maisons possibles dans le meilleur des mondes possibles. » Alice rit. « Pas très rassurant, quand même. La perfection a de quoi faire peur. Pense au *Mystère Stepford.* »

Abigail Mercer avait mentionné *Le Mystère Stepford*, se rappela Cath. Une communauté modèle, peuplée de poupées – des femmes robots. Lorsque Cath revint voir Alice quelques jours plus tard, elle la trouva assise à la table du séjour devant la maison de poupée. La maison avait été entièrement vidée de son contenu. Tous les meubles étaient alignés à côté d'elle sur la table.

« Qu'est-ce que tu es en train de faire ? » dit Cath. La vue de la maison vide lui donnait presque la nausée. C'était comme si la maison avait été attaquée, saccagée par des envahisseurs sortis d'un film d'horreur, et que la famille qui l'habitait en avait été bannie pour toujours.

« Rien. Je regarde, c'est tout. » Alice montra à Cath l'inventaire, consigné dans un carnet à spirale, où chaque accessoire et chaque meuble avait reçu un nom et un numéro. Une fois le mobilier évacué, on commençait à voir l'âge de la maison, comme si elle avait été habitée. Le papier peint dans le couloir avait été déchiré à un endroit puis recollé, la peinture était écaillée, les couleurs des rideaux commençaient à pâlir. Alice avait retiré l'armoire de la chambre rose avec le reste : ce qui ressemblait à une porte à l'intérieur du débarras était en réalité un trompe-l'œil, un morceau de bois poncé et verni pour ressembler à une porte mais fait pour ne jamais s'ouvrir. La porte du débarras était une erreur délibérée, comme l'avait dit Alice.

« Pourquoi faire un truc pareil ? » dit Cath. L'idée lui paraissait toujours totalement saugrenue. Alice cala son menton sur ses mains et pinça les lèvres. Elle semblait distraite, pas vraiment là. Un instant plus tard, elle se leva d'un bond et serra Cath dans ses bras.

« Allons nous promener », dit-elle.

La maison de Westland Road changeait de nature et devenait celle d'Alice. Ses affaires étaient partout : des livres en petites piles à côté du sofa, des vêtements jetés négligemment sur le dossier d'une chaise ; un ensemble de torchons imprimés d'équations mathématiques qui séchaient sur l'étendoir du poêle, un bouquet d'asters en désordre dans une cruche en terre sur la table de la cuisine. Alice était allée au centre médical et avait réservé pour le scan de la douzième semaine. Elle commençait à parler du bébé comme d'un fait accompli.

« Saheed sera là pour le scan ? » demanda Cath. Elle fut bizarrement soulagée quand Alice dit oui. « Tu manges correctement, au moins ? » ajouta-t-elle.

Alice rit. Quand elle s'était levée, elle avait chancelé légèrement, déjà plus lourde, même si rien n'était encore visible.

« Déconne pas, dit-elle. J'arrête pas. »

17

Sur le mur du crime, Cath dessina un épais cercle rouge autour du nom d'Angus Livingstone, d'un rapide trait au feutre, plein d'assurance, qui négligeait opportunément l'absence de toute preuve concrète. N'empêche qu'elle était certaine qu'Angus Livingstone était la pièce manquante du puzzle : il était non seulement l'amant de Susan, mais peut-être aussi son assassin, l'homme qui avait fait dérailler John Craigie et l'avait expédié dans le mur. Le jour du crime, Angus Livingstone s'éloignait de Straad, et c'est pour cela, raisonnait Cath, qu'il avait failli percuter le pick-up de John Craigie qui fonçait en sens inverse sur l'A844.

Cath avait donc une nouvelle hypothèse, que les enquêteurs n'avaient jamais envisagée, bien évidemment, puisqu'ils n'étaient pas au courant du lien entre Livingstone et Susan Craigie. Pour la police, Livingstone n'était personne, rien qu'un témoin innocent. Et s'il avait commis le triple meurtre, puis était retourné en hâte à son cottage pour faire un indispensable brin de toilette? Il aurait voulu ensuite repartir le plus vite possible, pour retourner ni vu ni connu sur le continent.

Voilà pourquoi il roulait en direction du terminal des ferries. Et Johnny roulait dans l'autre sens. À la recherche de Livingstone, Cath en était presque certaine. Et si Johnny l'avait reconnu, avait perdu sa concentration, était sorti de la route ? Elle se souvint de l'hypothèse initiale – à savoir que Johnny avait vu quelque chose sur ou au bord de la route qui l'avait tellement choqué qu'il avait perdu le contrôle de son véhicule, bref que sa mort avait été accidentelle, en définitive. L'examen par la police scientifique des traces de pneus montrait que la Ford Granada de Livingstone ne s'était pas arrêtée avant d'avoir dépassé le point exact où le pick-up de Craigie était sorti de la route. Pour sa défense, Livingstone avait affirmé qu'il n'avait pas eu le temps de faire autrement, explication acceptée sans réserve, même s'il pouvait y en avoir d'autres si on voulait bien les chercher.

Cath voulait retourner à Straad, surtout pour essayer de retrouver la maison de Livingstone, mais elle hésitait à demander à Alice de l'y emmener en voiture, donc de l'impliquer dans ses recherches, ce qui pourrait s'avérer être une erreur.

Alice semblait avoir perdu tout intérêt pour la rénovation de la maison Craigie. La plupart du temps, elle lisait des ouvrages sur les mathématiciens du passé. Cath était venue un après-midi et l'avait trouvée endormie sur sa chaise, le nez sur la table. Cath l'avait appelée par son nom, doucement au début, puis plus fort, mais elle semblait être profondément inconsciente. Lorsque Cath la secoua par l'épaule, elle finit par se réveiller mais parut ne pas la reconnaître.

« Tu avais dit que tu m'écrirais, dit-elle. Tu l'avais promis.

– Alice, c'est Cath. Qu'est-ce qui se passe ? »

Alice la regarda fixement pendant quelques secondes, les yeux écarquillés. Puis elle se détendit, redevint normale.

« Mon Dieu, je suis désolée. Je suis tellement fatiguée, ces jours-ci. Je n'arrive pas à me concentrer sur quoi que ce soit plus de cinq minutes. »

« Saheed arrive quand ? » lui demanda Cath plus tard. C'était la semaine avant le scan de la douzième semaine. Saheed prendrait son lundi pour pouvoir être là.

« Je ne suis pas sûre. Demain ?

– Comment ça, tu n'es pas sûre ?

– Non, c'est bien demain. Demain, c'est vendredi. » Alice rit. « Je perds la notion du temps, on dirait. » Une seconde plus tard, elle interrogeait Cath sur le carnet de Susan – elle voulait savoir si finalement il contenait quoi que ce soit d'intéressant.

« Des listes, surtout, lui dit Cath. Les rois et les reines, les fleurs sauvages. Comme dans un cahier d'écolier. » Elle avait déjà décidé qu'elle ne parlerait pas à Alice des autres choses qu'elle avait trouvées cachées dans le carnet – le programme des conférences, le bizarre petit poème. Cath était préoccupée par l'état d'esprit d'Alice, suffisamment pour être persuadée qu'il valait mieux la tenir à l'écart de certains sujets.

Comme Richard Dadd, tu veux dire ?

Comme ce qui lui est arrivé, plutôt.

« Pourquoi elle faisait ça, à ton avis ?

– Je ne sais pas. Pour se rappeler les choses qui l'intéressaient ? Pour mettre un peu d'ordre dans sa vie ? Mais je pense savoir maintenant qui était son amant, ajouta-t-elle. C'est Iris Docherty qui m'a mise sur la voie – la femme qui travaille au musée. Elle a dit que c'était un professeur de l'université de Glasgow qui venait faire des conférences. Lui et Susan étaient souvent ensemble, apparemment. » Elle parla à Alice d'Angus Livingstone en prenant soin de ne pas mentionner l'enquête officielle, ses propres hypothèses sur l'accident de Johnny, l'affaire Mary Chant. « C'est forcément lui, tu ne crois pas ? Le seul problème, c'est que je n'arrive pas à déterminer où il est allé après la mort de Susan, ni ce qu'il est devenu. Il semble qu'il n'existe pas de photos de lui, en plus.

– Tu as essayé de contacter l'université ?
– Quoi ?
– L'université de Glasgow. S'il a enseigné là-bas, ils devraient avoir des archives, même s'il a pris sa retraite. Même s'il est mort. » Elle était soudain beaucoup plus alerte, redevenant l'Alice qu'elle connaissait. « Tu pourrais te faire passer pour une de ses anciennes étudiantes.
– Inventer quelque chose, c'est ce que tu veux dire ? »
Invente quelque chose, évidemment. T'as des scrupules, maintenant ? Et ça se prend pour une détective !
Alice fit mine de grimacer. « Je n'aime pas vos méthodes, inspecteur Morse.
– Putain, ça fait peur. »
Elles se mirent à rire toutes les deux. Puis Alice se pencha brusquement en avant et embrassa Cath sur le coin de la bouche. Le baiser d'une sœur, pensa Cath, mais son cœur battait à tout rompre. Elle ferma les yeux, se demandant ce qui se passerait si elle prenait la tête d'Alice dans ses mains et l'embrassait pour de bon.
« Je vais bien, dit Alice en se redressant. Mais si. Tu n'as pas à t'inquiéter.
– Je sais que tu vas bien », dit Cath, et à ce moment précis elle le crut vraiment. Les vieilles pensées se pressèrent à nouveau dans son esprit : elles pourraient être ensemble sur l'île, élever le bébé, les choses s'arrangeraient. Elle prévoyait de passer le week-end sans sortir, à retoucher des photos et à faire comme si Saheed Rahman n'existait pas. Elle ne voulait pas voir Alice avec lui, elle ne savait pas si elle pourrait supporter ça. Lorsqu'on sonna à la porte vers cinq heures le dimanche après-midi, Cath, blottie dans un fauteuil, regardait une émission sur les voyages en essayant de ne pas trop penser à ce qui pouvait se passer à Westland Road. Elle coupa le son et alla ouvrir. La personne sur le pas de la porte était Saheed.

« Mais qu'est-ce qu'elle a, nom de Dieu ? » Saheed leva les mains puis appuya son front contre le cadre de la porte. L'agressivité semblait refluer de son visage et il fut clair pour Cath que si Saheed était venu avec l'intention de l'accuser de rendre Alice folle, alors cette intention s'était volatilisée dès qu'il l'avait vue. Quand il s'était rappelé qu'elle n'était que l'amie d'Alice, après tout – une amie bizarre et collante, ennuyeuse et un peu désaxée, avec l'esprit d'une enfant. Cath vit tout cela dans son expression, ce regard défait – qu'il avait oublié dans sa rage d'arriver ici qu'elle était aussi folle qu'Alice, sinon plus.

« Vous voulez entrer ? » dit Cath. Il la suivit dans le séjour, les épaules affaissées et contractées tout comme celles d'Alice quand elle essayait de se colleter avec quelque chose. Cath le vit contempler le mur du crime, mais ils semblaient être tous les deux parvenus à se mettre silencieusement d'accord pour ne pas en parler. Saheed s'installa sur le sofa, les coudes sur les genoux.

« Puis-je vous offrir un café, une bière ?

– Un café, ça ira, merci. » Il continua de jeter des coups d'œil autour de lui. « Alice ne sait pas que je suis ici, au cas où vous vous poseriez la question. J'ai dit que j'allais me promener. Mais qu'est-ce qu'elle a, nom de Dieu ? réitéra-t-il une fois qu'elle eut apporté le café.

– Rien, dit Cath. Elle a besoin de temps pour s'adapter, c'est tout, avec le bébé et le reste. Elle m'a dit qu'elle veut rester ici, sur l'île, mais elle sait que vous voulez qu'elle rentre à Londres. Elle est visiblement sous pression. »

En plus il lui a plus ou moins dit qu'il voulait pas le bébé. Il a dit qu'il le pensait pas vraiment mais n'empêche qu'il l'a dit. Débrouille-toi avec ça, bijou.

« Je ne parle pas du bébé. Elle ne me dit pas un mot des heures durant, alors qu'elle fait défiler des putains de kilomètres de conneries pour chercher Dieu sait quoi sur Internet, elle se retrouve dans les vapes au milieu d'une phrase, totalement déconnectée – voilà de quoi je parle. C'est comme ça qu'elle était avant, quand elle était malade. Je veux savoir ce qui se passe. Elle n'était pas comme ça quand elle est descendue à Londres l'autre semaine. Je me suis même demandé si elle prenait pas des trucs, par moments.

– Vous pensez qu'elle se drogue ? »

Saheed haussa les épaules, brusquement mal à l'aise. « Je ne veux pas parler de came, je veux parler d'amphés. Du speed, de la coke, des trucs comme ça. Il y a des mecs au bureau qui prennent de ces saloperies quand ils ont un gros contrat à gérer. Ils disent que ça les aide à rester éveillés, à garder les détails en mémoire. Ils deviennent maniaco-dépressifs, exactement comme Alice maintenant. Un jour, j'ai demandé à un pote quel effet ça faisait et il a dit que c'était comme si on pouvait voir chaque molécule dans un verre de vodka, chaque transaction individuelle dans une colonne de chiffres. Et qui clignotent comme des diamants, comme si le cerveau était un microscope électronique en mode zoom. Et après, on crashe. Rien ne vous réveillerait, pas avant d'avoir redémarré. La Troisième Guerre mondiale pourrait éclater et vous dormiriez jusqu'au bout. Voilà à quoi ressemblait Alice hier soir. C'était vraiment effrayant.

– Alice ne prendrait pas de drogues. Pas avec le bébé.

– Comment vous expliquez ça, alors ?

– Elle se remet peut-être à travailler et c'est trop pour elle ? Ça pourrait être une bonne chose. Elle a postulé pour cet atelier d'échecs, elle vous l'a dit ?

– Celui de Tolède ? »

Cath hocha la tête. « Elle semble vraiment motivée pour y aller.

– Je crois que c'est positif. » Saheed semblait presque convaincu, séduit par la vision du monde que lui proposait Cath. L'état d'Alice ne se détériorait pas, il s'améliorait, elle retrouvait sa vocation personnelle, elle œuvrait pour mettre de l'ordre dans sa vie avant l'arrivée du bébé. « Oui, mais il faut qu'elle quitte l'île, ajouta-t-il.

– Et pourquoi ?

– Parce que c'est une situation dingue, elle en Écosse et moi à Londres. Je ne peux pas continuer à faire huit cents kilomètres au pied levé. C'est crevant, merde ! Je la veux avec moi, c'est ma femme. Qu'est-ce que vous en pensez ?

– Et si Londres n'était pas bien pour elle ?

– Et pourquoi donc ? C'est là qu'elle a ses amis, sa vie. Elle y est chez elle. »

Il parlait d'elle comme si elle n'avait pas droit à la parole. Comme si elle était la victime d'un meurtre.

« Je crois que vous devriez discuter de ça avec Alice, pas avec moi », dit Cath.

Ouais, comme si tu mourais pas d'envie de t'expliquer avec lui depuis le début.

« Elle est toujours en colère après moi », dit Saheed. Il était soudain hors de combat. Un naufragé, confus quant aux motivations de sa femme, comme un personnage d'une de ces comédies romantiques américaines douces-amères sur les divorces mal ficelés. « Je sais que vous êtes proches, vous deux. J'essaie de m'assurer qu'elle a ce dont elle a besoin. Si quelque chose lui arrivait, ou au bébé…

– Il ne peut rien lui arriver ici. Ici, elle est en sécurité. »

Saheed jeta un coup d'œil au mur du crime. « On n'est en sécurité nulle part. Pas toujours. Pas complètement.

– Vous ne pensez pas que ce devrait être à Alice de décider où elle va vivre ? » Cath sentait la colère monter en elle, la sentait au fond de sa gorge comme du lait rance. Saheed croyait protéger Alice, comme on pourrait protéger une belle paire de chaussures ou une serviette en cuir. De la même manière que John Craigie avait probablement cru protéger Susan et Shirley. Saheed n'était pas comme John Craigie, bien sûr, mais elle était là tout de même, cette conviction d'avoir droit sur autrui. Elle était pré-installée chez les hommes, telle une fonction ajoutée en prime dont ils ignoraient même l'existence. « Elle déteste les gens avec qui vous travaillez, vous le saviez ?

– Ça, c'est une vieille rengaine, elle n'en est plus là. Mais elle ne s'attend pas à ce que je lâche mon boulot, rien à voir. Je crois que tout le monde a besoin de sa petite folie personnelle. Demandez à Alice.

– Qu'est-ce qui vous attire tant dans la finance, le trading, les salles de marché ? C'est l'argent ? »

Saheed fit la moue. « Les gens croient toujours que c'est une question d'argent et ça m'énerve. Comme s'ils pensaient que nous ne sommes pas payés *pour* quelque chose. Ce que j'adore là-dedans, c'est l'instantanéité, comme conduire une voiture de Formule 1, comme écouter de la musique. Vous ne pensez pas à l'argent quand ça vous monte à la tête. L'argent, c'est ce qui vous garde les pieds sur terre, vous empêche de vous griller le cerveau. Je crois que c'est pour ça qu'on en utilise un max. » Il rit froidement. « Vous pensez que vous aimez Alice, mais moi je l'aime depuis toujours et si vous essayez de me l'enlever, je me défendrai.

– Je tiens à elle, c'est tout.

– Vous pouvez dire ce que vous voulez, si ça peut vous aider à vous sentir mieux dans votre peau. Je ne suis pas aveugle. » Il reprit sa respiration. « Vous la connaissez à peine. Vous ne me connaissez pas non plus. Vous croyez me connaître, mais vous vous trompez. Alors fichez-nous la paix. »

Sa voix était atone, comme s'il avait perdu tout intérêt pour cette dispute, comme si ça ne valait plus la peine d'essayer de s'imposer, et surtout pas avec Cath. Son brusque changement de direction l'avait prise au dépourvu. Saheed avait raison. Elle le connaissait à peine.

« Je ferais mieux de retourner auprès d'elle, disait Saheed. Je suis désolé si j'ai dit certaines choses. Je n'ai pas bien dormi cette nuit. Le trajet en train me fout en l'air.

– Il n'y a pas de mal, dit Cath. Dites bonjour à Alice de ma part. »

Il partit, et Cath se demanda ce qu'il dirait à Alice à son retour, s'il lui dirait la vérité sur l'endroit où il était allé ou s'il inventerait quelque chose. Dans ce dernier cas, il courrait le risque d'être démasqué plus tard, mais peut-être que ça lui était égal. Peut-être qu'il inventerait un deuxième mensonge pour appuyer le premier.

T'as raison, c'est un con. Mais plutôt mignon, tu trouves pas ?

On peut te faire confiance pour voir le bon côté des choses.

Cath sourit, non parce qu'elle trouvait Saheed attirant, mais parce qu'après tant d'années elle pouvait encore évoquer le rire de Shirley, ce rire de gorge particulier qui signifiait qu'elle s'intéressait à quelqu'un mais ne voulait pas l'admettre.

Shirley n'avait jamais eu de vrai petit ami. Elle avait bien sûr couché avec des garçons, et pas mal de fois, mais elle n'était jamais vraiment sortie avec aucun d'entre eux. Elle disait qu'elle en avait marre d'eux, et c'était peut-être vrai, mais, encore une fois, c'était plutôt lié au fait qu'elle avait un père qui aurait menacé de tuer le premier petit jeune qui oserait s'approcher à moins d'un kilomètre d'elle.

À l'âge de quinze ans, Shirley Craigie avait déjà fait le plein d'hommes pour toute sa vie.

Cath n'eut pas de nouvelles d'Alice ce soir-là, mais elle n'en attendait pas, pas tant que Saheed était encore là. Elle regarda encore un peu la télé puis alla se coucher. Le lendemain matin, elle se réveilla avec la certitude qu'Alice l'appellerait, avant de se souvenir que Saheed ne quitterait pas l'île avant mardi à la première heure. Le mardi matin,

Cath se réveilla tôt. Elle s'assit à la fenêtre pour boire son thé en regardant le premier ferry de la journée quitter le port et entamer sa traversée de la baie. Saheed était probablement à bord. À l'heure du déjeuner, il serait déjà de retour à Londres.

Cath se doucha, s'habilla et prit son petit déjeuner. Vers neuf heures, n'en pouvant plus, elle se précipita à Westland Road. La Yaris n'était pas dans l'allée et personne ne vint à la porte lorsque Cath sonna. Elle repartit en se disant que Saheed devait prendre un autre ferry, plus tard, et qu'Alice était probablement en train de le conduire au terminal. Elle revint après le déjeuner, puis à cinq heures : la voiture n'était toujours pas là. Cath n'osa pas utiliser son double de la clé, mais elle appela alors le portable d'Alice. Elle tomba directement sur la messagerie vocale. Après une angoissante demi-heure, elle essaya le portable de Saheed. Il sonna deux fois puis passa lui aussi en mode messagerie.

Il filtre ses appels.

Saheed qui coupe dès qu'il voit le numéro de Cath s'afficher – cette pensée la plongea dans une panique nauséeuse. Savait-il déjà, alors qu'il était chez elle dimanche, qu'il prévoyait d'emmener Alice loin de l'île dès qu'il pourrait la convaincre ? L'avait-il forcée, où était-elle partie de son plein gré ? Pas moyen de le savoir, ni de savoir quoi que ce soit. Ils l'avaient mise hors circuit.

L'amour vous fout en l'air.

Un truc que Shirley avait dit un jour, ou une réplique tirée d'un feuilleton ? Quoi qu'il en soit, c'était vrai.

Cath se retint d'utiliser la clé jusqu'au vendredi. Elle se dit qu'elle faisait seulement ce qu'Alice aurait voulu qu'elle fasse : garder un œil sur la maison, s'assurer qu'il n'y avait aucun appareil ménager en marche, aucun robinet qui goutte, pas d'aliments avariés dans le réfrigérateur.

Qui veut trouver en rentrant chez soi du lait qui a viré au yaourt ? Si elle avait su qu'elle allait partir, raisonna Cath, Alice lui aurait très vraisemblablement donné elle-même la clé.

Elle se demanda si l'une ou l'autre de ses autojustifications tiendrait devant un tribunal. Probablement pas, et l'accusation la hacherait menu.

Mme Rahman vous a-t-elle, à un moment donné, demandé d'assurer des tâches de gardiennage dans son domicile de Westland Road ?

Non.

Mme Rahman vous a-t-elle personnellement donné la clé qui vous a permis d'accéder à son domicile ?

Non.

Mme Rahman savait-elle que vous possédiez une telle clé ?

Non.

Avez-vous utilisé cette clé en de précédentes occasions sans que Mme Rahman en soit informée ou sans son consentement ?

Oui.

On ferait d'elle une harceleuse obsessionnelle, comme Jennifer Jason Leigh dans *JF partagerait appartement*. L'idée était épouvantable, et pourtant, en même temps, Cath découvrit qu'elle n'en avait cure – c'était moins important que son besoin de voir l'intérieur de la maison, histoire de se convaincre qu'Alice était partie.

Et il y avait toujours une chance qu'Alice lui ait laissé un message, peut-être pas une explication écrite, mais un indice que seule Cath reconnaîtrait, quelque chose qu'elle était censée retrouver. Elle s'approcha de la maison à grands pas décidés, comme si sa présence ici était normale, comme si on l'avait invitée.

Ma copine est à Londres pour quelques jours. J'arrose les plantes.

Il y avait le strict minimum de pubs sur le tapis derrière la porte – un prospectus, le dernier catalogue « Tout pour la maison » de Betterware – en plus de l'édition de la veille du journal local. Soit il n'était pas arrivé de courrier, soit Alice avait déjà pris ses dispositions pour le faire suivre. Dans le couloir, une grande tasse à café vide trônait sur la table du téléphone, les baskets rouges d'Alice avait été jetées de côté au pied de l'escalier. Pour Cath, ça ressemblait à la première scène d'une émission policière. Elle est juste sortie un instant et elle n'est jamais revenue.

On va rater le ferry, Ally – laisse tomber.

Je ne veux pas être à Londres, avait dit Alice. Je veux avoir le bébé ici, sur l'île, avait dit Alice. Ou bien Saheed l'avait forcée à partir, ou bien Alice était tombée malade, ou encore elle ou lui ou tous les deux mentaient depuis le début. Dans le séjour, la maison de poupée était toujours sur la table, sa façade fermée au loquet, et Cath se surprit à penser encore une fois à Emmy, la poupée que Shirley emportait à l'école dans sa trousse. Qu'était-il arrivé à Emmy et à toutes les autres ? Comment se faisait-il qu'elles avaient disparu alors que leur maison était toujours là ?

Cath monta lentement l'escalier, sur la pointe des pieds pour empêcher de grincer les marches en bois qui grincèrent de plus belle. Dans la chambre d'Alice, quelques signes d'un léger désordre comme au rez-de-chaussée : la couette relevée de travers pour couvrir les oreillers, une paire de chaussettes roulées en boule sur la table de nuit. L'armoire était ouverte et presque vide. Cath contempla ce qui restait : deux chemises, l'anorak vert d'Alice, une paire de sandales dorées. Les sandales surtout semblaient appartenir à une autre vie.

Un coin du tapis de la chambre avait été retourné. Cath se pencha pour le soulever, imaginant une enveloppe avec son nom dessus, ou – idée ridicule – le contour d'une trappe. Rien. Rien non plus dans la chambre d'amis, juste les mêmes cartons de rangement à moitié vides.

Le placard au bout du palier était fermé et bien fermé.

Il faut que je parte, tout de suite. Cath fut soudain submergée par la panique, terrifiée à la pensée qu'elle puisse être découverte.

Putain, tu faisais que regarder. Shirley serait énervée par sa timidité, son acceptation presque immédiate de l'échec. Et elle aurait raison : elle voulait jouer les détectives, mais elle n'était pas très convaincante. Elle était dans la maison de Shirley, après tout, donc sur une scène de crime. L'aurait-elle oublié ?

Susan avait demandé à Iris Docherty si elle croyait que des lieux pouvaient être hantés non par des fantômes, mais par des souvenirs. Et si les fantômes étaient vraiment des souvenirs, des fantômes de souvenirs ?

Alors toutes les putains de maisons seraient hantées, non ? Maintenant ferme-la et écoute.

Je reviens du jardin pour me chercher quelque chose à boire et maman est là allongée à plat ventre par terre dans la cuisine et tout ce que je pense c'est qu'elle ressemble à un de ces schémas à la télé quand les mecs de la scène de crime dessinent un contour autour du corps. J'ai pas le temps de crier ou même de réfléchir à ce que je vois. Je suis surtout curieuse – putain, mais qu'est-ce qui s'est passé ? – mais là j'entends du bruit dans la maison et je prends carrément la fuite. Direction le fond du jardin, ce qui est un peu con parce qu'on peut aller nulle part de ce côté et je le sais, et tout en fonçant vers la haie je me dis que je vais pas y arriver, pas à temps, et puis je pourrai pas sortir par là. Je me dis merde merde merde t'es la dernière des connes, t'aurais dû sortir par-devant, piégée comme un rat je suis mais c'est ce qu'ils font tous quand ils ont l'assassin au cul sinon y aurait pas d'histoire. Pour ces pauvres connards c'était plié parce que c'est dans le scénar, mais pas pour toi t'avais encore une chance seulement tu t'as laissée passer et oh putain que ça fait mal dans la poitrine je sais pas si c'est la première balle ou si c'est un point de côté. Et puis après c'est facile, tu sais. La dernière chose que je sens c'est la terre sous mes ongles. Seulement c'est le clap de fin et il va me tuer mais j'ai jamais pu voir sa gueule.

Cath pleure, elle pleure comme une banshee, plantée sur le palier. Ce n'est pas la dernière fois qu'elle se trouvera dans la maison des Craigie, pas tout à fait, mais soudain elle sait avec une certitude absolue qu'elle ne reverra jamais Alice et cette reconnaissance de leur séparation la brûle comme une blessure.

18

Alice l'appela finalement le mercredi suivant. Cath lui avait envoyé plusieurs mails, un message d'une ligne pour demander si elle allait bien, un autre s'excusant de lui avoir caché la visite de Saheed à Argyle Terrace et un dernier, beaucoup plus long – comme une lettre – où elle disait à Alice qu'elle était désolée si elle avait fait quoi que ce soit qui ait pu la contrarier et que, quoi qu'il arrive ensuite, elle était heureuse qu'elles se soient rencontrées. Cath pleura beaucoup en écrivant ce mail. Ensuite, elle resta éveillée la moitié de la nuit, regrettant de l'avoir envoyé, convaincue qu'elle avait aggravé la situation.

Comment quelqu'un peut-il disparaître du jour au lendemain ? se demandait Cath en boucle. C'est injuste.

Alice n'avait répondu à aucun des messages. Cath était persuadée que Saheed interceptait ses mails. Elle rejouait sans cesse dans sa tête leur dernière rencontre. Elle demandait à Alice quand Saheed arriverait et lui racontait ensuite ce qu'elle avait découvert sur Angus Livingstone ; elles avaient plaisanté, fait des grimaces ; Alice l'avait embrassée. C'était comme si cela s'était passé il y avait des années, alors à quoi bon s'acharner à revenir dessus ? Pour une raison ou une autre, Alice n'était plus là. Penser à elle, c'était comme avoir terriblement faim et rien à manger. Mieux vaut ne pas penser, ne pas s'imaginer dans un monde où avoir faim – le ventre vide, la sensation d'apesanteur, la dissociation complète de l'écoulement du temps – était l'ordre naturel des choses.

Le point culminant de toutes ces journées : voir un mail d'Adam dans sa boîte de réception et le supprimer sans l'avoir ouvert, les yeux fermés.

Entendre la voix d'Alice au téléphone, c'était comme avoir un aperçu du monde d'avant. La lumière qui revient après une coupure de courant. Ça avait merdé quelque part, mais quand exactement ?

« Je ne devrais pas t'appeler, dit Alice. Mais Saheed est au travail, alors… » Elle parlait précipitamment, comme si elle se sentait coupable, comme si elle avait peur qu'on l'écoute. Peur que Saheed rentre à l'improviste et la surprenne. Il était onze heures du matin. « Je suis désolée si tu t'es fait du souci.

– Ne t'excuse pas », dit Cath, soulagée jusqu'à l'écœurement. Il fallait qu'elle mette les choses au point. Absolument. Sinon elle la perdrait pour de bon.

Tu l'as déjà perdue, tu le sens pas, non ? Goodbye Alice. T'as de la chance de savoir qu'elle existe encore. Y a des tas d'exemples de gens qui partent, pffft ! et puis plus rien.

Une boule se forma dans sa gorge, et Cath se demanda ce qui produisait au juste cette sensation, ce qui se passait physiquement. Une contraction des muscles, peut-être. Un mouvement involontaire, en tout cas. Une chose qu'on fait sans savoir comment elle se fait.

« Tu vas bien ? dit Cath. Tu as reçu mes mails ?

– Je les ai reçus. Je vais bien.

– Tu es rentrée à Londres ?

– Je suis à la maison, oui », dit Alice. Puis le silence, austère et gris comme le passage de nombreuses années. « Je ne reviendrai pas, Cath, dit-elle finalement. Tu n'y es pour rien, honnêtement. C'est juste que maintenant tout est différent, à cause du bébé. Je dois donner la priorité au bébé, tu comprends ça, n'est-ce pas ? Il faut que je sois à Londres. Pour l'avenir prévisible, en tout cas.

– C'était l'idée de Saheed, ou la tienne ? » Alice ne répondit pas. Cath l'entendait respirer, inspirer et expirer. « Et la maison ? » ajouta-t-elle rapidement. Que restait-il d'autre ?

« Pour le moment, je ne sais pas. Saheed veut que je la vende, mais on verra. Je n'ai pas encore envie de prendre une décision là-dessus.

– Alice…

– Ne dis rien. On laisse les choses comme ça ; c'est possible, non ? Comme si tout était en train de suivre son cours. Tout cela a été réel. »

Plus rien. Comme si la ligne avait été coupée, image stupide puisqu'elles communiquaient avec leurs portables. Le téléphone filaire appartenait déjà au passé, comme le télégraphe. Comme l'électrophone, comme le ZX Spectrum. Cath faillit rappeler Alice, mais elle n'en fit rien. Rappeler annulerait tout. Ce serait affreux.

Elle restait plantée là, le téléphone en main. Elle sentait une oppression dans sa poitrine, un essoufflement. Lorsque son portable sonna à nouveau, elle sursauta si violemment qu'elle faillit le laisser tomber. Sa supposition immédiate et euphorique fut que c'était Alice – elle la rappelait pour lui dire qu'elle était désolée pour tout à l'heure, elle ne savait pas à quoi elle pensait, bien sûr qu'elle retournerait sur l'île, elle était en train de faire ses valises. Ou alors elle voulait entendre la voix de Cath une dernière fois. Mais ce n'était pas Alice, bien sûr. C'était Norah.

Cath regarda fixement l'écran puis prit l'appel.

« Salut, dit-elle.

– Salut, dit Norah. Ça va ? On dirait que tu paniques un peu.

– Le téléphone m'a fait sursauter, c'est tout. J'étais en train de travailler.

– Je ne vais pas te déranger longtemps, mais je tenais à te donner l'info. Tu m'avais bien posé des questions sur Angus Livingstone, hein ? Je viens de découvrir qu'il était mort. J'en ai entendu parler par cette fille que j'ai connue en Anglais. » Cath était abasourdie. Docteur Livingstone, je présume ? pensa-t-elle stupidement. Cette conversation était décalée, comme une scène coupée au montage. « La copine de cette nana est en Histoire et Archéologie et elle m'a dit qu'Angus Livingstone s'est tué dans un accident de montagne juste avant Noël. Les profs et les étudiants sont encore sous le choc. Certains de ses collègues pensent que ça pourrait être un suicide, tu sais, à cause de ce qui est arrivé à sa femme. C'était un type sympa, apparemment. On l'aimait bien.

– Oh, mon Dieu », dit Cath. Une expression passe-partout, un cliché pour remplir un blanc, synonyme de choc, sauf qu'elle n'était pas choquée par ce que Norah lui apprenait, loin de là. Sa première pensée fut qu'Angus Livingstone tombant d'une montagne, c'était bizarrement approprié. Là-haut sur le mont venteux, en bas dans le val bruissant, nous n'osons aller à la chasse, par peur des petits hommes.

Elle réprima rapidement une envie de rire. Livingstone avait réussi son coup, après tout, il s'était échappé. À présent, personne ne prendrait jamais la mesure du mal qu'il avait causé. Il avait été marié à une professeure de littérature anglaise nommée Mary, et sa femme avait été tuée dans des circonstances tragiques. À une autre époque, en un autre lieu, il avait aimé une femme nommée Susan, mariée à un méchant nommé Johnny que tout le monde méprisait. Lorsque Johnny était devenu fou et avait tué toute sa famille, tout le monde semblait penser que c'était prévisible.

Le véritable Angus Livingstone était un fantôme, l'homme qui n'était pas là. Et voilà qu'il avait disparu lui aussi.

Tu connais pas encore toute l'histoire, t'as encore besoin de preuves.

Comment prouver un fait négatif ?

Regarde là où personne a regardé. Et alors tu verras.

Noirs, gris, verts et blancs, les lutins et les fées, vous les fêtards du clair de lune, et toutes les nuances de la nuit

Où c'est que t'as trouvé ces airs-là, fiston ? bava le père de Johnny d'une voix alcoolisée. Sûr et certain qu'c'est pas de notre côté de la famille.

La première fois que Johnny entendit Shirl chanter, la voix de sa fille lui avait coupé le souffle. Il se rappela ce que Mamie Lin lui avait dit quand il avait huit ans, que sa voix à lui était sûrement un miracle, une preuve de leur estime.

On ne fait pas un don sans contrepartie, mon petit. Un beau jour ils reviendront pour réclamer leur dû.

Et ils voudront quoi, grand-mère ?

Il s'efforça de tenir la peur à distance dans sa question. Payer ses dettes, Johnny connaissait l'expression, pareil pour prendre sa revanche.

Mamie Lin rit et lui ébouriffa les cheveux. Rien, sans doute, dit-elle, comme si ses pensées étaient déjà passées à autre chose, comme si elle avait plaisanté avec lui. Il y a des fois où ils exaucent un vœu juste pour le plaisir, pour qu'on se pose des questions et qu'on s'émerveille. C'est ton cadeau, il faut le garder.

Mais Mamie Lin s'était trompée, ou alors elle lui avait caché la vérité pour le ménager. Cette pièce de théâtre ou ce concert à l'école où jouait Shirl, Susan avait insisté pour qu'il y soit, alors qu'elle savait très bien à quel point ça lui rongeait le cerveau, ces profs prétentieux et le chic qu'ils avaient pour se moquer de lui, ça et le travail de sa fille placardé sur les affiches multicolores alignées dans les couloirs. Ça n'avait pas de sens pour lui, sauf que c'était elle qui l'avait écrit, alors il avait tendu ses doigts tremblants pendant une seconde pour toucher ces marques de Shirl, compétence qu'il n'avait jamais apprise ni voulu apprendre, ces lettres arrondies avec leurs queues en tire-bouchon et leurs tiges, aussi impénétrables que du code.

Mais elle chante en solo, avait dit Susan. Tu ne peux pas ne pas y aller. Est-ce que son cœur avait tremblé, déjà à l'époque, à la pensée de l'entendre chanter ? Il ne le croyait pas. Il s'étranglait plutôt de rage rien que de penser à l'école. Lorsque Shirl arriva sur la scène, les cheveux en nid de souris pomponnés de paillettes comme une couronne de fée, sa carcasse maigrichonne noyée dans le velours rouge, il ne soupçonnait aucunement la vérité, la pire de toutes les revanches possibles : que les airs dont les bons voisins lui avaient assaisonné la langue s'étaient transmis de lui à sa fille.

Mon petit garçon, ne bouge plus et dors, t'entendre pleurer me fend le cœur. Pas vraiment une chanson qu'une enfant devrait connaître, un silence de pierre dans la grande salle, et tous ces pantins sous le charme, qui frémissaient au son de sa voix. *Sur toi je veille en solitaire, attentif à ton moindre souffle.* Il l'avait veillée lui aussi, au moins quand elle était toute petite. Il avait eu peur, supposait-il à présent, qu'ils décident de la lui reprendre, même si jusqu'à cet instant il n'avait jamais avoué pareille crainte. Il n'avait pas osé croire qu'elle lui appartenait, et avec raison, finalement. Le son de sa voix, tout de même – les autres dans la salle ne pouvaient-ils pas comprendre combien c'était peu naturel pour une gamine de douze ans avec rien en tête à part choisir la connerie qu'elle allait regarder à la télé dès qu'il aurait le dos tourné ? Elle se croyait absolument obligée de joindre les mains et de plier le cou comme si elle comprenait à peu près ce qu'elle chantait, quand la chanson dans sa bouche racontait l'histoire d'un enfant maudit et d'une femme – non, une putain –, l'histoire d'un fantôme, d'un soldat qui avait donné sa vie et avait été sans doute oublié dès qu'il s'était extirpé du lit de cette créature et était parti au pas cadencé.

Hier soir dans un rêve j'ai vu ton père, mort au combat en terre étrangère. Johnny serra les poings. Une vieille chanson que Mamie Lin lui avait apprise, sur les malheurs de la guerre et les enfants orphelins dans son sillage. Et si le soldat était parti pour un an et un jour combattre dans l'armée de la reine Mab et qu'il n'était pas mort, mais dans le Royaume ? Et si ses proches l'oubliaient comme ils avaient oublié Ossian le Barde ?

Au lieu de lui répondre, Mamie Lin avait souri puis s'était détournée. Johnny réalisa qu'il n'avait jamais connu son grand-père. Qu'il ne l'avait jamais vu, même en photo.

Après le concert, la prof de musique, Mlle Anderson, était venue leur parler.

J'espérais vous rencontrer, monsieur Craigie. Nous avons pensé que Shirley pourrait vraiment bénéficier de leçons de chant supplémentaires. Un professeur de Glasgow se déplace à l'école de Gourock une fois par semaine. L'une de nos aides-enseignantes s'est portée volontaire pour accompagner Shirley sur le ferry. L'école aimerait la parrainer, lui payer ses frais de scolarité.

Non, avait-il dit immédiatement, mot grossier, audacieux et choquant dans cette ambiance respectable, à croire qu'ils n'avaient jamais entendu parler d'un homme capable de dire ce qu'il pensait. Ça n'a aucun sens de donner à une très jeune fille comme la nôtre des idées au-dessus de sa condition. Au fait, c'est qui, ce professeur de chant, une sorte de pédophile ?

Le visage de Susan avait viré au gris indigeste comme du porridge vieux d'un jour. Comme si on lui avait enlevé le cerveau, ou ce qu'il en restait, et brusquement Johnny se demanda si elle n'avait pas manigancé la chose avec les profs, si c'était pas dans ce but qu'elle avait insisté pour qu'il vienne ici et se fasse ridiculiser devant tout le monde.

Comme s'ils ne voyaient pas ce qu'il y avait de mal dans ce qu'ils faisaient avec elle. Le mal en elle.

On s'en va, dit-il. Susan ne dit pas un mot tout le long du chemin et Shirl avait ce regard vide d'expression qu'elle avait toujours quand elle s'opposait à lui. Johnny fixait sa nuque, sa stupide robe rouge pour laquelle Susan avait gaspillé son argent à lui et ses cheveux en toile d'araignée en se disant qu'il était invraisemblable que ce son vigoureux et plaintif puisse sortir d'elle – créature assez maigre et pathétique pour être cassée en deux telle une brindille s'il le voulait. Cette chanson était un message d'un autre monde. Une missive, comme aurait dit Mamie Lin, et Shirl n'en était que le véhicule, un misérable et maigrichon bout de tuyau humain.

De quel droit pouvait-elle chanter avec cette voix ? De retour à la maison, il avait été obligé de la boucler dans sa chambre, juste pour réfléchir, pour la soustraire à sa vue pendant une demi-heure.

Johnny en avait mal au cœur, il étouffait de rage.

En tringlant Susie si fort dans le noir, il eut peur de s'être décroché quelque chose à l'arrière du crâne.

Le lendemain matin, c'était dimanche. Susie avait des bleus en haut des bras, comme des traces de chaînes. Elle prépara le petit déjeuner pour eux trois comme d'habitude, puis Johnny alla à l'abri voiture pour couper du bois. Du chêne, doux comme les roses, doré comme le maïs. Johnny maniait la scie en mesure, au rythme d'une chanson qu'il croyait oubliée. Il pensa à sa Mab, qu'il avait sautée – et comment ! – une fois dans le champ de maïs, une autre fois sous la haie, ses poignets griffés par les ronces, et sous ses ongles la terre noire envahie par la semence chaude. Comme c'était dans le temps, ouais, dans le temps, et putain bordel, qu'est-ce qu'il était devenu et pour aller où ?

Depuis que Finlay Matheson s'était noyé, l'esprit de Johnny avait largué les amarres comme une péniche pourrie. Sa petite famille ? Elle était si timide et si fragile que dans ses cauchemars il la réduisait en poussière sous ses bottes de chantier gluantes de boue. Finlay Matheson, Mamie Lin et cette pauvre conne de Denise je-sais-tout – tous les gens qui l'avaient vraiment connu étaient morts et enterrés.

L'île était pleine de bruits. Johnny craignait de plus en plus d'être avalé par eux. Finn avait été son ancre, sa boussole, plus encore que Susan, car qu'est-ce que Susan pouvait savoir de là d'où il venait et de tout ce qu'il avait vu ? Il se souvint de ce que Finn avait dit lorsqu'il lui avait annoncé que lui et Susie allaient se marier. C'est juste une personne, Johnny, elle ne peut pas tout réparer, et surtout pas toi. Il avait eu envie de cogner Finn sur-le-champ mais avait réussi à se retenir. Ce n'était pas la faute de Finn s'il ne comprenait rien à lui et à Susie. Comment il aurait pu, d'ailleurs, lui qui s'envoyait des nanas en série, une nouvelle chaque semaine, toutes plus vulgaires les unes que les autres ?

Petit à petit, il avait fini par se rendre compte que Finn avait raison, que Susan McClellan n'était rien qu'une personne, rien qu'une petite jeune fille bien comme il faut. Et s'il les avait échangés, Susie contre Finn ? Il savait qu'il n'avait pas conclu pareil marché de son plein gré, et qu'il n'aurait même pas laissé pareille pensée lui venir en tête, mais ce ne serait pas la première fois que les bons voisins auraient eu raison de lui. L'absence de Finlay alimentait sa colère, qui montait comme de la vapeur de la fracture de son esprit, ce gouffre bleu-noir. Là où était Susie, la colère y était aussi. Parce qu'il savait dans la noirceur de son cœur que Susie – comme Julie, la mère de Finlay – aurait adoré Denise. Parce que sa colère contre lui-même les dépassait toutes les deux. Parce que ça le rendait presque fou qu'elle lui pardonne toujours. Parce qu'il ne savait pas au profond de son cœur s'il l'échangerait à nouveau.

Et le travail – la grâce, son salut. Parce qu'il était compétent et qu'il aimait ce qu'il faisait, qu'il préférait travailler quand d'autres hommes préféraient être au pub ou sur ce putain de terrain de golf. Johnny trouvait la paix avec ses mains sur le bois comme il le faisait depuis toujours, d'une semaine à l'autre, et ces mains ne chômaient jamais. Sauf qu'il y avait des règles, des hommes et des alliances qu'il n'arrivait pas à comprendre. Tu vas par ici, et tu marches sur les pieds de quelqu'un, tu vas par là, et tu finis par te bagarrer, tu ne dis rien, et les connards rigolent dans ton dos.

Brian McKeith fait de l'œil à Susan de l'autre côté du parking au supermarché. Johnny voit rouge, empoigne cette raclure par le paletot, l'assomme et lui fait mordre la poussière, bien fait pour lui. Du coup, il perd le contrat avec Smale, et pas que ça. Personne contrarie Brian parce que son tonton est franc-maçon. Personne contrarie Pete, Mack ou Ted-the-Ned vu qu'ils sont potes avec Brian. C'était tellement plus simple là-bas au pays, où on sait très bien qui il faut pas toucher sauf si on tient à s'attirer des ennuis, qui on peut corriger et tabasser sans risques, et qui a les cartes en main.

S'excuser, ça lui venait pas naturellement, à Johnny, mais il sucerait la bite d'un connard s'il était obligé, il leur paierait une tournée à toute la smala au Golfers, faut ce qu'il faut. L'oncle de Brian lui tape dans le dos et lui dit que tout baigne, pourquoi il ferait pas une partie avec lui et Brian un de ces jours, on est tous potes maintenant, on est entre hommes après tout, on est pas des gonzesses. Rien à foutre, de son billard. N'empêche que Pete lui a proposé une remise sur les planches de chêne, il était pas obligé, le chêne dont Johnny avait besoin pour faire des chaises pour cette Laura McKinty du côté du loch Fad. C'était Pete qui lui avait dégotté ce contrat, d'ailleurs. Cette bonne femme veut quelque chose de spécial, tu crois que t'es à la hauteur?

Brian McKeith avait ricané, lui et ses deux lèche-culs, mais quand Johnny avait appelé le numéro que Pete lui avait donné, il y avait bien du boulot à la clé, un ensemble de huit chaises de salle à manger, et on lui disait de passer à la maison dès que possible pour voir les dessins.

La maison était au bout d'un long chemin de terre, à environ un kilomètre et demi du loch. Quand Laura McKinty vint lui ouvrir, elle avait les pieds nus, des pieds longs, osseux et sales sur les côtés. Sans doute parce qu'elle avait marché à l'extérieur, supposa Johnny, dans la terre et les feuilles mortes. Et elle ne se peignait pas les ongles des doigts de pied comme le faisaient certaines femmes. Ses cheveux longs, raides et d'une blondeur mortelle, oscillaient comme un rideau de satin quand elle marchait. Ni laide, ni jolie, sauf pour les cheveux. Sévère, se dit Johnny. Des yeux pâles rétrécis jusqu'à devenir des fentes, des yeux de chouette effraie, observateurs. Plus âgée que lui, peut-être, mais pas de beaucoup.

Vous êtes le menuisier? dit-elle et tous les poils sur les bras de Johnny se hérissèrent. Un accent anglais, apparemment, et plus tard elle lui dit que oui, elle était née en Angleterre. Mais ça ne se voyait pas, elle ressemblait plutôt à l'Allemande, la femme de Jimbo Matheson, cette sorcière d'Ulla. Laura McKinty lui montra des dessins qu'elle avait faits elle-même, des croquis au crayon des chaises telles qu'elle se les représentait. Ils n'étaient pas techniquement parfaits, mais il pourrait facilement travailler avec, et quand elle demanda s'il pouvait assurer l'ornementation – elle voulait dire la sculpture – Johnny dit oui là aussi. La sculpture était ce qu'on pouvait appeler son talent particulier, même s'il n'y avait pas beaucoup de demande pour ça sur l'île – il n'y en avait jamais eu, d'ailleurs. Laura McKinty eut un rire bizarre qui le mit mal à l'aise sans qu'il puisse dire pourquoi, puis elle ouvrit un livre qu'elle avait sous la main, un album rempli de photos de différents types de meubles.

Le pouls de Johnny s'accéléra immédiatement, mais à tort, heureusement – elle ne voulait pas qu'il lise le texte, mais seulement qu'il regarde les images. Du larnouvo, dit-elle : du bois patiné par l'usage, lisse comme de la cire, avec des motifs sculptés si réalistes qu'il en eut des frissons. Des fleurs, des glands, des abeilles et là, niché dans l'accoudoir incurvé d'un fauteuil, un minuscule rat des moissons. Quelque chose comme ça? dit Laura McKinty, et Johnny hocha la tête. Son esprit s'emballa, émoustillé à la pensée de ce qu'il allait pouvoir faire, mais lorsqu'il apporta un échantillon la semaine suivante, ce fut une autre femme, pas Laura McKinty, qui vint lui ouvrir. Une vieille femme à tête de fouine, tannée par les intempéries, avec de maigres tresses grises qui lui pendaient sur les épaules, les pieds chaussés de bottes craquelées. Avec les mêmes yeux pâles, toutefois, et la même voix, quand on prenait la peine d'y réfléchir, ce que Johnny n'avait pas fait. Lorsqu'il demanda à voir Laura McKinty, la vieille lui dit de ne pas s'inquiéter, qu'elle lui transmettrait le message, qu'elle dirait à Laura ce qui était nécessaire, il pouvait en être sûr.

Il lui présenta l'échantillon, un bâton de chêne d'un pied de long, sculpté d'un motif de mûres et lustré à la cire. La femme frotta le bois brillant entre ses mains, et il y avait dans la manière dont elle le faisait quelque chose qui fit bander Johnny. Un tremblement lui traversa le corps. Ses dents claquèrent avec un bruit sourd et faillirent lui mordre la langue. La femme rit et Johnny eut brusquement envie de s'enfuir, de détaler comme un lièvre jusqu'au bout du chemin de terre et de ne jamais revenir.

Est-ce que ça fera l'affaire ? dit-il à la place. Il se redressa, se força à la regarder, à admettre la vérité qu'il savait depuis son arrivée : que la vieille était Laura McKinty sous une autre forme. Il la fixait toujours, et la vieille lui rendit son regard. La compréhension passa entre eux comme un éclair musclé.

Il la suivit à l'intérieur, traversant le séjour, qu'il avait déjà vu, pour entrer dans une pièce attenante plus petite, ses portes ouvertes sur les pelouses et les jardins à l'arrière de la maison. Pas une seule fois au cours des jours et des années qui suivirent Johnny n'aurait su dire avec qui il s'était uni, qui il avait baisé sur la chaise longue fleurie – Laura McKinty ou la vieille aux cheveux gris, laquelle des deux s'était assise sur les coussins à franges dorées et lui avait ouvert ses cuisses. Juste que c'était comme toutes les fois avant, au flanc de la colline. Mab ou Mad-la-folle ? Si on criait les deux noms dans l'œil d'un cyclone on n'entendrait pas la différence. Elle avait enlevé ses bottes ? Il essayait de s'en souvenir, mais n'y arrivait pas. Avec les bottes ou pieds nus ? la question rugissait sans cesse dans son esprit. Comme si ça avait de l'importance.

Il se réveilla affalé sur la table de la cuisine, sa tasse de thé presque froide à côté de lui. Ce sera parfait, disait la femme. Elle frotta le bâton entre ses mains. L'île est pleine de bruits, songea Johnny. Une phrase prononcée par Mamie Lin il y avait longtemps – toute une vie. Il se demanda s'il n'était pas en train de perdre la tête, comme Denise lorsqu'elle s'était rendu compte qu'elle était enceinte.

Ses pensées ne voulaient pas se taire. Il n'y avait pas que les bruits dans la forêt qui le troublaient. Le carnet de Susan, par exemple, celui qu'elle gardait caché, les pages chargées de son écriture qui aurait tout aussi bien pu être une langue étrangère vu le peu de sens qu'il y trouvait. Il s'était inscrit aux cours comme Susie l'avait souhaité, elle qui le tarabustait depuis des années. Finalement, il s'y était mis, il avait pris le taureau par les cornes, comme Finn aurait pu le dire, et Johnny ne pouvait nier le soulagement délirant qui l'avait submergé, le sentiment de triomphe que lui donnait la faculté de déchiffrer. Le monde entier et Brian McKeith en chieraient dans leur froc de rire s'ils savaient l'excitation qui bondissait dans son cœur à chaque nouveau mot. Et pourtant il ne pouvait toujours pas lire les phrases exaspérantes de Susan, opaques comme le grattement des insectes, rien que des griffonnages sur le papier.

Et peut-être qu'il était encore le dindon de la farce après tout si elle pouvait lui échapper ainsi, comme une araignée tissant sa trappe et la refermant. À quoi pensait-elle et qu'est-ce qu'elle écrivait ? Qu'est-ce qui avait changé ?

Johnny songea à la mettre à l'épreuve au sujet du carnet, à exiger de savoir ce qu'il y avait dedans, seulement ça lui donnerait aussi l'avantage de savoir qu'il l'avait trouvé. Pis encore, elle connaîtrait la profondeur de sa honte persistante, elle pourrait même en discuter avec Shirl quand il n'était pas là. En tête à tête, complices comme larrons en foire. La gamine n'avait pas encore vingt ans, mais elle était déjà drôlement rusée, sans le moindre respect pour son autorité, une autre Denise. Susie en sa présence semblait pétrie de peur, exprès pour le tourmenter comme le tourmentait le simple fait de se demander pourquoi elle était devenue comme ça, tellement chien battu que s'il entrait et lui racontait maintenant toutes les choses qu'il avait faites avec Laura McKinty elle se contenterait de le regarder avec de grands yeux, comme le cerf qu'il avait descendu l'autre fois du côté d'Ettrick Bay, puis elle se détournerait vers l'évier, ses épaules maigres serrées comme les ailes d'un oiseau. Tellement chien battu que ça lui donnait envie de lui cogner dessus, il en avait mal aux poings, bordel !

Quand Dorothy McAslan avait découvert ce que son Willie avait fait cette fameuse soirée à Glasgow, elle avait débarqué au Golfers et l'avait traîné par les cheveux, les joues rouges de rage, sous les acclamations de tout le bar.

La meilleure occase de ma vie, leur avait dit Willie deux soirs plus tard. La meilleure nuit de baise de ma vie. C'est clair, faut que je baise plus de coiffeuses.

Les mecs avaient hurlé de rire, comme des cerfs en rut. Johnny songea à Susan, tournée vers l'évier, à sa silhouette maigre et ses yeux de biche. Cette pensée le torturait comme une balle en plein cœur, il savait que quelque chose avait changé sans savoir quoi.

Travailler sur la maison de poupée détournait son esprit de tout, même de la noyade de Finn. Il construisit une chambre à l'intérieur de la maison. Pour Denise. Un couvre-lit en patchwork, une malle pour tous ses trésors, toutes les lettres secrètes envoyées par cet enculé de Iain Fletcher. Johnny se demandait si Fletcher était encore en vie, et si c'était le cas ce qu'il faisait maintenant. Il aimerait bien le traquer et le tuer, pour de bon cette fois, peu importe qu'il ait tringlé sa sœur ou non. Johnny saliva rien qu'à la pensée de lui porter ce premier coup décisif, comme il aurait salivé à l'odeur du poulet rôti, ou au parfum entêtant de la bière dorée qui montait du Golfers à la fin de la journée.

Et puis il serait damné si les bons voisins ne l'écoutaient pas, ne lui exauçaient pas son vœu comme ils le faisaient la plupart du temps – ils vous donnaient ce que vous demandiez, mais jamais de la manière dont vous auriez pu le souhaiter tout haut. Il serait damné pour avoir dit ça, peut-être, mais ce mec le hantait, cette lope de Iain Fletcher dont la vie serait terminée si on avait laissé faire Johnny, et pourtant il était encore là, ou du moins son ombre maigrichonne, enfin c'est ce qu'il aurait juré la première fois qu'il avait posé les yeux sur lui, même s'il était obligé d'admettre que la ressemblance n'était pas vraiment convaincante entre l'individu et son ombre. Iain Fletcher était un foutriquet, un rachdingue – et devait l'être encore, probablement – avec des bras en cure-pipe, des genoux cagneux, et ces boucles blondes *éthérées* de tantouse.

L'autre au contraire, l'universitaire, était un grand type aux cheveux noirs, un peu mince, peut-être, mais avec du muscle là-dessous. Pas la qualité et le volume de muscle qu'on se fait en coltinant du bois – lui, c'était son putain de stylo à plume en onyx, sa putain de serviette en cuir et son carnet étanche – mais en faisant de la course à pied, peut-être, ou en soulevant des poids de temps en temps s'il avait l'énergie pour.

Une tantouse lui aussi. Non ce n'était pas sa gueule qui en faisait le fantôme de Iain Fletcher, mais ce qu'on sentait en sa présence, cette sorte d'odeur qui se dégageait de lui : l'apprentissage par les bouquins mitonné avec le mépris, cette manière désobligeante de tourner ses phrases que les gens chics appelaient ironie mais qui n'était en réalité que du sarcasme habillé de brocart – Mamie Lin ne disait-elle pas toujours que le sarcasme était le degré zéro de la verve et le summum de la vulgarité ? Ne te moque pas des gens, Johnny mon petit, ça ne te va pas. Et c'est vrai que depuis toujours il avait horreur du langage maniéré et des sous-entendus, lui, un homme qui parlait franc comme son père avant lui. Mieux vaut le silence que les éructations d'un imbécile, disait Kenny Craigie, et Johnny n'avait jamais trouvé de raison de critiquer pareille maxime, bien au contraire, n'empêche qu'il savait reconnaître un sarcasme quand il en entendait un – une langue de serpent venimeuse, les chuchotements du diable dans des oreilles impressionnables, les rumeurs répandues par des imbéciles dans la boucherie dès qu'il tirait la porte pour sortir, déclenchant le carillon qui couvrait leurs bavardages, patati-patata, ding-ding-dong.

Et Susie qui aidait à préparer les rafraîchissements pour la conférence au musée.

Susie qui demandait à Johnny s'il ne voulait pas l'accompagner pour aller entendre le prof de l'université de Glasgow-la-pourrie dégoiser sur les Vikings.

Un mec qui baratine quand même pendant deux heures et les autres qui vont lever le nez quand Johnny se pointe, comme s'il y avait un chien dans la salle, c'est ça ? Y a rien pour moi là-dedans et tu le sais, alors pourquoi tu demandes ?

Ce regard douloureux qu'elle lui fait, et puis un regard soulagé. Vite caché, parce qu'elle est rapide, sa Susie, mais il le voit quand même, tout comme il entend les voix chuchoter dans les buissons et garde malgré tout son calme.

Ossian. Ossian le Barde et la fée Niamh, sa fiancée. L'universitaire, l'homme des mots et sa Susie qui aime tellement écrire dans son foutu carnet que c'est comme s'il lui avait filé une maladie. Et elle est différente. Différente comment ? demande la voix de Finn. T'es sûr que c'est pas toi qui est différent, Johnny ? Différent parce que t'imagines que ce qui est pas là est là, toi qui as le chic pour imaginer des visions de tromperie toute ta vie ?

Jamais, ou alors pas cette fois. Susie et son calme – pas ce calme soumis de toujours et de tous les jours, mais une paix qui la remplit et qui la grandit. Radieuse, elle est maintenant – c'est ce que dirait Mamie Lin et même si ce n'est pas un mot que Johnny emploierait normalement, il l'entend briller et sonner dans sa tête comme le putain de carillon du boucher, comme le rugissement du soleil.

Il ne les a jamais vus ensemble, pas même une fois – manquerait plus qu'elle ose ! – et pourtant il y a dans sa tête une image qui refuse de partir.

Fletcher et Denise, leurs corps entrelacés à flanc de colline, assoupis dans la bruyère, ils ne baisent pas, ou pas sous ses yeux, en tout cas, et par sa reine il avait fait tout ce qui était en son pouvoir pour rester caché pendant qu'il les cherchait. Mais ils se touchent du bout des doigts, pas plus, comme s'ils cherchaient sans trêve à se rejoindre, même pendant le sommeil.

Même dans la mort, du moins c'est ce qui lui vient tout bas à l'esprit, et il se demande ce qui serait le plus insupportable : savoir que Susie s'est attardée ainsi avec l'universitaire – et le savoir avec certitude – ou continuer à vivre ainsi jusqu'au jour de sa mort sans jamais savoir.

Pour que sa Susie soit morte en toute sécurité ou vive librement.

Pour que le bouquineux aux cheveux noirs et aux yeux cagoulés – Lucifer ! – lui prenne sa Susan, ou que Johnny retire sa Susan de cette vie avant qu'il ne laisse la chose se produire.

Leurs heures partagées au royaume bleu-mauve de bruyère estivale sans retour sur Terre.

Susie, Denise, Denise, Susie. C'était la vieille sorcière qui parlait de tuer quelqu'un, cette Laura McKinty. Pas question de tuer quelqu'un, fils, disait la voix de Jimbo, Jimbo Matheson qui avait déjà sauvé l'âme de Johnny une fois.

Susie était la mère de Sonny, ce qui faisait d'elle la reine de ce monde et du prochain à tous les coups.

Sauve qui peut et chacun pour soi, il en avait fini avec ses réflexions.

Les jours allongent, la canicule approche, et voilà Johnny, l'âme en feu, cloué au poteau de sa propre incertitude.

Gente dame, laissez-moi tranquille.

Gente dame, laissez-moi en repos, de peur que je n'expire.

19

« Thrifts Farm.
– Monsieur Matheson ?
– C'est moi.
– Je m'appelle Cath Naylor. J'étais une amie de Shirley Craigie. J'espère que vous pourrez m'aider. »

Déjà au téléphone, Jim Matheson était différent de sa femme – ouvert, détendu, amical. Il dit qu'il serait heureux de parler avec Cath de son frère Finlay, seulement il vaudrait peut-être mieux que Cath ne vienne pas à la ferme. « Ulla n'apprécierait pas. Le passé la perturbe. Mais je peux vous recommander le Clovenfords Hotel. Autrefois, c'était le Whytbank. Walter Scott aimait bien y séjourner, vous savez. Ce pub est notre principal titre de gloire. »

Le train jusqu'à Édimbourg, puis le bus X62 jusqu'à Clovenfords. Des aperçus spectaculaires des collines des Borders depuis l'A72, un virage à gauche, un rond-point et voilà cette petite communauté agricole, très ancienne et encore limitée dans son extension, même si la route menant au village avait été visiblement élargie pour permettre le passage de véhicules plus volumineux.

Dans sa publicité, le Clovenfords Hotel se présentait comme un ancien relais de poste sur la principale route entre Melrose et Édimbourg. Cath avait donné rendez-vous à James Matheson – Jimmy – au restaurant à seize heures. Elle prit sa chambre, mit son portable en charge puis redescendit au bar, jolie salle lambrissée qui semblait rénovée depuis peu. Elle essaya d'imaginer l'ambiance à l'époque de John Craigie : le feu qui siffle et crépite dans l'âtre, l'odeur des anoraks mouillés et de la bière, le tapis usé jusqu'à la trame, la peinture des murs écaillée et ternie. Une table de billard, un jeu de fléchettes. Et, bien sûr, la fumée de cigarette – l'air devait en être saturé. Cath avait emporté son appareil photo, le Nikon de poche, même si elle voyait maintenant qu'il n'y avait pas grand-chose qui vaille la peine d'être photographié, pas ici en tout cas. Le Clovenfords était désormais un pub gastronomique, avec une carte des whiskies sur un bristol à bords frangés et un chef étoilé. Le dernier endroit où l'on verrait un John Craigie. La ligne du temps était fermée.

Cath prit quelques clichés par habitude puis commença à étudier un dépliant sur Walter Scott. Elle leva les yeux et vit James Matheson se diriger vers elle. Elle était toujours anxieuse à l'idée de rencontrer des gens dans un endroit bondé au cas où elle ne les verrait pas ou ne les reconnaîtrait pas. Elle contournait d'ordinaire ce problème en arrivant tôt et en choisissant une place, comme elle l'avait fait ce soir ; elle s'occupait avec une lecture quelconque, tout en restant aux aguets, en attendant qu'on la repère. Il s'avéra qu'elle reconnut immédiatement James Matheson. Même de loin, sa ressemblance avec son frère cadet était évidente. Les mêmes épaules carrées, le même teint clair, le même visage ouvert.

« Vous êtes Cathy. » Il lui tendit la main. « Je suis Jim.

– Cath. » Sa paume était sèche et fortement calleuse. « C'est bien de faire votre connaissance. Je peux vous offrir un verre ?

– Laissez donc. Je m'en occupe. Déjà que vous avez fait tout ce chemin pour me voir. Désolé de ne pas pouvoir vous loger à la ferme. C'est à cause d'Ulla, vous savez, je n'aime pas l'inquiéter. J'espère que vous êtes bien ici, hein ?

– Très bien, merci. » Cath dit qu'elle prendrait une bière locale, qu'importe la marque. Quand Matheson revint avec les boissons, elle lui demanda pourquoi sa femme n'aimait pas qu'il parle de son frère. Elle hésita à mentionner son premier appel téléphonique à la ferme, lorsque Ulla l'avait priée de ne pas rappeler leur numéro, mais elle décida de le passer sous silence.

« *Och*, ce n'est pas tant Finn que le passé en général. Quand Ulla est arrivée ici, ça n'a pas été facile. Les gens se moquaient d'elle à cause de son accent allemand. Je lui disais qu'ils ne le faisaient pas méchamment, mais ça la rendait nerveuse tout de même. Ulla ne pouvait pas supporter les Craigie – Johnny et Kenny, je veux dire. Elle s'entendait bien avec Ruth, mais elle ne voulait plus s'approcher de leur maison, plus après la mort de Denise. Elle est toujours convaincue que tout ça, c'était de la faute de Kenny. Ce n'était pas le cas, bien sûr, mais vous savez comment les choses se passent.

– Denise était la sœur de Johnny ?

– *Aye*. Elle avait deux ans de moins que lui, mais quand on voyait les crises que piquait Johnny des fois, on aurait pu croire que c'était l'inverse. »

Ça va trop vite, se dit Cath. N'était-ce pas extraordinaire que ce Jim Matheson ait connu Johnny Craigie quand il était enfant, quand c'était un adolescent ombrageux et chagrin ? Du genre à shooter dans un caillou devant l'abribus et à insulter à voix basse tous les gens qui passaient.

« Il était comment ? dit-elle. Johnny ?

– Bon, maman n'avait jamais été tellement enthousiaste à l'idée que Finn traîne autant avec Johnny, mais papa connaissait Ken depuis longtemps, alors il disait que Johnny était comme ça, et voilà. De toute façon, ça ne sert à rien de dire aux gosses avec qui ils peuvent ou ne peuvent pas être copains, ça ne fait que les rapprocher encore plus. Roméo et Juliette, c'est comme ça qu'elle les appelait, maman, Johnny et Finn. Ils étaient inséparables. » Matheson rit et but une gorgée de bière. « Johnny Craigie était très vif pour son âge mais il avait horreur de l'école. Finn m'a fait jurer de ne jamais le dire à personne, mais Johnny ne savait pas lire. Bon, il distinguait quand même les lettres, mais si on lui posait une question, il ne pouvait pas répondre, il suait comme un cochon. Il avait besoin d'aide, ce gamin, mais les choses étaient différentes, à l'époque. On répondait oui monsieur, non monsieur, sinon on avait droit à la ceinture. Johnny y avait droit la plupart du temps. Il n'avait qu'une envie, partir ou se faire virer le plus vite possible. Seulement, comme menuisier, il avait un talent remarquable. Kenny avait toujours été habile de ses mains, mais Johnny était exceptionnel. C'est une triste affaire. La vie n'était pas facile pour lui.

– Vous avez une idée de ce qui a poussé Johnny à partir ? »

Matheson soupira. « Des fois, je pense qu'Ulla a raison. Revenir tout le temps sur le passé, à quoi ça sert ? Helen, la mère de Kenny, donc la grand-mère de Johnny, elle lui racontait des histoires. Kenny disait toujours que c'était sa mère qui avait fait de Johnny ce qu'il était, avec toutes ces stupides légendes de fées et de lutins qu'elle lui avait mis dans la tête, mais Johnny l'aimait bien, cette Mamie Lin. Il aimait bien sa sœur aussi. Il a été très affecté par sa mort. Vous êtes sûre que ça vous intéresse ?

– Beaucoup, même.

– Bon, Denise, c'était une gamine futée, une intello. Toujours le nez dans un bouquin. Elle avait le béguin pour le fils du pasteur, Iain Fletcher, et lui avait le béguin pour elle. On disait qu'ils avaient l'intention de se marier dès qu'ils auraient quitté l'école. Seulement, avant que ça arrive, Denise est tombée enceinte. Elle jurait que le bébé n'était pas de Iain, mais elle ne voulait pas dire qui était le père. Denise s'est pendue dans la grange et c'est Johnny qui l'a trouvée. Johnny a cassé la gueule à Iain Fletcher, il lui a fendu le crâne. Le pauvre gars s'est retrouvé à l'hôpital et il y est resté plus d'un mois. Le jeune Iain est pasteur maintenant, il a trois mômes, et je blague pas. Après, des gens du coin ont juré que le père était Ken, et que c'était pour ça que Denise s'était suicidée. Ça, je n'y ai jamais cru une seconde. Kenny était un homme dur, c'est vrai, mais il n'a jamais été comme ça. Il ne se souciait pas vraiment des femmes. Il se serait plutôt tranché la gorge que de porter la main sur sa fille, et je le pense vraiment.

– Est-ce que le père de Johnny était un homme violent ?

– Ça, je n'en sais rien. Je dirais qu'il donnait une claque à Johnny de temps en temps, mais bon, entre père et fils, ça arrive.

– Est-ce que votre père vous battait ?

– Papa ne tapait pas trop fort sur les clous de peur de les tordre. Je l'ai vu pleurer une fois, après qu'il a envoyé un lot de taureaux à l'abattoir. Il a vite essuyé ses larmes sur sa manche, mais je l'ai vu et il a compris que je l'avais vu. Et il n'y avait jamais de problèmes entre nous. Papa adorait mon frère Finn. Quand nous lui avons appris la nouvelle de l'accident, c'était comme si une lumière s'était éteinte. Il a vieilli de dix ans en un instant, comme ça. »

Jim Matheson prit congé peu après six heures. « Il faut que j'y aille, dit-il. Je ne veux pas qu'Ulla se fasse du souci. Ça n'en finirait pas. »

Cath se commanda un repas au bar – du saumon pêché localement, avec du riz sauvage et de la ratatouille. La nourriture était excellente et elle avait faim. Elle sortit son carnet puis le rangea. Du texte, elle en avait suffisamment. Elle trouvait intéressant le fait que Jim Matheson affirme catégoriquement que Kenny Craigie n'était pas le père du bébé de Denise. Tout comme Shirley aurait juré dur comme fer que Johnny ne pouvait pas être le meurtrier parce qu'il ne tuerait jamais Sonny. Les lignes rouges que traçaient les gens en disaient souvent plus sur eux-mêmes que sur le seuil où ils les plaçaient. Elle aurait dû songer à demander à Jim s'il avait des photos – des photos de Finn et Johnny, de Ken et Denise. Denise était le deuxième prénom de Shirley. Cath se demanda si sa mère avait su ce que cela signifiait, et ce que Johnny lui avait raconté de sa vie d'avant leur rencontre.

Tu sais comment était papa quand il s'agissait de communiquer. Tu peux parier ta petite culotte qu'il a jamais rien dit.

Elle se laissa submerger par le bruit du pub tandis qu'au-delà des fenêtres la lumière baissait avec le coucher du soleil. Elle était tentée d'envoyer un SMS à Alice, mais elle n'en fit rien. Au lieu de quoi elle envoya un SMS à Steve – une photo du menu du Clovenfords, au cas où je disparaîtrais. Steve lui renvoya illico deux émojis, une loupe et un pistolet. Cath sourit à son smartphone et se sentit instantanément mieux. N'empêche que rien de tout cela ne tenait debout. Si l'on mettait de côté Richard Dadd et ses fantasmes, que restait-il ? Johnny Craigie avait été un adolescent perturbé, dont la sœur s'était suicidée, Kenny Craigie avait été un autre tyran au coup de poing facile. Ces données convergeaient-elles vers un résultat ou s'agissait-il simplement de faits qu'on était libre d'additionner ?

Cath se commanda un autre whisky. Merci, Saint-Glenfiddich. Dans son esprit, elle voyait la silhouette longiligne de Shirley qui s'échappait par la porte de la cuisine de Westland Road et sprintait vers la haie au fond du jardin, les cheveux collés par la sueur, halo de boucles d'un blanc éclatant sous le soleil à contre-jour. Elle haletait comme un chien parce qu'il faisait vraiment trop chaud pour courir, parce que personne pouvait avoir la force de courir avec cette canicule, hein ? *Saloperie de psycho, me touche pas.* Et vlan, en plein dans les ronces. Bang, t'es morte.

Cath se réveilla plusieurs fois pendant la nuit, la bouche sèche à cause du whisky, l'esprit agité de contradictions et de questions sans réponses. Si John Craigie n'était pas l'assassin, pourquoi avait-elle fait tout ce chemin ? Elle resta éveillée dans la pénombre et se remémora l'impression que le père de Shirley lui avait faite à l'époque et l'aversion nerveuse qu'elle éprouvait à son égard. Le chic qu'il avait pour projeter une ombre dans une pièce par sa seule présence, son adhésion stupide à la routine, sa vision apparemment limitée et ennuyeuse du monde. Mais rien de tout cela ne faisait de lui un assassin, ou pas obligatoirement, voilà le problème, alors qu'est-ce qu'elle faisait ici ?

Lui, c'est la fausse piste, pas vrai ? Tout roman policier doit avoir une fausse piste, c'est la règle. Pas question que le lecteur devine qui a fait le coup dès le premier chapitre.

Shirley qui souriait sans retenue et la regardait en rigolant, avec son rire Dirty Martini, comme disait Cath. *Dirty Martini et son petit pote futé, Cinzano Bianco.*

L'ancienne maison des Craigie avait disparu. Kenny Craigie était mort d'une crise cardiaque vingt ans plus tôt, peu de temps avant le crime, avait dit Jim. Ruthie Craigie avait vendu la maison et était partie ; Jim ne savait pas où elle était maintenant, ni même si elle était encore en vie. Le cottage des Craigie avait été racheté par quelqu'un d'Édimbourg qui n'y avait jamais habité. Les lieux étaient déjà dans un sale état, et puis les pigeons s'y étaient installés. Finalement, le terrain avait été acheté par un promoteur et la maison démolie.

« On a construit ces appartements à la place, disait Matheson. Il y a des gens qui étaient contre, mais c'est mieux que de voir un bâtiment tomber en ruine. En revanche, la maison de la mère de Ken est toujours là, juste à la sortie du bourg, sur Bowland Road. C'était une femme et demie, cette Helen, elle avait un doctorat. Elle a débarqué un jour au village en traînant le jeune Kenny derrière elle, enfin, c'est ce que mon père racontait. Elle avait l'habitude de demander à Connie Danby d'aller chercher Kenny à l'école et de l'emmener chez elle jouer avec son Michael jusqu'à ce qu'elle rentre du travail. Ken a débuté comme apprenti chez Dickie Stevenson à quinze ans et il a fait une croix sur son enfance. Johnny, lui, dès qu'il a pu marcher, il était toujours fourré chez sa grand-mère. C'est Helen qui a inculqué à Johnny son amour des collines, je crois. En tout cas, il ne le tenait pas de son père. Kenny était soit au travail, soit au Whytbank. »

Des champs non clôturés derrière, des collines arrondies au-delà. La maison était en retrait de la route et semblait bien entretenue. Peinture brun-rouge, murs en granit, une plaque avec le nom *Grey Cottage* vissée sur le poteau du portail. Personne, pas de voiture dans l'allée. Celui ou celle qui habitait ici devait faire la navette entre Clovenfords et Édimbourg ou une des villes des Borders. Cath photographia la maison de face, aplatissant la perspective comme elle l'avait fait avec la maison de Mary Chant à Maryhill, sauf que la maison d'Helen Craigie n'était pas une maison du crime, ni un palais des fées, c'était visible. Rien qu'un lieu où des gens avaient vécu et continuaient de vivre.

Helen Craigie croyait-elle aux vieilles coutumes, comme la grand-mère d'Alice ? Ou voulait-elle simplement donner à Johnny quelque chose de merveilleux, lui offrir une vision du monde différente de la dure réalité qu'il voyait chez lui, à la maison ? Les craintes de sa mère, les poings de son père. Sa sœur, enlevée par les bonnets rouges, du moins le croyait-il.

Venez sur ces sables jaunes,
Et puis prenez-vous les mains.

Pendant le retour en bus à Édimbourg, Cath lut un texte qu'elle avait téléchargé – une pièce radiophonique d'Angela Carter sur la vie, la mort et les obsessions de Richard Dadd. Elle l'avait découverte par hasard – une référence citée dans une référence – et savait peu de choses sur Angela Carter. Apparemment, l'hypothèse de l'écrivaine était que la peinture de Richard Dadd pouvait s'interpréter comme une métaphore de l'hypocrisie victorienne. Avant sa dépression, les tableaux féeriques de Dadd étaient des fantasmes idéalisés du paradis, comme chez ses collègues. Les œuvres qu'il avait peintes après avoir tué son père révélaient un outre-monde déformé et fiévreux, figé dans le temps et peuplé de démons.

Comme les bois après la tombée de la nuit ? Comme le mariage de Susan, la fausse Susan et la vraie Susan ? Comme toute ma vie de merde ?

La pièce était bizarre – pas vraiment un drame, mais plutôt une mosaïque, un patchwork de séquences mettant en scène des personnages de la vie de Richard Dadd et de ses tableaux. Mais dans la langue d'Angela Carter ! Pas du tout comme du texte, plutôt de la raison liquide. Des couleurs et des éclaboussures de mots fusionnant pour former une image comme les myriades de marques, stries et impressions produites sur la toile par Richard Dadd.

Le langage comme peinture. Était-ce même possible ? En lisant Angela Carter, Cath y croyait vraiment. Adam lui dirait qu'elle se trompait, très vraisemblablement, qu'il y avait derrière bien plus que cela, mais Cath n'en avait cure.

Les mots l'aspiraient, étincelants joyaux. Elle était là-bas avec Dadd, elle regardait et écoutait. Comme dans le CD du poème symphonique d'Arnold Bax, elle entendait la musique des fées.

Titania, Obéron, sir Thomas Phillips, un marchand dans un bazar égyptien, le magicien bûcheron lui-même. Ils défilaient devant le micro comme autant de témoins dans une enquête sur un accident mortel. Leurs voix se recoupaient, telles les voix dans un rêve ou dans la foule, très nettes pendant une minute puis indistinctes, lointaines, comme si… Comme si quoi? Ce schéma aurait dû susciter la confusion, mais ce n'était pas le cas. C'est ainsi qu'on devrait raconter les histoires parce que c'est ainsi qu'elles sont, pensa Cath. Des bribes de souvenirs griffonnées sur un bout de papier avant qu'elles ne disparaissent.

Ou comme des photos, peut-être. Un tas de vieux instantanés trouvés dans un tiroir. Comme sur ton mur du crime.

William Frith, un ami de Dadd qui s'était formé avec lui à la Royal Academy, affirmait que l'homme qui était revenu du Caire n'était pas le même que celui qui avait quitté Londres un an avant. Dadd écrivait fréquemment à Frith pendant qu'il voyageait; dans une de ses lettres, il décrivait un incident dont il avait été témoin dans les petites rues bondées de Damas. Un chameau s'était effondré sous son chargement et s'était cassé une patte. Les coups et les injures n'ayant pas réussi à le relever, des commerçants furieux avaient commencé à lui trancher les membres pour permettre le passage de la circulation. Comme l'animal refusait toujours de mourir, ils lui tranchèrent la gorge.

Cath était paralysée par l'horreur. Elle essaya de se convaincre que l'incident était peut-être une fiction inventée par Angela Carter ou empruntée par elle à une autre source pour dramatiser le récit. Or plus elle le lisait, plus elle était persuadée que c'était bien Dadd lui-même qui s'exprimait ainsi. La connaissance de son état mental était trop précise, et les visions transmises étaient aussi imprégnées de dérèglement et de danger que les tableaux qu'elles lui inspiraient.

Des merveilles intolérables, disait Dadd en parlant de ces scènes. Cette vaste et impitoyable terre antique m'a accueilli comme si j'étais son fils.

Pas étonnant qu'il soit devenu fou en voyant des trucs pareils.

Comme Johnny en voyant sa sœur pendue dans la grange ?

Cath fut de retour sur l'île juste avant huit heures. Elle était épuisée, presque trop fatiguée pour manger. Elle plaça deux tranches de pain pita dans le gril, alluma la télé. Elle prit à peine conscience de ce qui s'y passait, même si le son des voix humaines était rassurant.

Plus tard, elle se rappela avoir lu quelque part qu'il existait une aquarelle de Dadd intitulée *Le Chameau mort*, mais lorsqu'elle la rechercha sur Internet, elle apprit que ce tableau était perdu, qu'il avait disparu après avoir été prêté par son propriétaire, un avocat de Preston, pour une exposition à Manchester.

Le tableau qui avait été prêté avec lui, *La Halte dans le désert*, avait disparu lui aussi, mais, contrairement au *Chameau mort*, il avait refait surface un siècle plus tard, redécouvert par le galeriste Peter Nahum lors d'un mémorable passage de l'émission de la BBC *Antiques Roadshow* à Barnstaple, dans le Devon.

C'était en 1986, l'année de la naissance de Shirley. Cent ans exactement après la mort de Richard Dadd.

20

« Vous avez réussi à en savoir plus, mon petit ? dit Iris.

– Un peu plus, dit Cath. Seulement l'histoire n'arrête pas de changer. Je ne sais pas trop quoi penser. »

Parce que tous les gens qui avaient été impliqués étaient morts. Ils avaient emporté avec eux ce qu'ils savaient. Il ne restait plus personne en vie qui connaisse toute la vérité. Cath avait passé une bonne partie de la matinée à s'informer des détails les plus récents de l'affaire Mary Chant. Le dossier instruit contre Ronnie Mackintosh s'était effondré faute de preuves : la police scientifique n'avait pas trouvé de traces qui l'auraient placé sur la scène du crime, pas de sang sur ses vêtements ni dans son véhicule, pas d'arme. Ronnie gérait à nouveau son bureau de PMU. Cath se demanda si Mary lui manquait ou s'il était secrètement soulagé. Si jamais leur relation avait été une erreur, maintenant au moins il était libre.

Un court paragraphe à la fin de l'article du *Herald* soulignait que l'enquête sur le meurtre était toujours en cours.

Cath plaça le nom d'Angus Livingstone en haut du mur du crime, à côté de celui de John Craigie. Même si Livingstone n'était pas le meurtrier, même s'il n'avait jamais tué ne serait-ce qu'une mouche dans toute sa vie, il faisait toujours partie de l'histoire à cause de Susan. De toute évidence, il l'avait connue – Iris avait confirmé au moins ça – mais l'avait-il tuée ?

Et s'il était exactement ce qu'il prétendait être – un spectateur innocent ? Ça existe, tu sais.

Ça, je ne le crois pas. Ça ne colle pas. Il y a chez Angus Livingstone un aspect de sa personnalité que personne n'a vu.

Alors ce Livingstone doit forcément être le tueur, même après tout ce que les flics ont dit, même si tout le monde sur l'île a cru que c'était Johnny ? C'est ce que t'en penses, la détective, hein ? Qu'en réalité il ressemblait à mon père et personne s'en rendait compte, lui et son beau langage, son putain de doctorat et sa passion pour les musées ? Il aimait bien tout contrôler et avait tendance à se mettre en colère s'il avait l'impression qu'on se moquait de lui. Quand maman l'a viré, il a pas pu l'encaisser, alors il l'a tuée. Il a tué Sonny parce qu'il le pouvait, pour punir maman. Il m'a tuée parce que je suis tombée sur eux comme un chien dans un jeu de quilles – si j'avais survécu assez pour parler il aurait pris perpète.

Et l'arme du crime, alors ? Les profs d'université ne sont pas armés. Pas dans notre pays en tout cas.

Rien à foutre de l'arme du crime ou de la manière dont il se l'est procurée. Il s'est débrouillé pour en avoir une, c'est tout ce que je sais. Livingstone, c'était pas un impulsif comme papa, il a préparé son coup. Il devait connaître des gens – des avocats, peut-être même des flics. Il aurait pu présenter la chose en mode plaisanterie, comme dans ces jeux de société qu'on finit par apprécier quand tout le monde est bourré : si vous aviez à tuer quelqu'un, vous feriez comment ? Des conneries dans ce style. Si des gusses comme mon père ou Ronnie Mackintosh prononcent le mot revolver, les gens plongent sous la table et appellent les flics. Mais si c'est un intello comme notre Angus, tout le monde croit que c'est pour rire. Il parlerait d'une simple expérience de pensée, comme s'il était Einstein ou Wittgenstein. Et tu sais que c'est vrai.

Depuis quand tu t'intéresses à Wittgenstein ?

Y a des tas de trucs sur moi que tu sais pas.

Des trucs que je sais pas, j'adore, se dit Cath. Elle voyait clairement la photo qu'elle prendrait de Shirley maintenant, si c'était possible : le glacier Zavaroni cadré depuis la rue, les ombres fraîches de l'intérieur contrastant avec l'éblouissante clarté blanche du trottoir juste devant, Shirley au comptoir qui tourne le dos à la porte, tee-shirt jaune, sac à main rouge, concentrée, la tête penchée, elle compte sa monnaie.

Elle ressortirait un instant plus tard et tendrait une glace à Cath.

Dépêche-toi de manger ça. Je veux aller au pub.

Cath dessina un point d'interrogation sur le Post-it de Livingstone. Elle songea à retourner à Glasgow pour retrouver la trace de certains étudiants de sa promotion, essayer d'en savoir plus sur son mariage avec Mary et la raison pour laquelle elle l'avait quitté. Elle serait alors vraiment de retour à la case départ. Surtout que personne parmi les gens de Glasgow ne connaîtrait l'existence de Susan Craigie, elle en était sûre. Ce qui avait pu se passer ensuite sur l'île entre Angus Livingstone et Susan, c'était une autre vie.

C'était ma mère. Elle pouvait être vraiment chiante, mais elle était différente de ce que les gens pensaient. Elle était pas stupide et elle se laissait pas faire, mais elle aimait mon père. Elle a jamais cessé de l'aimer. Je sais pas où elle en était avec ce Livingstone, mais pour elle, ça pouvait pas durer. De toute façon, elle aurait été obligée de rompre, parce que ça l'aurait tué. Mon père, je veux dire. Papa pouvait pas vivre sans elle, et elle l'aimait. Elle m'aimait moi aussi. Elle avait tout le temps peur pour moi, et ça me rendait dingue.

« C'était votre petite amie, cette Alice, mon ange ?

– Je ne sais pas vraiment. » Cath aurait voulu pleurer, pleurer comme il faut, mais les larmes ne vinrent pas.

« C'est comme ça, des fois, n'est-ce pas ? dit Iris. Une fois j'ai eu quelqu'un et elle ne savait pas elle non plus. Elle était professeure en Islande. Elle était venue dans le cadre d'un échange avec le lycée. Elle m'a dit qu'elle restait et on s'était trouvé un appartement et tout était réglé. Et puis l'été s'est terminé et elle est partie. Sans prévenir, sans un mot, rien. J'étais folle d'inquiétude à la pensée de ce qui avait pu lui arriver. Et puis j'ai reçu une carte postale. « Désolée ». Ça et une photo de Reykjavik. Je l'ai encore quelque part.

– C'est affreux.

– Je rêve d'elle parfois. Avant, ça me faisait mal, mais plus maintenant. Je suis heureuse de voir son visage. »

Cath photographia les objets sur la cheminée d'Iris, le hibou en porcelaine et le tigre en verre de Murano, la cruche frappée du contour émaillé de Tenerife. Elle photographia les portraits – Ena, Valentine et Angela – en se concentrant sur les bords dorés des cadres, leurs contours volutés mis en relief contre le mur peint. Elle flouterait légèrement les visages, comme celui d'Angus Livingstone dans le *Herald*. Elle imagina ce à quoi ressembleraient les photos une fois retouchées, agrandies et imprimées – à des affiches pour un film, pensa-t-elle, une de ces épopées russes où tout le monde finit mort ou en exil. Steve aimait les films russes. Cath ne savait plus comment elle le savait mais elle le savait quand même.

Assise dans son fauteuil près de la fenêtre, Iris la regardait opérer. Cath avait conscience de sa présence, sans se laisser troubler. C'était presque comme si elles collaboraient dans la prise de vues.

« Qu'est-ce que vous allez faire de ces images ? demanda Iris.

– J'aimerais qu'elles soient intégrées au projet, si vous êtes d'accord.

– Est-ce que ça signifie qu'elles seront exposées ?
– Je l'espère, en effet.
– Mais elles n'ont rien à voir avec le reste de l'histoire, la raison pour laquelle vous êtes venue me voir.
– Mais si. Vous étiez là quand ça s'est passé. Vous étiez l'amie de Susan.
– J'aurais aimé être une meilleure amie. Une meilleure voisine. » Iris croisa et décroisa les mains. « À votre avis, qui les a tués ?
– Je n'en suis pas certaine, mais je pense que c'était Angus Livingstone.
– L'archéologue ? Ce n'est sûrement pas possible.
– Je crois que si. Je n'en ai pas la preuve, mais je pense que c'est lui. Sa femme a été assassinée elle aussi, vous savez. L'an dernier.
– Sa femme ? Je ne savais pas qu'il était marié. Quand il venait sur l'île, il était toujours seul.
– Elle, c'était plus tard, je crois. Elle était chargée de cours à l'université. Vous pensez que vous pourriez aller à Straad avec moi ? ajouta Cath. J'aimerais jeter un coup d'œil à son cottage, celui qu'il était en train de retaper. Vous vous rappelez où il était ?
– Je crois bien. Ça me reviendra quand je serai sur place, j'en suis sûre. Jessie va nous y emmener. Si vous attendez ici un moment, je vais lui demander. Vous voulez y aller maintenant ? »

Jessie Morecambe était sa voisine d'en face dans la rue. Plombier à temps partiel et artiste à temps plein. Sa camionnette Ford bleue présentait une profonde éraflure sur la portière gauche, datant du jour où elle avait mal calculé un virage vers l'allée chez quelqu'un. Cath lui donna environ trente-cinq ans. Cheveux coupés court, grandes mains rendues rugueuses par une immersion répétée dans l'essence de térébenthine et l'eau.

« Je suis de Liverpool. Je suis sur l'île depuis dix ans maintenant. Je ne regrette rien. »

Cath grimpa sur l'étroite banquette arrière. Le revêtement en vinyle était déchiré en de nombreux endroits ; le rembourrage en mousse jaune dépassait des trous. « Merci de faire ça pour moi », dit-elle. Elle était gênée, quelque peu dépassée : deux personnes qu'elle connaissait à peine bouleversaient leur emploi du temps pour elle ! Elles se souviendraient sûrement de cet après-midi en commun.

« Y a pas de quoi. J'adore faire des virées en bagnole à Straad. La plage est idéale pour ramasser du bois flotté. » Jessie semblait curieuse de savoir ce que faisait Cath, mais pas de manière intrusive. Cath se dit que si elle restait définitivement sur l'île, elle et Jessie pourraient devenir amies.

Iris Docherty était déjà une amie. Bizarrement, comme cela arrive parfois, elles étaient entrées dans une proche familiarité sans jamais en avoir eu l'intention.

La camionnette cahotait sur la route, la même que Cath avait prise avec Alice. Jessie se gara devant la salle des fêtes et elles sortirent toutes les trois.

« Le cottage était sur la route de la plage, dit Iris. Tout au bout.

– Je peux t'amener là-bas, si tu veux.

– Je suis sûre que je peux y arriver à pied, dit Iris. C'est facile. »

Straad était en réalité plus un hameau qu'un village, une agglomération clairsemée de maisons et de fermes. De l'eau, de l'eau partout, la bande brune bossue de l'île d'Inchmarnock affalée dans l'estuaire, et des vaguelettes bleu acier qui clapotent au pied de Kintyre et de l'île d'Arran. Elles progressèrent lentement le long de l'estran, quelques pas derrière Jessie. Iris avançait avec précaution, s'appuyant lourdement sur sa canne ; les graviers et la terre de la route non goudronnée craquaient sous leurs pieds.

« Il était comment ? demanda Cath. Livingstone ?

– Calme. Il parlait doucement. Mais il pouvait être loquace si on l'aiguillait sur un sujet qui l'intéressait. Il adorait les objets de l'âge de pierre que nous avons au musée. Il disait qu'il ne se lassait jamais de les regarder, qu'ils avaient le pouvoir de vous transporter comme par magie dans une autre époque. C'était son expression – vous transporter comme par magie. Sincèrement, je ne peux pas dire qu'il me plaisait. Il était un peu distant. N'empêche qu'il était toujours poli. Un vrai gentleman. »

Cath était donc en cet endroit où Angus Livingstone avait marché le long du rivage. Susan aussi, très vraisemblablement, tous les deux ensemble. S'étaient-ils arrêtés pour regarder l'eau, la main dans la main ? Avaient-ils cherché des fossiles et des reliques préhistoriques parmi les galets ?

Elle se représenta Susan riant pour de bon, heureuse et amoureuse. Cath n'avait jamais entendu Susan rire, même en imagination. La Susan dont elle se souvenait était une petite créature opprimée, ses pensées dissimulées derrière de fades banalités et des bavardages.

D'après la façon dont Iris parlait de lui, Angus Livingstone n'aurait pas été très porté sur le bavardage futile. Était-ce pour cela qu'elle n'avait pas accroché avec lui, lui et ses artefacts néolithiques ? Elle ne l'avait pas exactement qualifié de sinistre, mais ce terme semblait approprié.

« C'est celui-ci », dit soudain Iris. Elle s'arrêta. « Regardez dans quel était il est. »

Elles étaient devant un alignement de trois cottages accolés. Deux étaient impeccables, bien entretenus. Le troisième – celui de droite – était manifestement très négligé. Une herbe jaune qui montait jusqu'aux genoux poussait derrière le mur de soutènement en granit, une couche de poussière avait rendu opaques les fenêtres de l'étage inférieur. La maison n'était pas habitée, c'était évident, laissée à elle-même depuis des années. Depuis le jour du crime? Peut-être. Et si Livingstone était à l'intérieur, son cadavre momifié devenu une enveloppe exsangue? Cath repoussa cette pensée. Elle savait déjà comment Livingstone était mort. Et ce n'était même pas sur l'île. Jessie Morecambe était immobile, les bras croisés. Elle semblait totalement imperturbable et Cath l'en apprécia d'autant plus. Iris haletait. La marche l'avait épuisée.

« Je retourne là-bas et je reviens avec la camionnette, proposa Jessie.

– Ce n'est pas nécessaire », dit Iris.

Jessie leva deux doigts et commença à repartir sur le chemin pierreux vers la salle des fêtes. Iris fronça les sourcils et Cath sourit. La relation décontractée entre les deux voisines, l'une âgée, l'autre jeune, était inattendue, comme tant d'autres choses sur l'île. Peut-être que Jessie rappelait à Iris une de ses nièces.

« Cette maison était restée longtemps inoccupée avant qu'il la prenne, dit Iris. Et depuis, elle ne s'est pas arrangée, ça c'est sûr. C'est dommage, quand on pense à tout le travail qu'il a fait dessus. C'est bizarre qu'il l'ait abandonnée, mais tout le monde ne pense pas pareil, comme dirait Ena.

– Il est mort, dit Cath. Il est mort dans un accident de montagne. C'est une amie à moi qui me l'a dit. »

Cette maison lui flanquait la frousse. La maison de Westland Road avait réussi à survivre malgré tout ce qui s'y était passé. Comme Shirley, songea Cath : pas question de se laisser faire sans se défendre. Le cottage d'Angus Livingstone était différent. Il avait rendu l'âme.

« Tout s'explique, alors, dit doucement Iris. Pas d'héritiers, pas de famille pour faire valoir ses droits dessus?

– Pas que je sache. »

Si tel était le cas, la maison pourrait rester vide jusqu'à ce qu'elle s'écroule, jusqu'à la fin des temps. Cath souleva le loquet du portail en fer. La brève allée pavée de briques qui conduisait à l'entrée disparaissait sous les mauvaises herbes, et lorsque Cath appuya son visage contre la vitre sale de la fenêtre du rez-de-chaussée, elle ne vit presque rien. Le contour de quelque chose de volumineux et de sombre se détachant sur le mur opposé – un buffet? – et à sa droite la forme d'une cheminée; sur la tablette s'alignaient des livres et ce qui pouvait être des cartes de vœux.

L'une de ces cartes avait été envoyée par Susan Craigie. Cath n'avait aucun moyen de le savoir, mais elle en était certaine, tellement que ça lui faisait mal au ventre. Cette carte prouverait ce que le carnet de Susan, le paquet de vieilles cartes de Noël et le témoignage d'Angus Livingstone devant la commission d'enquête avaient refusé de révéler – que Susan Craigie et Angus Livingstone avaient été amants.

Cath essaya de tourner le bouton de la porte, mais celle-ci était verrouillée.

« Vous n'entrerez pas, dit Iris. Sauf si vous avez l'intention de briser une vitre. »

Donc de prendre une pierre sur la plage, de la balancer dans la fenêtre et de prétendre que c'était un accident. Ensuite brandir la carte de vœux comme une arme sous le nez du juge de la Couronne.

Voici la preuve, votre honneur. Cet homme était un monstre.

Et ça prouverait quoi, exactement, même en supposant qu'elle avait vu juste et que cette carte se trouvait là? Que Susan Craigie avait eu une histoire d'amour avec Angus Livingstone – bravo! Pas vraiment de quoi faire de lui son meurtrier. Au contraire, cela donnerait un mobile à Johnny au lieu de prouver la culpabilité de Livingstone.

« Vous ne feriez pas une chose aussi stupide, hein? » dit Iris.

Cath secoua la tête. « Il n'y a rien ici, probablement. »

Elle entendait la camionnette de Jessie qui sautait sur la chaussée inégale en revenant vers elles. Il devait y avoir des outils à l'arrière, peut-être même de quoi couper le verre. Cath s'autorisa un bref fantasme d'elle-même et de Jessie à l'œuvre : elles retournaient au cottage après le coucher du soleil, retiraient la vitre d'une des fenêtres et escaladaient le rebord. Elle avait l'impression que Jessie serait partante si elle lui disait ce qu'elles devaient chercher et ce qui était en jeu.

Tu te fous de ma gueule, ou quoi ? Dès qu'un voisin allumera la lumière, vous allez détaler comme des lapins.

Cette habitude qu'avait Shirley de mettre sa main devant sa bouche juste avant de rire ! N'empêche qu'elle avait raison. Cath soupira. Elle savait qu'elle n'était pas faite pour le cambriolage, qu'elle n'avait pas l'étoffe.

Où trouver un criminel quand il en faut un ?

C'est rien qu'une carte de vœux. T'en as pas besoin, fais-moi confiance. Rentre chez toi.

Et c'est où, chez moi ?

C'est à toi de décider, ma poule. T'es quand même plus très loin du but, je le sens. Comme une rivière qui descend des montagnes. Tu y es presque.

21

T'es revenue sur l'île pour prendre quelques photos, la détective. Fin de l'histoire.

Si toutes les personnes impliquées dans l'affaire sont mortes, pensa Cath, l'identité du meurtrier a-t-elle encore de l'importance ? John Craigie n'avait pas été un modèle de bonté, et encore moins un innocent. Il avait été autoritaire, tyrannique et violent. Il avait rendu Susan malheureuse, et Shirley aussi. Si les gens le considéraient comme un assassin, n'était-ce pas là une sorte de justice ? En supposant que justice puisse être encore rendue après tant d'années.

Cath se servit de son Minolta vintage pour prendre quelques clichés du mur du crime, en se positionnant soigneusement pour mettre en valeur les barres alternées de soleil et d'ombre – comme celles d'une cellule de prison – qui se déployaient en rayures floues sur les flèches et les Post-it. Elle voulait que les photos ressemblent à une séquence de captures d'écran tirée d'une série policière à l'ancienne, avec un inspecteur non conformiste et râleur et son supérieur bavard. Des photos truquées, qui n'avaient que l'apparence de la réalité. Elle examina le résultat sur l'écran de l'appareil puis commença à démanteler le mur du crime. Il n'y avait plus rien à ajouter.

Mais où pourrais-je cacher l'arme ? se demanda à nouveau Cath plus tard dans la nuit. Elle ne pouvait pas dormir. On lui avait dit un jour que la meilleure façon de lutter contre l'insomnie était de faire des exercices de relaxation musculaire. Parfois ça marchait, et parfois non. Cath trouvait souvent plus de soulagement en concentrant son esprit sur quelque chose de précis, mais dans le domaine de l'abstrait, un problème de type scrabble ou mots croisés, un test de mémoire… ou ce qu'elle ferait de l'arme du crime si elle était Angus Livingstone.

Était-il possible de réfléchir logiquement à pareille question juste après avoir abattu trois personnes ? Cath avait lu quelque part que c'était pour cela que la plupart des meurtriers se faisaient prendre : ils n'avaient pas compté avec les conséquences de leur acte, le sentiment d'incrédulité et l'horreur qui s'installent inévitablement. Ils commettaient des erreurs stupides.

Mais si vous étiez un psychopathe ? Les psychopathes carburaient à l'insolite, au hors-norme, car pour eux cela n'avait rien d'extraordinaire, tout se déroulait comme prévu.

Un individu qui avait préparé son coup aurait porté des gants, ou se serait servi d'un mouchoir pour effacer ses empreintes digitales sur l'arme. Il pouvait alors s'en débarrasser où et quand il voulait, ou même la laisser sur les lieux du crime. Il aurait pu retourner à son cottage pour l'y cacher, mais si la police se déplaçait pour l'interroger, le fait d'avoir une arme à sa portée immédiate lui ferait courir un risque redoutable. L'abandonner sur les lieux serait peut-être plus sûr, finalement : une probabilité réduite de se faire prendre en train de s'en débarrasser, de trébucher sur une racine d'arbre et de salir ses vêtements. Cela pourrait décourager les enquêteurs de chercher plus loin. Pourquoi perdre du temps à courir après des fausses pistes si toutes les preuves dont ils avaient besoin pour clore l'affaire étaient juste sous leur nez ?

Trois cadavres et un mari suicidé – que fallait-il de plus ?

N'empêche que les flics ont fouillé la baraque. Ils ont relevé les empreintes digitales à la poudre, ils se sont servis de ce truc qui fait ressortir les taches de sang en lumière ultraviolette. Toujours aucune trace de l'arme du crime. N'empêche qu'il y a des choses qu'ils ont pas trouvées, ça, on le sait déjà. Boris-le-Salaud, le carnet de maman – les flics sont passés à côté. Sinon, ils les auraient confisqués avec le reste. Les flics ont merdé, et s'ils ont raté les trucs dans le placard, Dieu sait ce qu'ils ont raté d'autre.

Tu es vraiment obligée de penser à tout ?

Pourquoi rompre avec une habitude de toute une vie ?

De nous deux, tu étais toujours la meilleure détective. Je n'étais que ton faire-valoir.

Och, là, tu déconnes.

Tu déconnes toi aussi.

Va falloir qu'on y jette un coup d'œil, pas vrai ?

Demain, marmonna Cath. Elle eut brusquement sommeil, un sommeil invincible. Dès qu'il fera jour, alors.

Comme détective, elle n'était pas très douée, admit-elle, mais après coup. Si elle l'avait été, elle aurait remarqué les chaussures devant la porte dès son arrivée. Des baskets noires avec une bordure orange. Celles de Saheed. En fait, elle ne les vit que rétrospectivement, après avoir ouvert la porte avec sa clé, après être entrée dans le couloir et avoir refermé la porte ; après que Saheed fut apparu sur le seuil de la cuisine et lui eut demandé ce qu'elle foutait là, nom de Dieu – non, putain bordel. Une sorte de rémanence mémorielle, un flash-back fantôme : les baskets, bien sûr, pourquoi ne les ai-je pas repérées ? Saheed portait des tennis grises, simples et élégantes, bien plus adaptées que les Nike boueuses à côté du paillasson.

Cath lui montra la clé.

« J'ai trouvé ça », dit-elle sans conviction. Figée dans une pose à légender *Prise sur le fait* dans un dictionnaire illustré.

« Ça m'étonnerait. Depuis quand vous entrez en douce chez les gens ?

– Je l'ai fait une seule fois, je le jure. Le soir où vous m'avez appelée pour dire qu'Alice était introuvable. Vous vouliez que je fasse un tour chez elle pour voir si elle était là, vous l'avez oublié, ou quoi ? » Elle lui raconta l'histoire du pot de fleur et sa découverte de la clé. « J'étais inquiète. Je craignais qu'elle ait fait une bêtise. C'est pour ça que je suis entrée. »

La vérité, ou presque, mais elle sonnait faux. Carrément louche même, le genre de prétexte que le principal suspect d'une série policière pourrait improviser juste avant que l'inspecteur Machin lui mette les menottes.

« Alors pourquoi vous êtes ici maintenant ? Pour fouiller dans ses affaires ? Donnez-moi ça. Merci. » Il lui subtilisa la clé. Ils échangèrent des regards hostiles. L'impasse. « Pas étonnant qu'elle soit devenue folle ici.

– Alice va bien ?

– Elle va sacrément mieux depuis qu'elle est loin de vous.

– Saheed, je ne voulais pas…

– Je pourrais appeler les flics, vous le savez au moins ? Entrée par effraction.

– Il n'y a pas eu effraction. Je n'ai rien cassé.

– Je vais vous dire un truc : j'en ai plus rien à cirer. Je suis ici pour récupérer les affaires d'Ally et après on vendra cette maison. Ally ne reviendra pas ici, jamais. Elle a effacé votre numéro. Et avant que vous m'accusiez de quoi que ce soit : non, je ne le lui ai pas suggéré, elle l'a fait toute seule. Elle m'a dit qu'elle était désolée, et que toute cette histoire de déménagement sur l'île avait été une erreur. Elle a dit qu'elle a aussi bloqué vos mails, alors si aviez l'intention de la bousiller à nouveau, laissez tomber. »

Ça ressemblait à un mensonge, tout comme sa propre explication de son entrée dans la maison, mais Cath savait que c'était la vérité. Ce poids qui lui pesait sur l'estomac. Elle le savait depuis le dernier appel téléphonique d'Alice. La connexion qui avait pu s'établir entre elles avait été rompue.

« Est-ce que nous pouvons parler ? Sérieusement, je veux dire. Ensuite, je m'en irai, je le promets. Je suis vraiment désolée pour tout ce qui s'est passé.

– Pourquoi sauriez-vous ce dont elle a besoin, ce qui est bon pour elle ? » Saheed ne décolérait pas. « Elle allait mieux avant de venir ici.

– Alors pourquoi serait-elle venue, pour commencer ? Si tout allait bien pour elle ? » Cath n'avait pu se retenir. Le chagrin la perforait comme si des fleurs de glace lui poussaient dans les poumons. Avec Adam au moins, elle avait l'explication dont elle avait besoin – c'était un con. Avec Alice, rien n'était réglé, tout restait en suspens. Alice avait eu peur. Quel genre de pression avait-elle subi pour qu'elle retourne à Londres ?

Saheed n'avait-il pas raison sur un point, toutefois ? Cath connaissait Alice depuis moins de trois mois. Comment pouvait-elle savoir avec certitude ce qui était bon pour elle ?

Ce n'est pas de ta faute si les gens sont tous des cons, comme dirait Steve.

« Écoutez, dit Cath. Il ne s'agit pas d'Alice. Si je suis venue ici aujourd'hui, ce n'est pas à cause d'Alice. Ça concerne la maison, c'est à propos de ce qui s'est passé ici avant.

– Encore cette histoire de triple meurtre à la con ? » Saheed leva les mains. « Rien à foutre de ça non plus. Ça ne m'intéresse pas. »

Mais alors même qu'il prononçait ces paroles, Cath vit qu'il avait décidé de l'écouter jusqu'au bout. Il y avait chez Saheed une partie de son être qui voulait savoir, qui était autant attirée qu'elle par cette histoire. Alice n'avait-elle pas dit un jour qu'il était accro aux séries policières ? Il avait demandé l'aide de Cath le soir de l'appel téléphonique, et elle la lui avait apportée. Peut-être était-ce pour Saheed une manière de rembourser sa dette. Peut-être était-il simplement soulagé de devoir bientôt partir.

« Vous pouvez rester si vous voulez, dit-il. De toute façon, j'étais en train de faire du café. »

Quoi qu'il puisse se passer ensuite, songea Cath, ce serait son ultime visite à la maison Craigie. Elle jeta à la dérobée un coup d'œil du côté de la chambre d'Alice. La porte était entrouverte. Un tee-shirt ou sweat-shirt noir appartenant à Saheed traînait par terre. Cath repéra le coin d'un sac de voyage à roulettes dont la fermeture Éclair était à moitié ouverte.

La présence d'Alice avait été effacée.

« J'ai déjà regardé partout, disait Saheed. Vous ne trouverez rien. »

La porte du placard au bout du palier était grande ouverte. Avant, elle était toujours fermée, songea Cath. Toujours. Même après avoir fait changer la serrure, Alice avait gardé cette porte fermée. Cath éprouva un sentiment d'inquiétude, à la limite du désarroi. Elle s'agenouilla sur le sol et scruta l'intérieur du placard. Rien qu'un vide triangulaire. Elle passa ses mains sur les panneaux à rainure et languette et se demanda pourquoi un artisan aurait pris la peine de soigner autant la finition d'un placard si rarement utilisé. Le travail était d'une précision esthétiquement remarquable : les extrémités des planches qui revêtaient les murs étaient relevées, au contact des planches qui recouvraient le plafond incliné du réduit, en un motif de chevrons parfait. Si exquis et si harmonieux que sa seule contemplation produisait un effet calmant, quand bien même son créateur avait été un désaxé et un misanthrope, le genre de marginal qu'on verrait mieux appartenir à une époque antérieure. Cath ferma les yeux et imagina John Craigie avec la blouse et le pantalon en tartan d'un charpentier de marine. Onze mois en mer et le douzième à la maison, ivre ; il s'entraîne à la boxe et se bat avec les autres marins, l'épouse restée en rade n'est plus qu'un lointain souvenir, une rêverie sans importance.

Les doigts minutieux de Cath détectèrent une irrégularité dans le bois de la paroi de gauche, une rainure plus profonde que les autres, qui coupait à angle droit les divisions verticales entre les planches. Elle se déplaça pour faire entrer plus de lumière. Presque en vain – elle avait encore du mal à voir ce qui n'était pas une simple rainure, mais un contour rectangulaire d'environ soixante sur quatre-vingt-dix centimètres. Une sorte de trappe ? Elle en effleura le périmètre, se fiant au toucher autant qu'à la vue, et découvrit quatre vis de fixation, une dans chaque coin. Une porte dans le mur.

Cath bascula en arrière pour s'accroupir, prise de vertige. La police n'aurait sûrement pas pu rater ça, non ? Il y avait décidément quelque chose ici.

« C'est quoi ? » dit Saheed. Il se pencha en avant pour mieux voir, une main appuyée sur l'épaule de Cath.

« Reculez, vous faites de l'ombre.

– Ça ressemble à un coffre-fort, une sorte de cache. Je vais chercher un tournevis. »

Il disparut dans l'escalier. Ses tennis sonnaient sur les marches nues. Cath écouta le bruit de ses pas, lourds et légers en même temps, bomp-bomp-bomp. Elle passa de nouveau ses doigts sur le lambris en suivant le trait de coupe régulier du panneau. Les quatre vis étaient positionnées avec précision, leurs têtes parfaitement encastrées. John Craigie avait créé cette cachette, mais dans quel but ? Pour dissimuler de l'argent, de la drogue, peut-être ? Des bijoux volés ? Quoi exactement ?

La révélation descendit sur elle comme un pan d'obscurité, une ombre émanant directement de derrière le panneau : ce devait être l'endroit où se trouvait le pistolet, où il était depuis le début. Ils étaient sur le point de trouver l'arme du crime.

Cath avait les mains froides, elle claquait des dents. Ça ne se passait pas du tout comme elle l'avait imaginé.

« Et voilà ! » dit Saheed, qui revenait avec le tournevis promis. Le manche rouge avec une bande noire, la tête cruciforme. Tout neuf, apparemment. « Bougez un peu. »

Cath s'écarta de l'embrasure pour le laisser entrer. « Faites attention », dit-elle.

Saheed la regarda par-dessus son épaule. « Je ne vais pas trouver un macchabée là-dedans, hein ?

– Je ne pense pas. » Les lèvres de Cath étaient engourdies. « Comment je le saurais ?

– Alors nous allons le découvrir ensemble. »

Il commença à retirer les vis, qu'il posait soigneusement sur un côté du plancher à mesure qu'elles se détachaient. Lorsque la dernière commença à se desserrer, Saheed appuya sa main gauche contre le panneau pour l'empêcher de tomber vers l'extérieur. Il plaça le tournevis sur le sol entre ses genoux, retira la trappe et la cala contre le mur.

« C'est vide », dit-il. Il était apparemment ébranlé. « Enfin, c'est ce que je crois. D'ici, je ne vois pas grand-chose. » Il passa la tête par l'ouverture, et Cath dut résister à l'envie de lui dire de ne pas le faire, qu'il devrait être prudent, qu'il se pourrait qu'il y ait quelque chose en bas dans le trou. Quelque chose de dangereux.

« Laissez-moi jeter un coup d'œil », dit-elle à la place. Elle avait imaginé la scène très clairement : la cachette derrière les planches, l'arme enveloppée dans un chiffon graisseux ou un tee-shirt éclaboussé de sang. Elle était fortement déçue, et pourtant l'absence apparente de l'arme l'enhardissait aussi. Ce trou n'était rien, après tout, rien qu'un insolite petit espace vide au cœur de la maison. Comme la chambre sans issue à l'intérieur de la maison de poupée de Shirley, sans autre raison d'exister que le fait d'être là. Rempli de revues porno, probablement – le jardin secret de John Craigie. Pas étonnant que ce placard soit verrouillé en permanence. Maintenant, tout avait un sens.

« Je vous en prie. » Saheed s'écarta, et tandis que Cath se glissait vers l'ouverture, leurs corps se touchèrent brièvement. Cath perçut un soupçon de son odeur – âcre et masculine – ce qui la fit penser à Alice. Elle regarda à l'aveuglette à l'intérieur du trou, puis y introduisit la main. L'espace vide s'étendait très loin, bien plus loin qu'elle ne l'aurait soupçonné. Les doigts de Cath frôlèrent de la pierre, sèche et granuleuse, recouverte d'une couche de terre, ou peut-être de poussière de brique. Elle tâtonna, analysant la cavité, qui semblait en forme de caisson, mais un caisson sans sol. En dessous du bord inférieur de l'ouverture dans le lambris, le trou descendait tout droit. Plus loin qu'elle ne pouvait l'explorer de toute façon, même avec le bras enfoncé jusqu'au coude.

« Il nous faut une lampe de poche », dit-elle. Elle claquait encore des dents.

« Ouais, bien sûr. » Saheed repartit à l'étage inférieur. Cath retira son bras du trou. Il y avait de la poussière sur sa manche et sur le bout de ses doigts, rien d'autre. Saheed revint avec la lampe, une torche étanche en caoutchouc noir. « J'ai acheté ça pour Alice, au cas où il y aurait une coupure de courant. »

L'interrupteur était difficile à actionner, mais l'éclairage était bon. Cath dirigea le faisceau vers le trou, en balayant l'espace comme avec un projecteur. Elle scruta à nouveau l'intérieur, s'attendant à davantage de néant, probablement aux vestiges d'une cheminée condamnée – ils auraient dû y penser plus tôt.

Elle aperçut la tranche en diagonale d'une marche d'escalier, puis une autre en dessous, et une autre encore. Un escalier miniature, qui descendait dans le noir. En bois nu, lissé par le temps, dont les marches diminuaient progressivement en largeur au fur et à mesure qu'elles descendaient. Trop petite pour un enfant, trop grande pour une maison de poupée, toute cette structure était ridicule, impossible, et pourtant comment pouvait-elle être impossible quand elle l'avait directement sous les yeux?

Cath bascula sur ses talons. Elle se passa la main sur le visage.

« Qu'est-ce qu'il y a, en bas? dit Saheed. Poussez-vous, s'il vous plaît. » Il lui prit la torche des mains et fit osciller le faisceau, comme la lumière d'une ampoule nue qui se balance dans un couloir sombre. Cath fixa l'arrière de son crâne, auréolé de jaune. Elle se sentait gluante de peur.

« Mais c'est quoi, ce bordel? » dit tranquillement Saheed.

Cath ne répondit pas. L'incrédulité de Saheed était rassurante, et ce calme agit sur elle comme une injection de sédatif. Il voyait ce qu'elle voyait, donc ça devait être vrai. Cet escalier miniature était la concrétisation d'un délire, une construction si miraculeuse qu'elle frôlait la folie. Cath se représenta John Craigie tel qu'elle l'avait souvent vu : affalé devant la télévision, la canette de bière en main, et ne parlant à personne. Un génie, avait dit Alice. Un fou, disaient les médecins de Richard Dadd. Cath s'aperçut qu'elle pensait comme Saheed : c'est quoi ce bordel?

« Je crois que nous devrions laisser tomber, dit-elle finalement. Et tout remettre comme c'était avant.

– Vous saviez que ce truc était là?

– Bien sûr que non. Avant, ce placard était toujours fermé. Shirley disait que la porte s'ouvrait toute seule. Les gens se cognaient dedans la nuit, alors il restait constamment fermé à clé.

– Mais ça ne vous arriverait pas à vous, hein?

– Il ne m'arriverait pas quoi ?

– De vous cogner dedans. On passe sans problème, même avec la porte du placard grande ouverte.

– Peut-être pas dans le noir.

– Peut-être pas, en effet. » Saheed se tourna vers elle. « Mais c'est quand même un truc à la con. Pourquoi construire un escalier dans un placard ? »

Pour que nos bons voisins puissent aller et venir à leur guise. Pour qu'Elle puisse aller et venir, plutôt, sa reine portée sur le vice. Il croyait qu'il était amoureux d'elle et c'était possible. Il est arrivé des choses plus étranges. Demandez à Bridget Cleary.

De quoi tu parles ?

« Je vois que la reine Mab était avec toi. Elle est l'accoucheuse des fées et dans la forme sous laquelle elle se présente elle n'est pas plus grosse qu'une pierre d'agate. » C'est du Shakespeare. Roméo et Juliette. On a lu ça avec Mme Mackenzie, tu t'en souviens pas ? Ce Richard Dadd, dont tu causes tout le temps, celui qui a tué son père – il a peint le portrait de Mab.

Cath haussa les épaules. « Pour prouver que c'était possible de le faire ? Pour tester sa compétence ? John Craigie fabriquait toutes sortes de choses. C'est lui qui a fait cette maison de poupée en bas dans le séjour. Alice vous l'a dit ?

– Elle m'a dit de la vendre, de la remettre à un spécialiste du débarras, n'importe quoi, pourvu qu'elle ne la revoie plus. » Saheed se tourna vers le placard, plongea le bras dans le trou. « Nom de Dieu ! Ça descend jusqu'où, à votre avis ? »

Cath se rappela qu'Alice lui avait parlé de la géométrie étrange citée dans l'article qu'elle avait lu en fouillant dans ses papiers, et de l'escalier infini. On ne pouvait pas construire l'escalier de Penrose, mais seulement le dessiner, et pourtant les schémas montraient clairement à quoi il ressemblerait. Comment quelque chose qui n'existait pas pouvait-il exister quand même ? L'angle entre la réalité et l'illusion était-il vraiment aussi réduit ?

« Je ne sais pas, dit Cath. Je pense que c'était un malade mental. John Craigie. Je crois qu'il entendait des voix.

– Des voix ? Ce type a descendu trois personnes. Il avait pété un câble.

– On ne sait pas si c'était lui. Pas avec certitude. Il était… »

Très seul, songea Cath. Comme un poisson hors de l'eau. Piégé par ses propres fantasmes délirants, comme Richard Dadd. Et c'était l'image de Dadd que l'escalier dans le placard imposait le plus clairement à son esprit. La précision complexe et obsessionnelle de ce dispositif, son obscurité inhérente, aussi épaisse et touffue que l'arrière-plan surchargé du chef-d'œuvre inachevé de Dadd, *Le Coup de maître du magicien bûcheron*. L'impression que l'artiste y avait réfléchi, réfléchi et encore réfléchi jusqu'à ce que l'équilibre de son esprit créateur en soit perturbé.

« Il avait pété un câble, comme j'ai dit », répéta Saheed. Il était irrité, à deux doigts de se mettre en colère. Puis il reprit sa respiration. « Il y a quelque chose là en dessous, je peux le toucher. » La joue collée aux boiseries, il avait plongé le bras jusqu'à l'épaule à l'intérieur du trou. Il grogna. « Putain, je l'ai. » Un instant plus tard, son bras réapparut. Saheed avait en main un paquet blanchâtre. Le tissu sale, avec une pâle rayure bleue, évoquait un vieux torchon.

« C'est lourd. » Saheed sortit à reculons du placard et laissa choir le paquet par terre. Il le tapota de l'index. « On dirait du métal.

– Nous ne devrions pas le toucher, dit Cath. Nous devrions appeler la police.

– Et si c'était un vieil harmonica ? L'harmonica fantôme. Les flics nous prendraient pour des fumistes, et ils auraient raison. »

Un tic agitait le coin de sa bouche. Une toile d'araignée lui collait au front comme un linge grisâtre. Soudain ils se mirent à rire tous les deux. Un rire qui déchira le cœur de Cath comme des larmes.

« Je pense que c'est ça, dit-elle. Ce que nous cherchons depuis un moment.

– Attendez », dit Saheed. Il alla dans la chambre d'Alice et Cath l'entendit ouvrir le sac de voyage. Il revint avec un stylo, un Bic bleu avec la pointe duquel il souleva un coin du torchon sale.

Ils aperçurent l'éclat mat du métal. Cath n'avait encore jamais vu de pistolet, pas en vrai, mais elle savait que c'était ce qu'ils avaient sous les yeux. C'était évident, avant même qu'ils l'aient complètement déballé. Cath contempla cet objet sinistre à la destination sans équivoque – rien n'aurait pu la préparer à pareil spectacle, songea-t-elle. C'était comme s'il les guettait, tapi dans son trou, attendant son heure après vingt ans d'enfermement.

« Il y a autre chose avec, regardez », dit Saheed, apparemment aussi bouleversé qu'elle, comme un homme qui se serait brusquement calmé après une nuit de beuverie. Et il disait vrai : il y avait quelque chose d'enroulé autour du pistolet en plus du torchon sale – un morceau de papier froissé. Saheed s'accroupit et se servit à nouveau du stylo pour extraire ce papier sans toucher l'arme. Il ne voulait pas y laisser ses empreintes digitales, supposa Cath. À contrecœur, elle admira sa capacité à conserver un esprit logique même sous le choc de ce moment. Pourtant, parallèlement, elle reconnaissait – mieux, elle en était sûre – que la logique n'était pas seule en jeu ici, que la retenue de Saheed procédait d'un instinct dont il n'était peut-être même pas conscient : le désir de ne pas se laisser contaminer, de ne pas accepter qu'un objet tel que ce pistolet puisse ne serait-ce qu'exister.

« Nous ne devrions pas le toucher, réitéra Cath.

– Je ne vais pas le toucher. J'ai pensé que vous aimeriez voir de quoi il s'agit… avant que les flics mettent la main dessus, bien entendu. »

Un morceau d'une feuille de carnet, jauni avec le temps. Il avait apparemment été roulé en boule, puis défroissé ; on voyait aussi, grâce aux marques plus profondes qui le traversaient à angle droit, qu'il avait été plié soigneusement en quatre auparavant, pour entrer dans une enveloppe, peut-être, ou juste pour en dissimuler le contenu aux regards curieux. Cath constata immédiatement que l'écriture du texte était la même que celle qui remplissait les pages du carnet trouvé dans le carton de Persil. *Cher Angus, je suis désolée mais je ne vois pas d'issue. La pensée de te faire du mal me tue, mais il faut que cela cesse.* Ce n'était que la première phrase, mais Cath ne voulut pas lire la suite. Trop explicite, trop personnelle. La preuve qu'elle cherchait, qu'elle avait obscurément appréhendée depuis le début, se trouvait là.

Elle ne savait pas ce qui était le plus fort – le chagrin ou le soulagement.

« L'homme qui n'était pas là », dit-elle doucement. Elle était au bord des larmes, la gorge serrée. « Mais il était là.

– De quoi vous parlez ?

– Du type à qui Susan Craigie écrivait. C'est comme ça qu'on l'appelait.

– Vous et Alice, c'est ça ? »

Cath secoua la tête. « Aucune importance. »

Pas Alice, pas cette fois. Moi et Shirley, c'est de Shirley que je parle. Mais elle ne le dit pas – c'était impossible à expliquer.

Saheed resta silencieux pendant un moment. Il était mal à l'aise, à cause de la situation, à cause de la détresse évidente de Cath. Très bien, pensa-t-elle, ça lui apprendra. Elle n'était plus tellement en colère, comme si une page avait été tournée.

« C'est la preuve, n'est-ce pas ? dit finalement Saheed. Que ce Craigie avait dû trouver le mot que sa femme avait écrit et comprendre qu'elle le trompait. Ce message a été le déclencheur.

– Je ne le pense pas », dit Cath. Ses pensées arrivaient en avalanche, plus vite que la lumière, mais ses paroles lui semblaient lentes, mesurées, comme si elle marchait au sommet d'une falaise et avait peur de tomber. « S'il venait tout juste de trouver le message, il n'aurait pas eu d'arme. Et s'il l'avait trouvé plus tôt, c'est-à-dire suffisamment longtemps avant le triple meurtre pour réfléchir à la façon dont il pourrait se procurer une arme, il n'aurait pas attendu aussi longtemps pour agir. C'est comme Shirley disait, ajouta-t-elle : John Craigie était un impulsif. S'il avait voulu tuer quelqu'un, il se serait servi de ses poings.

– Comme Shirley disait ? Je ne pige pas, elle est morte, non ?

– Oui, elle est morte, mais là n'est pas la question. » Cath était au bord du rire, survoltée par la révélation. « Je pense qu'Angus Livingstone – l'amant de Susan – est venu ici avec l'intention de la confronter à cette lettre, de la lui jeter à la figure. C'est Angus qui les a tués. Ensuite, quand John Craigie est rentré et a découvert le carnage, il a trouvé la lettre. C'est comme ça qu'il a su qui était l'assassin, ou alors il le soupçonnait déjà, et cette lettre le lui a confirmé. C'est pour ça que la lettre et l'arme du crime sont ensemble : elles sont la preuve de ce qui s'est passé.

– Mais pourquoi ne pas avoir pris l'arme avec lui ? S'il avait l'intention de tuer l'autre type, je veux dire ? »

Cath secoua la tête. « Peut-être qu'il n'avait pas l'intention de le tuer. Ou alors, si c'était le cas, il savait qu'utiliser lui-même l'arme contaminerait les preuves.

– Donc vous supposez qu'il a caché l'arme et le bout de papier à l'intérieur du placard pour les mettre à l'abri ? C'est dingue. Pourquoi ne pas avoir tout simplement appelé la police ?

– Peut-être qu'il l'aurait fait… après. »

Après avoir retrouvé Angus Livingstone et l'avoir cogné jusqu'à ce que mort s'ensuive. Après avoir compensé son chagrin par la rage. Comme il l'avait fait avec Iain Fletcher, seulement cette fois il n'y aurait pas eu de Jimmy Matheson pour…

L'empêcher d'entendre ce qui chantait dans ses oreilles. Le chant de Mab, sa reine. Ça, et puis neutraliser sa propre folie pure.

Elle était à moi et tu me l'as volée, ordure. Maintenant, tu vas payer.

Il ne restait plus que l'arme du crime et la lettre.

C'est à elle qu'il les a confiées et elle les a gardées au secret pour lui. Pendant toutes ces années.

Elle ? Tu veux dire la reine Mab ?

Mais non, je veux dire la Reine des Gitans. Qu'est-ce que tu crois ?

« Mais qu'est-ce qu'on va raconter, alors ? dit Saheed, plus tard. Si nous montrons à la police l'endroit où nous avons trouvé l'arme, ça n'en finira plus. Le coin va grouiller de caméras de télé et tout le bordel qui va avec. On pourrait même m'empêcher de mettre la baraque en vente. Je ne veux pas qu'Alice entende parler de cet escalier, ça la ferait flipper une fois de plus.

– Nous pouvons dire que nous avons trouvé l'arme dans le secrétaire, ce vieux meuble dans le bureau d'Alice – la future chambre de Sonny s'il avait survécu. Vous avez fait le ménage dans toute la maison, pas vrai ? Vous étiez en train de vider les tiroirs et le pistolet était… était là.

– Ouais, mais qu'est-ce que vous faisiez ici ? Je veux dire, comment ça se fait que vous vous trouviez précisément là quand je l'ai trouvé ?

– Facile : j'étais venue rendre le double de la clé. »

Ils échangèrent des regards, puis des demi-sourires prudents. Saheed hocha la tête.

« OK, mais alors c'est vous qui les appelez. Je ne fais pas confiance aux flics. Ils me voient et une seconde après ils vont dire que c'est mon flingue. On leur donne une demi-chance et ils vont prétendre que c'est moi l'assassin.

– Ça s'est passé il y a vingt ans. Vous étiez à l'école primaire.

– Comme j'ai dit, vous ne connaissez pas les flics. »

Je t'avais dit qu'il avait de la classe. Dommage qu'il soit marié.

N'empêche que c'est un connard. Cath chercha son téléphone dans son sac à dos. *Pourquoi tu es toujours attirée par des connards ?*

Pareil pour toi, non ?

Shirley tourna brusquement la tête comme elle le faisait souvent, et les pointes de ses cheveux lancèrent des éclairs argentés sous les néons de la devanture. *De toute façon, les connards sont les plus canon, t'es pas au courant ?*

22

Finalement, Norah avait tenu sa promesse. Par une chaude journée du début du mois de juillet, Cath se rendit à Milngavie, sur le continent, pour une réunion et un déjeuner dans l'atelier de Margo Kasabian. Celle-ci l'accueillit en jean noir, ses cheveux bruns tirés en arrière en une longue queue de cheval. Elle parlait avec un léger accent d'Europe de l'Est. D'après ses œuvres – des scènes de rue intenses, d'une netteté parfaite, souvent prises la nuit et techniquement superbes – Cath avait imaginé une femme distante, réservée, et sans doute intimidante. En fait, elle était chaleureuse, énergique – une femme vive et mince, plutôt tactile avec des gestes des mains expressifs.

« J'aime bien celles-ci, elles sont réussies », dit-elle après qu'elles eurent pris le café. Elle avait aligné les tirages papier des photos de Cath sur une longue table à tréteaux blanche. Particulièrement fascinée par celles prises à Maryhill, celle de la maison de Mary Chant et celle de la femme sortant du PMU, elle les déplaçait sans cesse d'une juxtaposition à l'autre. Puis elle dit qu'elle souhaiterait en prendre certaines dans une exposition collective qu'elle préparait pour une galerie de Manchester au printemps suivant. « Vous avez saisi un je-ne-sais-quoi à la fois dérangeant et pourtant parfaitement normal. Cela traduit le fait que nous voyons toutes ces scènes dans la rue mais passons à autre chose sans nous arrêter. Une de ces personnes pourrait être n'importe quoi et nous ne le saurons jamais. C'était cela le message ?

– Vous l'avez très bien exprimé, dit Cath. Je ne suis pas douée pour parler du contexte. » Elle rit. Margo Kasabian n'avait même pas mentionné Adam Fairlie. Ouf !

« Votre travail n'est pas le texte. Votre travail, c'est ça. » Margo Kasabian prit une des photos – celle des poubelles à roulettes vides de Mary Chant – pour l'examiner à la lumière de la fenêtre Velux qui faisait toute la longueur de l'atelier. « C'est affreux, ce qui est arrivé à Mary. Moi je ne l'ai rencontrée qu'une ou deux fois, quand elle était encore avec Angus, je veux dire, mais tout le monde l'aimait bien.

– Vous connaissiez son mari ?

– Angus était en Histoire et Archéologie, donc je n'avais pas très souvent l'occasion de le voir au travail, mais j'avais fait sa connaissance au club de tir. Et nous sommes même devenus bons amis. Nous avons tous été dévastés quand il a eu son accident. Et si peu de temps après la mort de Mary, en plus. Je pense que ça l'obsédait. » Elle se tut. Cath la regarda. Avec encore une fois cette sensation de chute dans le vide qui lui retournait l'estomac, comme si une chose qu'elle recherchait depuis toujours était désormais clairement en vue.

« Les gens font toujours cette tête quand je leur dis que je suis membre d'un club de tir, ajouta Margo Kasabian. Je crois que ça me plaît parce que c'est tout à fait à l'opposé de mon travail normal. On vise, mais ce n'est pas le même genre de cible. » Elle sourit. « Il n'y a aucun risque, vous savez. Nous ne sommes autorisés à utiliser les armes que dans l'enceinte du club. Personne n'aurait jamais l'idée de les emporter à l'extérieur. »

23

« Alors, quoi de neuf? » dit Steve. Assis sur un banc dans les Jardins d'hiver, ils mangeaient des fish-and-chips. Cath était passée au magasin la semaine précédente en revenant de son rendez-vous avec Margo Kasabian. Elle avait parlé à Steve de la découverte de l'arme du crime et, étonnamment, Steve avait fait mine de s'y intéresser. Il avait même dit qu'il envisageait de venir sur l'île un de ces week-ends.

« Si la montagne ne vient pas à Mahomet... », avait-il ajouté, haussant les épaules et souriant avec un air penaud qui ne lui ressemblait pas. Cath avait pensé alors que cette visite n'avait aucune chance d'avoir lieu, mais la réalité s'imposait : il était là, et ça faisait du bien de le revoir.

« C'est certainement l'arme du crime, dit Cath. En tout cas c'est le même type d'arme que celle qui a tiré les balles qui ont tué les Craigie. Mais les traces sur l'arme elle-même seraient maintenant très peu marquées. La police scientifique mettra un certain temps à les vérifier. L'ADN sur le torchon était plus exploitable – quelques squames épidermiques et deux ou trois cheveux. Les cheveux sont ceux de John Craigie, c'est déjà une certitude. On n'a pas encore identifié la peau, ni les traces sur l'arme, je le répète. Les enquêteurs essaient de retrouver le frère d'Angus Livingstone, pour comparer les ADN – la lettre de Susan les a convaincus, je pense. Et c'est important pour l'affaire Mary Chant aussi. Les frères n'étaient plus en contact depuis des dizaines d'années, apparemment. Mais on m'assure qu'on le retrouvera.

« C'est bizarre qu'il n'ait pas emporté la lettre avec lui. Ce Livingstone, je veux dire. Après qu'il les a tués.

– Je me suis posé la question moi aussi. Je pense que c'était une simple erreur de sa part. Et pas la seule. Si les flics avaient eu des raisons d'associer Angus avec Susan – s'ils avaient été au courant de leur liaison – ils lui auraient mis le grappin dessus dans les cinq minutes. Mais ils n'ont jamais été au courant.

– Et personne n'avait songé à prélever des échantillons d'ADN sur Livingstone à l'époque ?

– Il n'a jamais fait partie des suspects. Il a été témoin de la mort de Johnny, rien de plus. Pour la police, il n'était personne. »

J'ai rencontré un homme qui n'était pas là.

Moi aussi. Toutes les deux.

« Alors ils doivent s'en mordre les doigts maintenant, ces andouilles. » Il mangea une autre frite. « Tu sais déjà quand tu reviens ?

– En fait, je pense rester. Sur l'île. »

Steve lui jeta un regard mauvais. « Tu parles sérieusement ?

– Je ne veux pas dire que je quitterais le magasin. J'ai pensé qu'on pourrait se partager la semaine Norah et moi : elle pourrait faire quatre jours, et moi trois. Je peux facilement faire le trajet. Si je prends le ferry de sept heures, je suis au boulot à neuf heures au plus tard. Des tas de gens le font. Si je vends l'appart de Glasgow, je pourrai acheter quelque chose tout de suite sur l'île, sans avoir besoin d'un prêt. Mildred Marks a dit qu'elle prendra régulièrement ce que je fais. Dans sa galerie, tu vois ? Ça signifie que je vais intégrer son écurie, donc que j'aurai plus de visibilité. Et plus de contrats en free-lance, j'espère.

– Tu lui as déjà parlé ?

– Nous avons eu une conversation, oui. Je ne me suis pas encore engagée sur quoi que ce soit, mais la chose est possible. »

Steve toussa et s'essuya le nez sur sa manche, ce qu'il faisait toujours quand il était nerveux.

Je parie qu'il s'en aperçoit même pas. S'il était pas si mignon, ça serait dégoûtant.

Mignon ? Steve ? Tu rigoles.

Me dis pas que tu l'as pas remarqué, parce que là, je saurai que tu racontes des bobards.

Steve est sain d'esprit, se dit Cath. Excentrique aussi, évidemment, mais tout à fait réglo. Elle doutait qu'il ait jamais menti sciemment.

« Et l'autre mec qui croyait aux fées et aux lutins ? » Steve essayait manifestement de changer de sujet, poussé encore une fois par sa nervosité. « En fin de compte, c'était des conneries, ou quoi ?

– Une fausse piste, à mon avis », dit Cath. Elle sourit. Toute intrigue policière doit comporter une fausse piste, c'est la règle. « D'après ce que m'a dit James Matheson, John Craigie avait eu une enfance difficile. La seule personne en qui il avait confiance était sa grand-mère. Il l'adorait, et il adorait les histoires qu'elle lui racontait. Pour sa grand-mère, c'étaient juste des histoires, du genre qu'on invente pour distraire ses petits-enfants, seulement Johnny les prenait au sérieux. Elles lui fournissaient un espace où il pouvait s'échapper, probablement. Je ne sais pas. »

J'en sais rien moi non plus. Je l'avais comme père et j'y pouvais rien. C'est pas parce qu'on voit pas quelque chose que ça existe pas – t'as qu'à demander à n'importe quel physicien. Pourquoi les gens croient en quelque chose, hein ?

« Je t'ai déjà dit que mon père était astronome ? dit soudain Steve.

– Je ne pense pas. » Pour autant que Cath s'en souvienne, Steve ne lui avait jamais parlé de son père. Elle savait que sa mère vivait dans les Highlands – à Oban, apparemment – bien que Steve ait grandi à Glasgow. En fait, Cath avait toujours supposé que le père de Steve était parti quand il était encore enfant. Elle ne lui avait jamais posé la question.

« En fait, ce n'était pas sa profession. Il travaillait chez British Telecom. Mais il se tenait au courant de toutes les dernières nouvelles. Il faisait des randos avec un club d'astronomie. Il a même écrit des articles pour certaines revues. Il croyait fermement qu'on entrerait en contact avec les extraterrestres un jour ou l'autre. Il en parlait quand j'étais môme, il disait que pour les gens du futur, le monde d'aujourd'hui serait comme l'âge de pierre. Ça me fichait vraiment la frousse. J'étais persuadé que les extraterrestres allaient débarquer et nous envahir. Mais je n'ai jamais dit à mon père de se taire. Une fois qu'il était lancé sur ce sujet, ses yeux brillaient comme si la perspective de parler avec des extraterrestres était son unique raison de vivre. Papa souffrait de dépression. Il était normal pendant de longues périodes, et puis il se passait quelque chose et il retombait dedans. Des trucs minuscules pouvaient déclencher ça, des choses dont la plupart des gens ne tiendraient pas compte, mais papa était comme ça. Tu ne devineras jamais ce qui l'a achevé. » Steve sourit et essaya de rire, mais n'y parvint pas tout à fait. « Cette histoire de vache folle. Tu te souviens quand tout le monde était convaincu que des milliers de gens allaient mourir après avoir mangé des hamburgers ? Papa ne pouvait pas s'empêcher de se faire du souci à cause de ça. Ce n'était pas une inquiétude normale, c'était une obsession, il ne pensait plus qu'à ça. Il a commencé à faire des tests de mémoire, et chaque fois que son score baissait d'un point, il croyait que c'était la preuve qu'il était atteint. Une fois, maman l'a persuadé d'aller voir un médecin. On lui a fait passer des tas de tests, on lui a dit qu'il n'avait rien, qu'il n'avait pas de raison de s'inquiéter, et pendant un certain temps il a été normal. Mais ça a recommencé.

J'ai même écrit une lettre à la BBC, pour leur dire qu'ils devaient sortir la maladie de la vache folle des infos parce qu'ils faisaient peur à mon papa. Ça a dû les faire bien rigoler. De toute façon, à la fin mon père n'en pouvait plus. Il s'est suicidé en touchant un fil électrique sous tension. Ça s'est passé au boulot. La commission santé et sécurité a déclaré ça comme un accident, mais ma mère et moi, on savait tous les deux ce qu'il en était.

– Mon Dieu, Steve, je suis désolée.

– T'inquiète pas pour ça. C'était il y a vingt ans. S'il y a une chose que mon père m'a apprise, c'est de ne pas se faire du souci, parce que se faire du souci, ça peut vous tuer, et pas qu'au figuré. N'empêche que c'était un type formidable, mon père. Un plus gentil que lui, t'en trouveras pas. Et pourquoi je te raconte tout ça ? C'est que s'il y avait une seule personne au monde pour croire à toutes ces conneries de fées et de lutins, c'était bien mon père. S'il avait eu une demi-heure de libre après le travail et sa tasse de thé, il serait parti à quatre pattes dans les buissons pour les chercher. Il y avait des gens qui disaient qu'il lui manquait une case, mais ils ne le connaissaient pas vraiment. Quand il était déprimé, le monde le terrifiait, mais il n'a jamais cessé pour autant de voir ce qu'il avait de merveilleux. La plupart des gens cessent d'être sensibles au merveilleux avant d'être à moitié adultes.

– Il s'appelait comment ?

– Gordon. Gordon Fraser.

– Dommage que je n'aie pas fait sa connaissance.

– *Aye*, tu l'as dit. » Steve s'essuya à nouveau le nez sur sa manche, puis regarda autour de lui. « C'est pas mal, ici, pas vrai ? Je ne comprends pas pourquoi je n'étais encore jamais venu.

– Tu auras un prétexte pour venir plus souvent maintenant, n'est-ce pas ? Maintenant que je vais rester, je veux dire.

– Mais seulement si tu promets de me flinguer si je commence à m'assimiler. »

Cath réalisa qu'il avait accepté sa décision. Pas de crise de colère, pas de tentative de chantage; il n'avait pas essayé de la faire changer d'avis, ne l'avait pas traitée de folle. Adam lui aurait dit qu'elle faisait une erreur monumentale en s'exilant ici, et autres foutaises. Non parce qu'il se souciait de ce qu'elle allait devenir, mais parce que cela pourrait s'avérer moins pratique pour lui. Ce qu'Adam pensait n'avait plus d'importance. Il était un vestige, un écho du passé, un visage qu'elle avait aperçu une fois dans la foule puis oublié.

« Steve, dit Cath. Quelle est la question la plus personnelle qu'on t'ait jamais posée ?

– Je ne sais pas. "Est-ce que tu es gay ?" je suppose. J'ai dit au mec qu'on pourrait essayer pour voir, s'il voulait, mais c'était une idée à la con parce que je voyais bien que c'était un tordu et qu'il aurait foutu ma vie en l'air. Pourquoi ?

– Une fois, j'ai demandé à Shirley si elle avait déjà songé à s'échapper – faire son sac et quitter l'île – et elle a dit : tout le temps ! Ça, je ne l'ai jamais oublié. J'aurais dû essayer de l'aider.

– Réfléchis un peu. Tous les mômes disent ça. Tu ne pouvais pas tout prévoir. »

Le ciel était limpide et lumineux, presque incolore. Le dernier ferry du jour apparut dans la baie et se dirigea vers le port. Steve fit une boule du journal contenant le reste de ses frites et se leva.

« Il faut que j'y aille. Je ne veux pas rater le bateau. »

Ils revinrent à pied au terminal des ferries en longeant le bord de mer. Steve se pencha rapidement pour l'embrasser, puis disparut à l'intérieur.

REMERCIEMENTS

The Good Neighbours a connu de nombreux stades d'évolution en passant de mon disque dur à la page imprimée, et notamment un déménagement de huit cents kilomètres. Je voudrais remercier toutes celles et tous ceux qui m'ont accompagnée dans ce voyage ; la camaraderie et le soutien de ma famille d'écrivains ont été et demeurent des bénédictions inestimables.

La vie et les œuvres de Richard Dadd hantent mon imagination depuis des décennies, et je ne peux qu'espérer que les résultats créatifs de cette possession soient dans une modeste mesure dignes de leur inspiration. Je voudrais également mentionner l'ouvrage de John Cornwell *Earth to Earth*, paru en 1984, dans lequel il relate sa quête pour élucider la mort tragique et prématurée des trois derniers membres survivants d'une famille du Devon. Cette recherche de réponses ainsi que mes propres souvenirs de ce que j'avais appris sur cette affaire lorsque je résidais à Exeter ont fourni l'impulsion initiale pour *The Good Neighbours*. Même si sa trame est désormais bien cachée, la triste histoire des Luxton demeure inextricablement intégrée à l'ADN du présent roman.

En outre, j'aimerais tout particulièrement remercier mon agent, Anna Webber, pour son soutien sans faille et son intuition, ainsi que mon directeur littéraire John Riley et toute l'équipe de riverrun pour leur enthousiasme et leur engagement continu envers mon travail. Merci à ma merveilleuse mère, Monica Allan, pour les heures de rire et d'introspection, et à mon mari, Chris Priest, de s'être montré exceptionnel à tous égards.

TRISTRAM

CATALOGUE

août 2025

Corinne Aguzou
La Révolution par les femmes
Printemps
Les Rêves de l'Histoire

Nina Allan
Complications
Stardust
La Course
La Fracture
Le Créateur de poupées
Conquest
Les Bons Voisins

Les Alligators souriants – Voix d'écrivains
(disque compact hors commerce)

Thomas André
L'Avantage

Kenneth Anger
Hollywood Babylone (édition de luxe)

Association de malfaiteurs : 30 ans d'édition indépendante
(anthologie)

J.G. Ballard
La Foire aux atrocités
Millénaire mode d'emploi
Sauvagerie
Nouvelles complètes (en trois volumes)

Lester Bangs
Psychotic Reactions & autres carburateurs flingués
Fêtes sanglantes & mauvais goût
Lester Bangs : mégatonnique rock critic, biographie par Jim DeRogatis

Samuel Beckett
Solo, par David Warrilow (disque compact)

Mehdi Belhaj Kacem
Cancer
1993
Vies et morts d'Irène Lepic
L'Antéforme
Esthétique du chaos
Society
L'Essence n *de l'amour* (coédition Fayard)
Événement et répétition
L'Affect
eXistenZ

Maud Berthomier
Encore plus de bruit :
l'âge d'or du journalisme rock en Amérique

Pierre Bourgeade
Les Âmes juives
Warum
L'Éternel Mirage
L'Horloge
Les Boxeurs
Les Comédiens
Ramatuelle
Rêves de femmes, illustré par Willem
Le Diable
Éloge des fétichistes

Stewart Brand
L'Horloge du Long Maintenant
Discipline pour la planète Terre

Lenny Bruce
Irrécupérable

William S. Burroughs
Le Porte-lame

Catullus, petit chien, par Auxeméry

Vincent Colonna
Yamaha d'Alger
Ma vie transformiste
Autofiction & autres mythomanies littéraires

Charles Dickens
De Grandes Espérances

Isidore Ducasse
Poésies

Louis Dumur
Un coco de génie

Sylvie Durastanti
Sans plus attendre
Nous Deux roman-photo, et autres écrits pour Jean Eustache

Maurice Girodias
Président Kissinger

Pavel Hak
Safari
Sniper
Lutte à mort

Bernard Hœpffner
Portrait du traducteur en escroc

Denis Infante
Rousse ou Les beaux habitants de l'univers
Ce que nous sommes à la fin, des enfants sauvages

Les Vies parallèles de Jack Kerouac
biographie par Barry Gifford & Lawrence Lee

Celia Levi
Les Insoumises
Intermittences
Dix yuans un kilo de concombres
La Tannerie

Hubert Lucot
Le Grand Graphe
(roman mural, tapisserie de 12 m^2)
accompagné du livre *Le Graphe par lui-même*
Le Gato noir

Ferenc Molnár
Les Garçons de la rue Pál

Onuma Nemon
Ogr

Valère Novarina
Le Discours aux animaux I et *II (L'Animal du temps /L'Inquiétude)*
par André Marcon (double disque compact)

Edgar Allan Poe
Eurêka

Jackson Pollock
biographie par Steven Naifeh & Gregory White Smith

Ezra Pound
Je rassemble les membres d'Osiris
Henri Gaudier-Brzeska
(sculptures photographiées par Christian Roger)

Julián Ríos
Nouveaux Chapeaux pour Alice
Chez Ulysse
Cortège des ombres
Quichotte & Fils
Monstruaire
Pont de l'Alma

Maurice Roche
Compact (version originale en 7 couleurs)
Compact, lu par l'auteur (disque compact)
Mémoire

Alain Julien Rudefoucauld
Le Dernier Contingent
Une si lente obscurité

Lydie Salvayre
Famille

Princesse Sapho
Le Tutu

Arno Schmidt
Histoires
Vaches en demi-deuil
Tina ou de l'Immortalité suivi de
Arno à tombeau ouvert, monographie par Claude Riehl
Le Cœur de pierre
On a marché sur la Lande
Cosmas ou la Montagne du Nord
Goethe et un de ses admirateurs
Alexandre ou Qu'est-ce que la vérité ?
Scènes de la vie d'un faune
Brand's Haide
Les Enfants de Nobodaddy

Patti Smith
La Mer de Corail
(photographies de Robert Mapplethorpe, Lynn Davis et Edward Maxey)
Corps de plane, écrits 1970-79
Piss Factory 96 (disque compact hors commerce)

Laurence Sterne
La Vie et les opinions de Tristram Shandy
Le Roman politique
Un voyage sentimental suivi du *Journal à Élisa*

Robert Louis Stevenson
L'Île au Trésor

Whit Stillman
Les Derniers Jours du disco
Amour & Amitié

Hunter S. Thompson
Parano dans le bunker
Dernier Tango à Las Vegas
Nouveaux Commentaires sur la mort du Rêve Américain
Hunter S. Thompson : journaliste & hors-la-loi, biographie
par William McKeen

Mark Twain
Les Aventures de Tom Sawyer
Aventures de Huckleberry Finn
N° 44, le Mystérieux Étranger
L'Autobiographie de Mark Twain : Une histoire américaine
L'Autobiographie de Mark Twain : L'Amérique d'un écrivain

William T. Vollmann
Décentrer la Terre – Copernic et les révolutions des sphères célestes
Le Livre des violences
Le Roi de l'Opium et autres enquêtes en Asie du Sud-Est
Fukushima : dans la zone interdite
Tout le monde aime les Américains
et autres enquêtes en Afrique et dans le monde musulman

souple ÉDITIONS TRISTRAM

n° 1 **Laurence Sterne** – *La Vie et les opinions de Tristram Shandy*
n° 2 **Mark Twain** – *Les Aventures de Tom Sawyer*
n° 3 **Joyce Carol Oates** – *De la Boxe*
n° 4 **Hunter S. Thompson** – *Le Marathon d'Honolulu*
n° 5 **Lester Bangs** – *Psychotic Reactions & autres carburateurs flingués*
n° 6 **J.G. Ballard** – *Sauvagerie*
n° 7 **J.G. Ballard** – *Vermilion Sands*
n° 8 **Céline Minard** – *Bastard Battle*
n° 9 **Mark Twain** – *Aventures de Huckleberry Finn*
n° 10 **William T. Vollmann** – *Fukushima : dans la zone interdite*
n° 11 **Patti Smith** – *La Mer de Corail*
n° 12 **Kenneth Anger** – *Hollywood Babylone*
n° 13 **Alain Julien Rudefoucauld** – *Le Dernier Contingent*
n° 14 **Pierre Bourgeade** – *Les Âmes juives*
n° 15 **Arno Schmidt** – *Scènes de la vie d'un faune*
n° 16 **William McKeen** – *Hunter S. Thompson : journaliste & hors-la-loi*
n° 17 **Celia Levi** – *Les Insoumises*
n° 18 **Patti Smith** – *Les Années 70 : premiers écrits*
n° 19 **Lester Bangs** – *Fêtes sanglantes & mauvais goût*
n° 20 **J.G. Ballard** – *La Foire aux atrocités*
n° 21 **J.G. Ballard** – *La Bonté des femmes*
n° 22 **Pierre Bourgeade** – *Ramatuelle*
n° 23 **Pierre Bourgeade** – *Venezia*
n° 24 **Mark Twain** – *N° 44, le Mystérieux Étranger*
n° 25 **Nina Allan** – *Complications*
n° 26 **J.G. Ballard** – *La Face cachée du soleil*
n° 27 **J.G. Ballard** – *Super-Cannes*
n° 28 **Arno Schmidt** – *Histoires*
n° 29 **Leonard Gardner** – *Fat City*
n° 30 **Nina Allan** – *Spin*
n° 31 **Mehdi Belhaj Kacem** – *Artaud et la théorie du complot*
n° 32 **Princesse Sapho** – *Le Tutu*
n° 33 **Bernard Wallet** – *Paysage avec palmiers*
n° 34 **Kenneth Anger** – *Retour à Babylone*
n° 35 **Arno Schmidt** – *Le Cœur de pierre*
n° 36 **Mehdi Belhaj Kacem** – *Vies et morts d'Irène Lepic*
n° 37 **Éric Losfeld** – *Endetté comme une mule*
n° 38 **J.G. Ballard** – *Le Rêveur illimité*
n° 39 **J.G. Ballard** – *Le Jour de la création*
n° 40 **Pavel Hak** – *Sniper*
n° 41 **Jane Austen** – *Lady Susan*
n° 42 **Nina Allan** – *Stardust*
n° 43 **Nina Allan** – *La Course*
n° 44 **Celia Levi** – *Dix yuans un kilo de concombres*
n° 45 **Celia Levi** – *Intermittences*
n° 46 **Celia Levi** – *La Tannerie*

SOUPLE JEUNESSE

n° 1 **Mark Twain** – *Les Aventures de Tom Sawyer*

n° 2 **Mark Twain** – *Aventures de Huckleberry Finn*

SOUPLE DELUXE

n° 1 **Mark Twain** – *Les Aventures de Tom Sawyer*

n° 2 **Joyce Carol Oates** – *De la Boxe*

n° 3 **Patti Smith** – *La Mer de Corail*

n° 4 **J.G. Ballard** – *Sauvagerie*

n° 5 **Mark Twain** – *Aventures de Huckleberry Finn*

n° 6 **Lester Bangs** – *Psychotic Reactions & autres carburateurs flingués*

Composé
par Tristram
à Auch
et achevé d'imprimer
par l'imprimerie Laballery
à Clamecy
en juin 2025
pour le compte
des Éditions Tristram
39 boulevard Roquelaure
B.P. 90110
32002 – Auch cedex

ISBN 978-2-36719-105-8
Dépôt légal : juin 2025
Numéro d'impression : 505011
Imprimé en France